Klarant Verlag

Bärbel Muschiol wurde 1986 in Weilheim, Oberbayern, geboren. Glücklich verheiratet lebt und arbeitet sie mit ihrem Mann und ihren zwei Kindern, heute noch immer im tiefsten Bayern. Im Genre Erotik und in der Belletristik hat sich die Autorin mittlerweile einen festen Platz in den Bestsellerlisten geschaffen.

Bärbel Muschiol

Rocker Ghost

Dead Riders

Klarant Verlag

Klarant Verlag, www.klarant.de
ISBN: 978-3-95573-711-5
1. Auflage, 2017
Umschlagabbildung: Klarant Verlag unter Verwendung von shutterstock Bildern.

Printed in the EU.

Besuchen Sie uns im Internet: www.klarant.de

Prolog

Angel

Jedes Leben gleicht einem Märchen. Jeder neue Tag einer neuen Buchseite. Wenn wir nicht umblättern, wissen wir nicht, was geschieht. Wir können es erahnen, hoffen und uns vieles wünschen. Aber was das Schicksal wirklich für uns bereithält, wissen wir erst, wenn der neue Tag anbricht und die neue Buchseite mit der Geschichte unseres Lebens beschrieben wird.

Die letzten paar Jahre glich das Buch meines Lebens eher einer Gruselgeschichte mit null Aussicht auf ein Happy End. Doch dann war ich mutig genug, ein neues Kapitel aufzuschlagen und bin meinem Rocker Ghost begegnet. Seitdem erlebe ich jeden Tag aufs Neue, wie es sich anfühlt, zu lieben und geliebt zu werden. Aus der Tragödie ist ein spannender, erotischer Liebesroman geworden.

Der Dead-Riders-Motorcycle-Club ist eine eigene Welt: gefährlich, dunkel und dennoch voller Menschen, die von ganzem Herzen lieben.

1. Kapitel

Angel

Es ist weit nach Mitternacht. Der Himmel ist schwarz, keiner der vielen Sterne zeigt sich, nicht mal der Mond ist zu sehen. Aus den Lautsprechern dröhnt in einer ohrenbetäubenden Lautstärke eine raue, heisere Männerstimme, die über das Leben, den Tod und die Liebe singt. Wenn ich den Songtext richtig verstanden habe, und das ist dank der Party, die um mich herum stattfindet, nicht gerade leicht, hat er sein Leben lang die Liebe gesucht und sie bis zu seinem Tod nicht gefunden - das tut mir leid für ihn.

Zu meinem Pech weiß ich ganz genau, wie er sich fühlt. Erst als ich aufgehört habe nach der Liebe zu suchen, wurde ich von ihr gefunden...

Dank des Rockers, der sich auf der anderen Seite des Geländes der Dead Riders befindet, dem bekanntesten und zugleich gefürchtetsten Motorcycle-Club des Landes, weiß ich, wie es sich anfühlt zu lieben, und könnte daher dem Sänger auch sagen, dass es nicht immer einfach ist.

Vor neun Monaten habe ich all meinen Mut zusammengekratzt, die Flucht ergriffen und mein altes Leben inklusive Taylor, meinem gewalttätigen Ehemann, hinter mir gelassen. Mit ihm war ich seit dem College zusammen, insgesamt habe ich sechs Jahre meines Lebens an ihn verschwendet.

Vor vier Jahren war ich dann so dumm und habe ihn geheiratet. Jetzt im Nachhinein weiß ich, dass wir nie eine Chance auf ein glückliches gemeinsames Leben hatten. Taylor und ich sind viel zu unterschiedlich.

Ich liebe das Individuelle, glaube an das Schicksal und bin alles andere als durchschnittlich, während er in seinem Anzug und mit seinen perfekt aufpolierten Schuhen in der Masse untergeht, steche ich mit meinen schneeweißen Haaren, die von blauen Strähnen durchzogen sind, aus der breiten Masse heraus.

Während Taylor Tattoos hasst, liebe ich diese Art der Körperkunst. Vor einem Jahr habe ich mir auf die linke Schläfe drei kleine Sterne tätowieren lassen. Doch das hat mir nicht gereicht, jetzt schmückt eine Sonne meinen linken Handrücken und ein sichelförmiger Halbmond den rechten. Als meine Mom mich nach meiner Geburt Angel genannt hat, konnte keiner verstehen, warum sie mir keinen *normalen* Namen gegeben hat, jetzt bin ich vierundzwanzig und kann nur sagen, dass dieser Name absolut perfekt zu mir passt.

Es muss ein Wink des Schicksals sein, dass ich in dieser sternenlosen Nacht hier in Tacoma sitze und Ghost, den Mann, den ich vor drei

Monaten unter ziemlich heftigen Umständen kennengerlernt habe, dabei beobachte, wie er sich mit Ace, dem Präsidenten des MCs, unterhält.

Es hat mehrere Wochen gedauert bis ich kapiert habe, dass mir keiner dieser Rocker etwas antun will, im Gegenteil, sie haben mich vorbehaltlos in ihrer Mitte akzeptiert. Jeder dieser Harley fahrenden Männer würde mich mit seinem Leben beschützen.

Ganz am Anfang hatte ich panische Angst vor allem und jedem. Gerade Razzor und Skorpion, zwei Dead Riders, die wirklich zum Fürchten aussehen, haben mich unglaublich eingeschüchtert.

Ich war es gewohnt, geschlagen und misshandelt zu werden, es hat lange gedauert, bis ich nicht mehr bei jeder Kleinigkeit zusammengezuckt bin.

Skorpion und seine Frau Nora haben drei echt tolle Jungs. Erst vor kurzem haben sie uns verraten, dass Nora schon wieder schwanger ist. Während sie hofft, dass es dieses Mal ein Mädchen wird, ist sich Skorpion sicher, dass er wieder einen kleinen Rocker gezeugt hat. Dieser furchteinflößende Mann, der sich auf seinen Glatzkopf einen überdimensional großen schwarzen Skorpion tätowieren hat lassen, ist einer der liebevollsten Väter, die ich je gesehen habe.

Der älteste seiner Rasselbande ist Ryan. Er ist sieben Jahre alt und kommt dieses Jahr in die Schule. Der jüngste, Owen, ist gerade mal sechzehn Monate alt. Mason, der mittlere der drei, ist erst letztes Wochenende sechs geworden, er ist zwar der hübscheste von allen, aber er hat es faustdick hinter den Ohren.

Bevor ich nach Tacoma zu den Dead Riders gekommen bin hatte ich keine Ahnung davon, wie es in einem Rockerclub zugeht, so langsam fühle ich mich aber wie zuhause.

Tacoma ist eine mittelgroße Hafenstadt im Pierce County im Bundesstaat Washington. Die Stadt liegt am südlichen Ende des Puget Sounds.

Die alte Fabrikhalle, die als Clubhaus dient, befindet sich so nah am Hafen, dass ich das Salzwasser, je nachdem wie der Wind geht, schmecken kann. Das Revier der Dead Riders erstreckt sich bis zum Mount-Rainier-Nationalpark.

Ace, der von allen nur Rocker Dämon genannt wird, legt großen Wert darauf, dass das große Gelände des MCs zu jeder Tages- und Nachtzeit bewacht wird. Die Prospects, so werden die Anwärter genannt, die dem Club beitreten wollen, kontrollieren genau, wer kommt und wer geht.

Am Anfang konnte ich nicht verstehen, warum das riesige Areal der Riders komplett von einem meterhohen Zaun umschlossen ist, mittlerweile habe ich es kapiert.

Das Leben, für das sich all diese Männer und Frauen entschieden haben, ist verflucht gefährlich. Sie leben jenseits der Gesellschaft in einer Schattenwelt, von der ich, bis ich Ghost begegnet bin, nicht einmal wusste, dass sie existiert.

Dieser Motorcycle-Club ist wie ein eigener Stamm. Sie halten sich nicht an die Gesetze, scheren sich einen Dreck um Richtig und Falsch und interessieren sich nur für ihre eigenen Regeln. Es hat lange gedauert, bis ich die Dynamik und die Sprache des MCs verstanden habe.

Begriffe wie Member, Supporter und Patch habe ich nicht gekannt.

Jetzt weiß ich, dass ein Member ein vollwertiges Clubmitglied ist, ein Supporter ist ein Unterstützer und Patch werden die verschiedenen Aufnäher genannt, die die Kutten der Rocker zieren. Jeder der Dead Riders trägt seine eigene Lederweste und obwohl sich diese Lederwesten vom Schnitt her gleichen, ist jede individuell.

In diesem Club herrscht eine strenge Hierarchie. Jedes Mitglied hat seine festen Aufgaben. Slide, der Vizepräsident des Clubs, hat schulterlange blonde Haare und ist Aces rechte Hand. Er und seine Frau Ellen haben einen sechs Monate alten Sohn namens Ethan. Tick ist einer der ältesten Mitglieder, ich schätze ihn auf Anfang fünfzig, er ist nicht nur der Tätowierer der Riders, sondern auch der Sergeant at Arms des Clubs. Soweit ich das verstanden habe, ist er für die Sicherheit und die Bewaffnung zuständig. Amy, Aces Old Lady, so werden die Frauen der Rocker bezeichnet, hat mir erklärt, dass Tick eine Vorliebe für Sprengstoff hat und bei jeder sich bietenden Gelegenheit etwas in die Luft sprengt.

Eine Frau, die nichts weiter trägt als einen silbernen, glitzernden BH, stolpert an mir vorbei und übergibt sich keine drei Meter von mir entfernt auf den Boden.

Igittt...

Spider kommt auf mich zu, wirft ein Holzscheit in das Ölfass, setzt sich neben mir auf die Holzbank und reicht mir seine letzte Kippe. Ich nehme sie dankbar entgegen und starre in die tanzenden Flammen. Die leere Schachtel wirft er in das Feuer, zischend verschmort die dünne Plastikfolie, wenige Sekunden später ist die Zigarettenschachtel nur noch Asche.

„Hey Angel, alles klar?“

Spider war, als ich ihn das erste Mal gesehen habe, noch ein Nomad, das bedeutet, dass er ein Rider ohne festes Mutterchapter war. Als Nomad hat man kein Zuhause, man lebt aus den Satteltaschen seines Bikes, schläft in billigen Absteigen und führt Aufträge für den Club aus. Seit er fest zu den Tacoma Riders gewechselt ist, wirkt er ruhiger und nicht mehr so gehetzt. Im Gegensatz zu den meisten Mitgliedern lebt er nicht hier auf dem Gelände, sondern zusammen mit Abigail, seiner Old Lady, in einem kleinen Haus am Stadtrand.

Damals, vor einem Vierteljahr, war vieles noch anders. Ghost war noch ein Prospect und ich, tja, ich war eine verängstigte Stripperin aus dem ‚Devils Point'.

Wann immer ich daran denke, wie Ghost und ich uns kennengelernt haben, läuft mir ein unangenehmer Schauder über den Rücken.

In dieser verhängnisvollen Nacht wurden nicht nur unzählige Menschen getötet und das ‚Devils Point' dank mehrerer Handgranaten in die Luft gesprengt, oh nein, ich habe auch Ghost das Leben gerettet, indem ich einem Chinesen das vierzig Zentimeter lange Messer, das Ghost immer an seinem Oberschenkel trägt, in den Bauch gerammt habe.

Wie so oft rufe ich mir in Erinnerung, dass dieses Schlitzauge es nicht anders verdient hat, trotzdem fällt es mir noch immer schwer damit klarzukommen, dass ich einen Menschen getötet habe.

Dieser Chinese war ein Killer, der den Auftrag hatte, Ghost und seine Brüder umzubringen. Er und seine Landsleute haben unzählige unbeteiligte Personen in die Luft gesprengt und erschossen. Dasselbe hätten sie auch mit mir gemacht, wenn ich nicht so schnell reagiert hätte. Ich hatte die Wahl. Ich konnte wie all die Jahre davor ein hilfloses Opfer sein, das zulässt, dass es verletzt wird oder endlich damit anfangen, mich zu verteidigen.

Die Geschichte, wie Ghost und ich uns kennengelernt haben, ist weder schön noch romantisch, doch sie ist unsere. Es mag sein, dass die Sache zwischen ihm und mir blutig begonnen hat, doch ich werde alles in meiner Macht Stehende tun, damit wir beide unser Happy End bekommen. Ellen, Slides Old Lady, hat mir, kurz nachdem ich hier in Tacoma angekommen bin, erzählt, dass es den Riders vorherbestimmt ist, ihre Frauen auf den merkwürdigsten Wegen kennenzulernen, sie ist der festen Überzeugung, dass ich Ghosts Old Lady werde und dass wir zusammengehören. Tief in meinem Inneren spüre ich, dass sie recht hat, doch so leicht ist das nicht. Ich kann mich nicht für immer hinter einem meterhohen Zaun vor meinen Problemen verstecken und mich darauf verlassen, dass mich diese Rocker vor Taylor beschützen.

Die Realität ist einfach. Ich bin mit Taylor verheiratet und liege dennoch jede Nacht in Ghosts Armen. Bis auf die Klamotten, die ich trage und den Sachen, die ich zusammen mit Amy und Ellen in Seattle gekauft habe, besitze ich nichts. Kein Konto, kein Auto und kein Zuhause. Auf Dauer werde ich so nicht leben können. Früher oder später wird der Tag kommen, an dem ich mich meiner Vergangenheit stellen und meine Sachen holen muss. Doch bis dahin werden noch ein paar Wochen ins Land ziehen, denn allein die Vorstellung Taylor gegenüberzustehen jagt mir eine höllische Angst ein.

Meinen Blick von dem Ölfass abwendend sehe ich zu Spider.

„Ja. Alles super."

Er zieht ein Feuerzeug aus der Innentasche seiner Kutte und hält es mir hin, so dass ich meine Zigarette anzünden kann.

„Hör auf, dir so viele Gedanken zu machen, Kleines. Du bist wie Abigail, die zerbricht sich auch ununterbrochen den Kopf über alles Mögliche."

Er öffnet eine neue Zigarettenschachtel, steckt sich seine Marlboro zwischen die Lippen, hält die Spitze in die Flamme seines Zippos und atmet tief ein. Seine Zigarette beginnt zu glühen. Eine Sekunde später stößt er den Rauch durch die Nase wieder aus.

Am Anfang sind Abi und ich nicht so besonders gut miteinander ausgekommen. Bevor ich Ghost in Marysville begegnet bin, standen Abi und er sich sehr nah. Das zwischen den beiden war äußerst kompliziert, doch mittlerweile hat sich das alles eingespielt – zumindest denke ich das.

Die Glitzer-BH-Trägerin torkelt erneut an mir vorbei, stößt gegen Spiders Knie und fällt vor ihm auf den dreckigen Asphaltboden.

Fluchend steht er auf, zieht sie wieder auf die Füße, packt sie am Nacken und gibt ihr einen kraftvollen Schubser.

Ich beobachte, wie Fire, einer der Prospects, sie sich auf den Schoß zieht und seine Hand wie selbstverständlich zwischen ihre Beine gleiten lässt. Fire hat die Hälfte seiner Anwärterzeit hinter sich. Wenn er sich die nächsten sechs Monate nichts zuschulden kommen lässt, stehen die Chancen, dass er ein vollwertiges Mitglied wird und ein Memberpatch bekommt, ganz gut. Ich finde ihn unheimlich, die Art, wie er mich oft beobachtet, ist angsteinflößend. In den letzten zwei Wochen hat er mich immer wieder berührt, zwar hat er so getan, als wäre es unabsichtlich, doch das kaufe ich ihm nicht ab. Bis jetzt habe ich Ghost noch nichts davon erzählt. Aber wenn Fire so weitermacht, werde ich das noch tun. Meine Instinkte raten mir, mich von diesem Mann fernzuhalten. Von Abigail weiß ich, dass es ihr da genau wie mir geht. Sie findet den Prospect mit dem brennenden Totenkopftattoo am Hals genauso unsympathisch wie ich.

Spider schüttelt angewidert den Kopf und spuckt rechts neben seinem Stiefel auf den Boden. „Diese Bitches werden auch immer schlimmer...."

Auf dem Gelände der Riders halten sich zu jeder Tages- und Nachtzeit unzählige Frauen auf. Doch nicht alle sind gleich. Es gibt die Clubhasen wie das Mädchen, das sich Fire gerade geschnappt hat. Sie ist eine Bitch, eine willige Nutte, die es jedem im Club besorgt, die niemandem etwas bedeutet und die allen völlig egal ist. Sie ist Freiwild, die von niemandem beschützt, aber von allen benutzt wird. Im Grunde genommen können einem diese Schlampen nur leidtun.

Und dann gibt es die Old Ladys wie Ellen, Nicky, Nora, Abigail und Amy. Sie werden von allen mit Respekt behandelt, werden beschützt und geliebt. Sie sind die einzigen Frauen auf dieser Welt, die wahrhaftig behaupten können, dass ihr Mann sie unter Einsatz seines Lebens beschützen würde. Jeder, der diese Frauen anrührt, belästigt oder verletzt ist so gut wie tot. Jede dieser Ladys trägt eine eigene Kutte, die sie als Eigentum ihres Mannes auszeichnet. Ihr Leder wird von einem großen Backpatch geziert, auf dem *Property of...* steht. Auf Ellens Rücken steht, dass sie Slide gehört, auf Abis Kutte steht Spiders Name und so weiter.

Ich denke, ich bin die einzige Ausnahme dieses Clubs. Ich gehöre weder zu den Bitches noch zu den Old Ladys. Ghost und alle anderen sehen mich zwar als seine Lady, doch ich trage kein Leder. So gern ich auch die Lady dieses Rockers sein würde - wie soll das gehen? Ich bin mit einem anderen Mann verheiratet, das kann ich nicht einfach so ignorieren.

Seufzend schüttle ich den Kopf, rauche meine Zigarette und zwinge mich, Taylor aus meinem Kopf zu verbannen.

Auch wenn ich es nicht wirklich nachvollziehen kann, haben die First Nine des Clubs, also die neun wichtigsten Mitglieder, dafür gestimmt, mit den Chinesen ins Geschäft zu kommen. Als ich Ghost gefragt habe, was zum Teufel sich Ace dabei denkt, ausgerechnet mit diesen Drecksäcken ins Bett zu steigen, hat er nur gelacht und mir erklärt, dass keines von den Arschlöchern, das uns vor wenigen Wochen bedroht hat, noch am Leben ist.

Keine Ahnung, ob mich das beruhigen soll?!

Alles, was mir übrig bleibt, ist zu hoffen, dass es der neue Chef der Stäbchenfresser nicht auf die Riders abgesehen hat. Ghost hat mir zwar nicht verraten, um was für Geschäfte es sich genau handelt, aber ich bin nicht blöd, mir ist durchaus klar, dass der MC nicht mit kuscheligen Stofftieren oder selbstgemachten Muffins dealt.

Die Dead Riders hassen Drogen und tun alles in ihrer Macht Stehende, um ihr Revier drogenfrei zu halten. Einmal habe ich Skorpion und Tick darüber reden hören, was sie mit einem Crack-Dealer, den sie mehrmals innerhalb der Stadtgrenzen dabei erwischt haben, wie er seinen Mist an Minderjährige verkauft hat, angestellt haben.

Ich bin mir also ziemlich sicher, dass der MC sein Geld nicht mit Drogen verdient, also was bleibt da noch? Ganz einfach – Waffen.

Allein Ghost besitzt so viele unterschiedliche Pistolen, dass er einen kleinen Krieg anfangen könnte. *Verdammt!* Ich verwette meine linke Arschbacke darauf, dass sich unter Spiders Kutte mindestens eine Waffe befindet.

Prüfend lasse ich meine Augen über seinen Oberkörper gleiten.

„Angel? Was soll das werden?“

Seine Stimme klingt amüsiert, während sein Blick ernst bleibt.

„Bist du bewaffnet?“

An seinem Mienenspiel erkenne ich, dass ihn meine Frage irritiert.

„Warum fragst du? Hast du Probleme, Kleines?“

Es überrascht mich nicht, dass er mich eindringlich mustert und sofort bereit ist, mir, wenn es nötig ist, den Rücken zu sichern.

Ich glaube, er selbst bemerkt es gar nicht, doch seine Finger gleiten ein Stück unter seine Kutte, während er die nähere Umgebung checkt. Genau wie ich hat auch er seine Hände tätowieren lassen. Auf jedem seiner Handrücken sitze eine Spinne auf die eine Waffe gerichtet ist.

„Ruhig Blut. Ich will es nur wissen.“

Er murmelt etwas über Weiber und dämliche Fragen, zieht eine Augenbraue nach oben und sieht mich misstrauisch an.

„Sieh dich um, Angel.“

Ich tue was er sagt und lasse meinen Blick über die Anwesenden schweifen.

„Jeder dieser Kerle trägt eine Waffe bei sich.“

Er hebt auf der rechten Seite seine Kutte an und lässt mich so einen Blick auf die schwarze Magnum, die sich in einem ledernen Holster an seine Rippen schmiegt, werfen.

„Ich bin immer bereit meinen Club, meine Brüder und mein Mädchen zu beschützen. Sollte es hart auf hart kommen, werde ich nicht zögern, jedem, der mir und den Meinen schaden will, so viele Kugeln zu verpassen, dass die Bullen ihn stückchenweise abtransportieren müssen. Du gehörst jetzt zum MC, du bist eine von uns und ich werde immer bereit sein, dich und die anderen Old Ladys zu beschützen. Solltest du also Ärger, Probleme oder einen Grund zur Angst haben, dann sag mir, was los ist und ich werde mich zusammen mit deinem Mann darum kümmern.“

Wow... Spiders Loyalität ist absolut bewundernswert.

Der Ausdruck in seinen Augen ist hart und gnadenlos. Ich zweifle keine Sekunde daran, dass er jedes Wort absolut ernst meint. Spider ist kein Mann der leeren Versprechungen. Die Aufnäher auf seiner Kutte sind der Beweis dafür, dass er nicht zögert, wenn es darum geht zu beschützen oder zu töten. Der runde ‚LL'-Patch auf seiner rechten Brustseite bedeutet *Lounge Lizard* und ist ein Abzeichen, das nur Rocker tragen, die eine längere Haftstrafe abgesessen haben. Da es sich direkt neben seinem ‚*Unholy Ones*'-Aufnäher befindet, kann es nicht falsch verstanden werden.

Das ‚*Unholy Ones*'-Patch wird nur von langjährigen MC-Mitgliedern getragen, die sich im "Kampf bis zum letzten Atemzug" bewiesen, oder sich für den Club aufgeopfert haben.

Spider mag zwar erst vor kurzem nach Tacoma gekommen sein, doch er ist seit Jahren ein Dead Rider, der sich ohne zu zögern mit Gott und der Welt anlegt, um seine Frau und seine Brüder zu beschützen.

Da ich nicht weiß, was ich sagen soll, lehne ich mich zu ihm vor, schlinge ihm die Arme um die Schultern und flüstere ihm ein „Danke" ins Ohr.

Nach nur einer Sekunde gebe ich ihn wieder frei und lächle ihn scheu an.

„Es ist alles gut, Spider. Meine Frage war aus reiner Neugierde."

„Alles gut? Sag das deinem Kerl..."

„Wovon redest du?"

Anstatt etwas zu sagen, deutet er mit dem Kopf nach links.

Scheiße! Ghost hat offensichtlich mitbekommen, dass ich Spider umarmt habe. Jeder Muskel seines 1,90 Meter großen, beeindruckenden Körpers ist angespannt. Die Lippen zu einem dünnen Strich zusammengezogen kommt er mit großen Schritten auf uns zu.

Genau wie alle andere Dead Riders ist Ghost ein sehr besitzergreifender und eifersüchtiger Mann. In seinen Augen gehöre ich ihm, nur ihm. Ich bin sein Eigentum und er hasst es, wenn andere Männer mich berühren oder auch nur zu lange ansehen.

Dass ich Spider umarmt habe, passt ihm ganz und gar nicht.

Obwohl sich Spider und Ghost so weit ganz gut verstehen, ähneln sie zwei wütenden Raubtieren, die ihr Revier abstecken.

Ich weiß, dass Ghost in der Vergangenheit viel Zeit mit Abigail verbracht hat. Er hat über mehrere Monate auf sie aufgepasst und sie beschützt – die beiden haben sich wirklich nah gestanden.

Doch dann ist Abi Spiders Lady geworden. Genaue Einzelheiten weiß ich nicht, was ich aber weiß, ist, dass Ghost es hasst, dass ich mich mit Spider so gut verstehe.

Was ich total bescheuert finde, denn der einzige Mann, dem ich zu 100% vertraue und dem ich mich hingeben will, ist Ghost. Nach den schlimmen Jahren mit Taylor hätte ich nicht gedacht, dass ich jemals wieder in der Lage sein würde, zu einem Mann Vertrauen aufzubauen, doch bei Ghost ist das anders. Obwohl er mich völlig vereinnahmt und so gut wie nie aus den Augen lässt, weiß ich, dass er mir nie etwas antun würde. Der heutige Abend ist das beste Beispiel. Obwohl er sich auf der anderen Seite des Hofs befunden und sich mit Ace unterhalten hat, hat er mich nicht aus den Augen gelassen. Seine Art, über mich zu wachen, ist unheimlich intensiv, aber das ist okay. Damit kann ich leben.

Nichts von dem, was ich tue, entgeht Ghost. Er braucht meine Nähe und die Gewissheit, dass es mir gut geht. Wenn er auf eine Ausfahrt muss, oder wir aus einem anderen Grund den ganzen Tag voneinander getrennt sind, erkenne ich in seinen unheimlich schönen Augen, dass er kurz davor ist, durchzudrehen. Vielleicht liegt es an der schizoiden Persönlichkeitsstörung, unter der er leidet, oder einfach daran, dass er als Rider am besten weiß, wie viele Gefahren auf dieser Welt auf einen lauern, aber wenn er sich nicht ganz sicher sein kann, das es mir gut geht, steigt eine unkontrollierbare Wut in ihm auf – eine Wut, die er nur schwer unterdrücken kann.

„Fuck off, Angel. Was ist hier los?"

Der Grund, aus dem mein Rocker von allen Ghost genannt wird, ist auf den ersten Blick zu erkennen: Das Grau seiner Augen ist so hell, dass man je nach Lichteinfall oft nur den schwarzen Rand erkennt, der seine Iris umschließt.

Manchmal sieht es so aus, als wäre seine Iris weiß, was echt gespenstisch ist.

Der Muskel, der an seinem Kiefer zuckt, und seine streng zusammengezogenen Augenbrauen verdeutlichen mir, dass er kurz davor ist, Spider zu verprügeln.

„Nichts. Beruhig dich, wir haben uns nur unterhalten. Das ist alles."

„Unterhalten? Du hast dich ihm an den Hals geworfen. Scheiße, Baby... Willst du mich verarschen?"

Er fährt sich mit der Hand durch seine schwarzen, kurz rasierten Haare, gibt ein lautes Grollen von sich und schließt für eine Sekunde die Augen.

Als er sie wieder öffnet, ist das Grau aus seiner Iris komplett verschwunden – Geisteraugen. Ohne Spider auch nur eines Blickes zu würdigen, schlingt er mir seine Finger um den linken Oberarm, zieht mich von der Bank hoch und presst mich bestimmend gegen seinen Brustkorb. Der weiche Stoff des schwarzen Kapuzenpullovers, den er unter seiner Kutte trägt, streicht über meine Wange.

Ich spüre, wie er seine Nase in meinen Haaren vergräbt und tief einatmet.

„Du gehörst nur mir, Baby. Nur mir!"

Mit diesen Worten hebt er mich hoch und trägt mich von Spider weg. Dieser bleibt amüsiert grinsend sitzen und schüttelt nur den Kopf.

Im Grunde genommen sind er und Ghost gar nicht so verschieden. Wenn er Abigail dabei beobachtet hätte, wie sie einen anderen Mann umarmt, hätte er ganz genauso reagiert wie Ghost.

Wenn die beiden nicht so versessen darauf wären, sich selbst einzureden, dass sie Rivalen sind, wären sie wahrscheinlich beste Freunde.

Da ich aus Erfahrung weiß, dass es absolut unmöglich ist, Ghost mit Worten zu beruhigen, bin ich einfach still, schmiege mich in seine muskulösen Arme und lasse zu, dass er mich dahin trägt, wo er mich haben will.

Ich weiß genau, was er jetzt vorhat, er will mit mir schlafen und mir auf primitivste und zugleich schönste Art beweisen, zu wem ich gehöre.

Süchtig nach seinem Geschmack streife ich mit meinen Lippen an seinem Hals entlang, lasse meine Zunge vorschnellen und beiße sachte zu. Er gibt ein wildes Knurren von sich, presst mich fester an sich und eilt mit großen Schritten durch das Clubhaus bis hinauf in den ersten Stock, in dem sich einige Apartments befinden.

Bis vor acht Wochen hat Ghost noch außerhalb des Geländes gewohnt, jetzt sind wir zusammen in die Wohnung gezogen, in der ursprünglich Abigail mit ihrem Onkel und dessen Frau Susan gelebt hat. Der ist leider bei einer Bloody-Rally erschossen worden, woraufhin seine Lady den MC verlassen hat.

Ohne mich loszulassen sperrt Ghost die Türe auf, bringt mich rein und kickt sie mit dem Fuß zu. Sein Atem kommt schnell und laut, in seinen Augen erkenne ich, wie elementar sein Bedürfnis ist, mich zu halten, zu schmecken und zu vögeln.

Ich versuche, ihm etwas von dem Wahnsinn zu nehmen, der von ihm Besitz ergriffen hat und flüstere ihm leise zu, dass ich ihn liebe. Ghosts Nasenflügel blähen sich, die Sehnen an seinem Hals treten deutlich hervor. Der Griff, mit dem er mich hält, festigt sich, während die Muskeln in seinen Oberschenkeln ungeduldig zucken. So als könnten sie es kaum erwarten, in einen harten, schnellen Rhythmus zu verfallen.

„Zeig mir, wem ich gehöre. Beweise mir, dass du mein Mann bist."

Mehr Aufforderung braucht er nicht. Keuchend presst Ghost seine Lippen auf die meinen, schiebt seine Zunge in meinen Hals und küsst mich, als gäbe es kein Morgen mehr.

Wieder und wieder wühlt er sich durch meinen Mund, presst seinen Unterleib an den meinen und lässt mich spüren, wie hart und bereit er ist.

Es mag sein, dass das Leben seine Spuren auf uns hinterlassen hat – tief in unserem Inneren sind wir beide völlig kaputt. Doch wenn wir zusammen sind, fühle ich mich glücklich, sicher und beschützt. Wir heilen uns gegenseitig und schenken uns den Frieden, nach dem sich jeder Mensch insgeheim sehnt.

Jeden Morgen, wenn ich aufwache, bitte ich das Schicksal darum, uns ein Happy End zu schenken, doch bevor es so weit kommen kann, muss ich mich um einige Angelegenheiten kümmern....

2. Kapitel

Ghost

Klein und warm, Angels Körper ist mein persönliches Paradies.

Ich bin ein Killer, ein Mörder, ein Ausgestoßener der Gesellschaft. Falls es so etwas wie einen Gott gibt, und nach all der Scheiße, die ich schon erlebt habe, bezweifle ich das stark, werde ich nicht in den Himmel kommen. Ich bin ein klarer Fall für die Hölle. Mein Herz ist kalt und meine Seele ist tot. Der einzige Mensch, der mir das Gefühl gibt, am Leben zu sein, ist das Mädchen in meinen Armen, dessen süßer Geschmack auf meinen Lippen liegt und in dessen Körper ich mich Nacht für Nacht verliere.

Angel ist meine Erlösung.

Die meisten Menschen, die von sich behaupten, nichts zu fühlen, lügen, sie sind nur einfach nicht bereit, sich ihre Verletzlichkeit einzugestehen - bei mir ist das anders.

Ich empfinde tatsächlich so gut wie nie etwas. Unzählige Ärzte haben versucht, mir zu erklären, was mit mir los ist, sie wollten mich therapieren und mich gesellschaftsfähig machen. *Was ein Bullshit!* Die Gesellschaft kann mich mal, all die Therapeuten können mich mal... Dank der schizoiden Persönlichkeitsstörung, an der ich leide, ist es mir beinahe unmöglich, etwas zu empfinden.

Wenn ich jemanden töte, empfinde ich nichts außer Genugtuung. Es ist nicht so, dass ich ein Killer bin, der wahllos durchs Land fährt und jeden umbringt, der ihm über den Weg läuft. All die Männer, die durch meine Hand gestorben sind, haben es verdient.

Bis ich Angel begegnet bin, war das Einzige, was für mich gezählt hat, der Club. Jeder, der den MC und seinen Mitgliedern schaden will, muss davon ausgehen, dass er es mit mir zu tun bekommt. All meine Brüder und deren Ladys sind meine Familie.

Bevor ich Angel begegnet bin gab es nur eine Frau, die mir etwas bedeutet hat – Abigail. Die Cousine von Catcher, einem bereits verstorbenen Bruder, hat mir für lange Zeit alles bedeutet. Damals dachte ich, dass sie das Licht in meiner Dunkelheit ist. Heute weiß ich, dass sie nicht für mich bestimmt ist, sondern für Spider.

Das, was Abigail mich spüren lassen hat, war nur ein kleiner Bruchteil von dem, was Angel in mir auslöst. Die kleine weißhaarige Schönheit, deren Finger sich gerade tief in meiner Haut vergraben, hat mir bewiesen, dass sich all die Ärzte geirrt haben.

Sie ist der erste Mensch, dem es gelungen ist, die Dunkelheit, die mich all die Jahre fest im Griff hatte, zu vertreiben. Angels Nähe ist alles, was ich brauche. Die Küsse dieser Frau fühlen sich an wie warme Sonnenstrahlen.

Es spielt für mich keine Rolle, dass sie momentan noch mit einem anderen Mann verheiratet ist. Während sie sich darüber Gedanken macht, wie sie die Scheidung einreichen kann, ohne ihrem Ex, Taylor, über den Weg zu laufen, habe ich diesem gedanklich bereits unzählige Male das Genick gebrochen.

Dieser Wichser hat das Mädchen, das mir mehr bedeutet als mein Leben, verletzt. Er hat sie geschlagen, misshandelt und verängstigt. In meinen Augen hat er das Recht auf sein Leben verwirkt. Ich werde ihm in die Augen sehen, ehe ich ihm mein Messer tief ins Herz ramme, er wird wissen, aus welchem Grund ich ihm das Leben nehme.

Damals hat sie noch nicht mir gehört, ich war nicht da, um sie zu beschützen. Doch jetzt ist das anders. Jetzt gehört Angel mir, sie ist meine Frau, mein Eigentum und mein Besitz. Ich werde nicht zulassen, dass sie jemals wieder verletzt wird.

Auch wenn wir uns erst vor drei Monaten kennengelernt haben besteht für mich kein Zweifel daran, dass wir zusammengehören. Als ich sie das erste Mal gesehen habe, wusste ich es sofort. Damals wäre ich beinahe gestorben. In dieser Nacht hat Angel einen Mann getötet und mir somit das Leben gerettet.

Bevor sie zu mir gehört hat, war es mir egal, ob ich lebe oder sterbe. Um ehrlich zu sein, war es nie mein Plan, alt zu werden. Warum auch? Ich hatte nichts, wofür es sich zu leben gelohnt hat – das hat sich jetzt geändert.

Verspielt leckt meine Süße mit ihrer Zunge an meinem Hals entlang, knabbert an meinem Ohr und raunt mir leise zu, dass sie mich liebt. Wie immer, wenn sie dieses eine Wort ausspricht, spannt sich jeder Muskel in meinem Körper an. Es fühlt sich so an, als würde ich in Flammen aufgehen und bei lebendigem Leib verbrennen. Die Kälte weicht aus meinem Inneren, macht Platz für ein warmes Prickeln.

Keine Ahnung, ob man süchtig nach einem Menschen sein kann – ich bin es.

Das, was ich für sie empfinde, hat nichts mit dem tiefen, reinen Gefühl zu tun, das alle Liebe nennen. Ich bin besessen von ihr. Ich brauche Angel dringender als den nächsten Atemzug. Wenn sie nicht in meiner Nähe ist, ja selbst, wenn ich sie nur kurz aus den Augen verliere, bin ich kurz davor durchzudrehen.

Ace, der Präsident der Tacoma Riders hat mir einmal gesagt, dass er mich für eine tickende Zeitbombe hält, wahrscheinlich hat er mit dieser Einschätzung gar nicht so Unrecht. Wenn ich mich nicht mit eigenen

Augen davon überzeugen kann, dass es meinem Mädchen gut geht, bin ich kurz davor, den Verstand zu verlieren.

Selbst mir krankem Arschloch ist klar, dass das nicht gut ist, und dass ich lernen muss mich zu beherrschen, doch es will mir nicht gelingen.

Fuck! Am liebsten würde ich Angel an mich fesseln, so dass sie sich nie weiter als einen Meter von mir entfernen kann...

Für einen Mann wie mich, einem, der es gewohnt ist, nichts zu empfinden, ist diese Intensität nicht leicht zu bewältigen.

Ich ficke Angel mehrmals am Tag, hinterlasse dabei meine Spuren auf ihr und markiere sie so sichtbar als mein Eigentum. Sie soll nach mir riechen. Jeder Mann von hier bis nach fucking Mexiko soll sehen, dass diese Frau vergeben ist.

Am Anfang habe ich versucht, meine Besessenheit in den Griff zu kriegen, mittlerweile habe ich akzeptiert, dass ich von Angel niemals genug bekommen werde.

Holy Shit! Es ist mir egal, was der Rest der Welt von der Sache zwischen mir und Angel hält, alles, was zählt, ist, dass sie und ich glücklich sind und dass sie mit meiner Besessenheit umgehen kann. Der Rest ist nicht wichtig.

Besitzergreifend umfasse ich ihren Po, presse ihren Unterleib mit aller Kraft gegen den meinen und reibe meinen Ständer an ihr.

Tief einatmend erinnere ich mich daran, dass ich vorsichtig mit ihr sein muss, wenn ich sie nicht verletzen will, doch das fällt mir schwer.

„Du. Gehörst. Nur. Mir!“

Das wütende Grollen, in das sich meine Stimme verwandelt hat, hallt durch die Stille des Apartments. In den vergangenen Wochen hat Angel einen Weg gefunden, mich zu beruhigen. Wie so oft in den letzten Monaten schiebt sie ihre Hand unter meinen Pullover, legt ihre kleinen Finger direkt auf die Stelle meines Brustkorbs, an der sich mein Herz befindet und sieht mir tief in die Augen.

„Nur dir, Ghost. Ich gehöre nur dir. Für immer.“

Ihre Augen sind groß, ihr Blick ist aufrichtig.

„Fuck, Baby! Du bist alles, was ich brauche, dich zu verlieren, könnte ich nicht verkraften.“

„Du wirst mich nie verlieren.“

Mit diesen Worten stellt sie sich auf die Zehenspitzen und küsst mich viel zu zärtlich.

Von einem allumfassenden Hunger getrieben reicht mir das, was sie mir zu geben bereit ist, nicht. Ich will verdammt noch mal alles.

Grob dringe ich mit meiner Zunge in ihren Mund ein, wühle mich durch die dunkle Höhle und trinke ihren Geschmack.

Das leise Seufzen, das sich aus ihrer Kehle löst, hilft mir nicht gerade dabei, langsam vorzugehen.

Unsere Zähne schlagen krachend aufeinander. Es kostet mich all meine Beherrschung, dass ich sie nicht einfach packe, auf das Bett werfe und mich mit einem gnadenlosen Stoß in ihr versenke.

Angel mag es langsam. Aufgrund ihrer unschönen Vorgeschichte braucht sie beim Sex immer etwas Zeit, um sich auf mich einlassen zu können. Das widerliche Schwein, das sie geheiratet hat, hat sie während der Ehe regelmäßig vergewaltigt. Dass sie noch immer nicht darüber hinweggekommen ist, erkenne ich daran, dass sie instinktiv zusammenzuckt, wenn ich mich zu schnell bewege, oder an dem gehetzten Ausdruck, der manchmal in ihrem Blick liegt. In bestimmten Momenten versucht sie sich zu schützen, indem sie den Männern, die ihr hier im Club begegnen, ausweicht.

Bei allen Dämonen!

Eher würde ich mich selbst töten, bevor ich ihr Leid zufüge.

Es wird der Tag kommen, an dem ich diesem Drecksack gegenüberstehe und mein Mädchen räche. Ich werde ihm jeden Knochen mehrfach brechen, ich werde ihn leiden lassen und ihm so viel Schmerz zufügen, dass er seinen eigenen Namen vergisst. Und erst wenn meine Rachsucht gestillt ist, werde ich seinem Leben ein Ende bereiten.

Diese Frau, deren Lippen mir mit jedem Kuss das Paradies versprechen, ist alles was ich jemals wollte. Sie ist so rein und so perfekt, dass ein Monster wie ich eigentlich kein Anrecht auf sie hat. Und dennoch nehme ich sie mir, weil ich nicht genug Kraft habe, ihr zu widerstehen.

Angel ist mein verbotener Apfel, sie ist das einzige Paradies, das ich jemals kennenlernen werde.

„Mein! Du bist mein!“

Wieder und wieder spreche ich aus, was mir wie in einer Dauerschleife durch den Kopf geht.

„Für immer mein!“

Ein Schauder lässt sie erbeben.

Kaum dass ich sie wieder auf die Füße gestellt habe, beginnt sie damit mich auszuziehen.

Sie streift mir die Kutte von den Schultern, ich helfe ihr, indem ich mir den Hoody über den Kopf ziehe.

Als Nächstes macht sie sich an der breiten Gürtelschnalle zu schaffen.

Noch bevor es mir gelungen ist aus der Hose zu steigen, umfasst sie meinen Schwanz und reibt mit ihrem Daumen über den Schlitz an der Spitze.

Das Gefühl ist unbeschreiblich...

In den vergangenen Jahren habe ich so viele Bitches gefickt, dass ich keine genaue Zahl nennen kann. Keine von ihnen konnte meinen Hunger wirklich stillen. Erst seit ich Angel begegnet bin, weiß ich, wie es sich anfühlt, wirkliche Befriedigung zu finden. Angel lässt zu, dass ich sie nicht nur anfasse, sondern dass ich sie berühre. Wir ficken nicht einfach nur – wir verschmelzen miteinander.

Mein Engel schenkt mir ihr Vertrauen und überlässt sich meiner Führung.

Sie macht mir das größte Geschenk, das eine Frau ihrem Mann überhaupt machen kann.

Aufgrund ihrer von Gewalt geprägten Vergangenheit fällt es ihr jedes Mal wieder schwer, sich mir auszuliefern. In ihren wunderschönen Augen sehe ich die Angst, die sie noch immer fest im Griff hat. Obwohl ich sie nie wirklich aus den Augen lasse und über sie wache, verfolgen die Dämonen ihrer Vergangenheit sie Tag für Tag und Nacht für Nacht. Als ich das erste Mal mit ihr geschlafen und die Furcht in ihrem Blick erkannt habe, habe ich es mir zur Lebensaufgabe gemacht, ihr diese zu nehmen – ich werde nicht scheitern.

Kreisend reibt sie mit ihren Fingern über meine geschwollene Eichel, verteilt die ersten cremigen Tropfen und leckt sich dabei über die Lippen, so als könnte sie es gar nicht erwarten, meinen Schwanz in den Mund zu nehmen.

Es gibt nichts Geileres als einen harten, tiefen Kehlenfick ...

Süchtig nach ihrem Geschmack erobere ich erneut ihren Mund, sauge an ihrer Zunge und trinke das willige Keuchen, das sie von sich gibt.

Erst als sich meine Hoden schmerzhaft zusammenziehen und ich schon befürchte, in ihrer Hand zu kommen, löse ich mich von ihr und trete einen Schritt zurück.

„Langsam, Baby, so schnell entkommst du mir nicht."

Ungeduldig zerreiße ich das Top, das ihre Titten vor meinen Blicken verbirgt und werfe es auf den Boden.

Hart und geschwollen pressen sich ihre Nippel gegen den dünnen, samtenen Stoff ihres BHs. In dem Augenblick, in dem ich ihre Brüste mit meinen Handflächen bedecke, beschleunigt sich ihr Atem. Keuchend biegt sie ihren Rücken durch und bietet sich mir an. Erneut ist es ihr Vertrauen, das mich beinahe in die Knie zwingt.

Keine Ahnung, womit ich diesen Engel verdient habe, aber ich werde lieber sterben, als sie jemals wieder freizugeben....

Stück für Stück ziehe ich sie aus, erst als sie nackt und schutzlos vor mir steht, hebe ich sie hoch und lege sie mittig in mein Bett.

3. Kapitel

Angel

Langsam drehe ich meinen Kopf und beobachte Ghost dabei, wie er sich auszieht. Seine Mimik wirkt angespannt, die Muskeln in seinen Armen zucken.

Breite Schultern, ein perfekt trainierter Oberkörper, der sich zu einer V-Form verjüngt und ein gut definiertes Sixpack, das eigentlich eher ein Eightpack ist, lassen mir das Wasser im Mund zusammenlaufen. Die Narbe, die er der Schusswunde von Marysville verdankt, ist nicht die einzige. Neben unzähligen Tattoos zieren auch jede Menge Narben seine Haut. Manche sind länglich und erinnern an Schusswunden, andere hingegen sind ausgefranst und uneben. Selbst ich, und ich habe keine Ahnung von Medizin, erkenne, dass sie nicht fachgerecht versorgt wurden. In Momenten wie diesen kann ich immer noch nicht glauben, dass ich zu diesem knallharten Rocker gehöre. In den vergangenen Monaten haben wir unzählige Male miteinander geschlafen und dennoch bin ich jedes Mal wieder nervös, wenn es ernst wird.

Dieser Rider ist um so vieles größer und stärker als ich, wenn er wollte, könnte er mich schwer verletzen, er könnte mich vergewaltigen und ich hätte ihm nichts entgegenzusetzen. Doch selbst wenn das Grau seiner Augen vor Lust und Erregung weiß wird, und der Griff, mit dem er mich hält, fester wird, ist er stets darauf bedacht, mir nicht wehzutun.

Von unserem ersten Mal an hat Ghost mich verstanden, er hat realisiert, dass es mich jedes Mal wieder Überwindung kostet, mich ihm hinzugeben.

Es ist nicht so, dass ich ihn nicht begehre oder ihm misstraue, aber wenn einem das passiert, was mir zugestoßen ist, dann ist die Angst so tief in einem verankert, dass sie zu einem Teil von einem wird.

Er streckt seine Hand nach mir aus und streicht über die Haut an meinem Schlüsselbein.

Diese eigentlich eher unschuldige Berührung reicht aus, um mein Herz schneller schlagen zu lassen. Seine Finger hinterlassen eine glühende Spur, es fühlt sich so an, als hätte ich mich an ihm verbrannt.

Ghost sucht meinen Blick, fesselt ihn an sich und legt seinen Kopf leicht schief.

Nachdem er mir bis auf den Grund meiner Seele geblickt hat, bricht er das Schweigen.

„Du bist das Kostbarste, was ich besitze..."

Er macht eine kurze Pause, streicht mit seinem Daumen über meine Unterlippe und steigt neben mir ins Bett. Erst als er mich auf seinen Schoß gezogen hat und ich mich mit dem Rücken gegen seinen

Brustkorb lehne, spricht er mit leiser, beschwörender Stimme weiter: „... stimm endlich zu, meine Old Lady zu werden. Deine Weigerung macht mich wahnsinnig. Ich will, dass du mein Leder trägst, jeder soll wissen, wem du gehörst und von wem du beschützt wirst."

Die Eindringlichkeit, mit der er spricht, lässt mich erbeben.

Seine große Hand gleitet zwischen meine Schenkel, seine Finger legen sich auf meine bereits feuchte Scham.

In meinem Unterleib breitet sich ein sehnsüchtiges Pochen aus, meine Schamlippen schwellen an und mein Atem kommt schneller. Obwohl ich mit jeder Faser meines Körpers spüre, dass ich zu diesem Mann gehöre, kann ich ihm diese Bitte nicht erfüllen – noch nicht. Wenn ich zustimme, seine Lady zu werden und seine Kutte trage, dann kommt das einer Hochzeit gleich. Aber wie kann ich mich diesem Rocker versprechen, wenn ich noch immer an Taylor gebunden bin? Gar nicht!

Was für eine beschissene Situation. Ich kann Ghost seine Bitte erst erfüllen, wenn ich die Scheidung eingereicht und endgültig mit meiner Vergangenheit abgeschlossen habe. Alles andere wäre ihm gegenüber nicht fair.

„Sei nicht böse. Aber ich kann nicht, Ghost... noch nicht zumindest. Du weißt warum."

Geschickt teilen seine Finger meine Falten, umkreisen meine Klit und dringen in mich ein. Stöhnend schließe ich die Augen und überlasse mich seiner Führung. Ich will sein Gewicht auf mir spüren, ich will seine Hände auf meiner Haut und sein Glied tief in mir.

Das dunkle Knurren, das sich aus seiner Kehle löst, vibriert in seinem Brustkorb.

Seine Zähne graben sich in meinen Hals, während er seinen Mittelfinger tief in meine Scheide schiebt.

Die Kombination aus seiner Nähe, seiner Kraft und seinem herben Geruch reicht beinahe aus, um mich über die Klippe zu schicken.

„Sag, dass du zu mir gehörst. Sag es. Ich muss es hören!"

„Ich gehöre zu dir."

Ghost krümmt tief in mir seinen Finger, trifft so auf meinen empfindlichsten Punkt und entlockt mir ein Stöhnen. Mit seiner noch freien Hand umfasst er meine linke Brust und beginnt damit, sie zu massieren.

Seine Berührungen sind grob und fordernd, ich kann seine aufsteigende Wut regelrecht spüren.

„Du hast keine Chance gegen mich. Ich werde dir mein Leder anziehen, es gibt kein Entkommen für dich."

Seine Selbstsicherheit erregt mich nur noch mehr.

Dieser Mann übt eine ungeheure Macht auf mich aus.

Langsam entzieht er mir wieder seinen Finger, nur um als nächstes mit einem weiteren in mich zu stoßen.

Um meinen lauten Schrei zu unterdrücken beiße ich mir auf die Lippe.

„Tu das nicht. Ich will dich hören, mein Engel.“

Er umschließt mit zwei seiner Finger meine Brustwarze, zwirbelt sie sanft und bringt sie so zum Glühen.

Ich spüre, wie ich die Kontrolle über meinen Körper verliere, wie ich regelrecht zerfließe, während sich aus meinem Mund ein lauter Schrei löst und ich mich zitternd in seinen Armen verliere.

Kraftlos und völlig verloren lasse ich zu, dass er mich noch fester an sich presst.

Sein heißer Atem streift über die empfindliche Haut an meinem Nacken, während ich verzweifelt versuche, meine Contenance wiederzufinden.

Wie ist es ihm nur gelungen, mich so schnell so hoch fliegen zu lassen?

Hart und dick presst sich sein Glied gegen meinen Po. Ghosts Lippen legen sich an meinen Hals, er beißt zu und beginnt zu saugen. Als er sich wenige Sekunden später schmatzend von mir löst, pulsiert die Stelle. Es ist nicht das erste Mal, dass er mir einen dicken Knutschfleck verpasst. Mein Rocker liebt es, seine Spuren auf mir zu hinterlassen. Egal, ob Knutschflecken, Bissabdrücke oder leichte blaue Flecken, wenn er mich unnachgiebig festhält, während er mich fickt.

Wahrscheinlich würden sich die meisten Frauen daran stören, ich liebe es, wenn er sich auf mir verewigt. Wenn es mir schon nicht möglich ist, mir sein Leder anzuziehen, dann trage ich zumindest seine Markierungen mit Stolz.

4. Kapitel

Ghost

Es gibt nichts Schöneres, als meinen Engel dabei zu beobachten, wie er sich in seiner Lust verliert. Ihr moschusartiges Aroma inhalierend ziehe ich sie besitzergreifend an mich – nicht bereit, sie jemals wieder loszulassen.

Mein Glied presst sich fordernd gegen ihr rundes Hinterteil. Wenn ich sie nicht bald ficken kann, verliere ich noch den Verstand.

Angespannt lasse ich meinen Blick über ihren Rücken bis hinab zu ihrem runden Po gleiten. Alleine das Wissen, dass ich mein restliches Leben Zeit habe, diese Frau zu genießen, sorgt dafür, dass ich nicht vollends den Verstand verliere.

Bei Gott, ich werde mich nicht nur in ihrem Mund und ihrer engen Pussy, sondern auch in ihrem perfekten Arsch versenken. Ich will dieses Mädchen auf jede erdenkliche Art und Weise ficken. Leise knurrend umfasse ich mit meinen beiden Händen ihre Titten, massiere ihr weiches Fleisch und lecke an ihrem Hals entlang. Ihr hilfloses Wimmern ist Musik in meinen Ohren.

Mit meinen Händen umfasse ich ihre Taille, hebe sie hoch und werfe sie neben mir auf die Matratze. Mich über sie kniend schnappe ich mir ihre Arme und ziehe sie über ihren Kopf.

„Was...?“

Ihre Frage hängt unbeantwortet im Raum.

Noch bevor sie durchschaut hat, was ich vorhabe, bücke ich mich nach ihrem zerrissenen Top und fessle sie damit an das Bettgestell.

Während mich die Tatsache, dass sie mir jetzt völlig wehrlos ausgeliefert ist, erregt, scheint Angel ihre Hilflosigkeit zu ängstigen.

„Jetzt kannst du mir nicht mehr entkommen!“

Ihre Pupillen weiten sich, sie atmet immer schneller ein und aus, während sie unsicher die Beine zusammenpresst.

„Vertraust du mir, Süße?“

„Du weißt, dass ich das tue. Trotzdem will ich, dass du mich wieder losbindest.“

Unfähig, das Lächeln, zu dem sich meine Lippen verziehen, zu unterdrücken, beuge ich mich zu ihr vor und verpasse ihr einen kurzen, jedoch intensiven Kuss.

„Keine Chance, Baby. Mir gefällst du so ganz gut. Vielleicht werde ich dich einfach für immer hier in meinem Bett gefangen halten.“

Auf ihren Armen bildet sich eine Gänsehaut, während sie sich nervös über die Lippen leckt.

In den Tiefen ihrer blauen Augen erkenne ich einen köstlichen Mix aus Angst und Erregung. Sie scheint selber nicht genau zu wissen, ob es sie nur ängstigt, gefesselt zu sein, oder ob sie es doch auch erregend finden soll.

„Das meinst du nicht ernst."

„Ach nein?"

Holy Fuck!

Alleine die Vorstellung, Angel für immer nackt und feucht in meinem Bett gefangen zu halten, reicht aus, um mich beinahe abspritzen zu lassen.

Zufrieden beobachte ich meine Süße dabei, wie sie versucht, sich aus der Fesselung zu befreien. Aber das kann sie vergessen. Ich bin ein verdammter Dead Rider.

Wenn ich etwas mache – dann richtig.

Ohne meinen Blick von ihr abzuwenden, öffne ich mit meinen Knien ihre Beine und lasse meine Nase zwischen ihren Brüsten bis hinab zu ihrer Pussy gleiten...

Tief einatmend sauge ich so viel von ihrem köstlichen Duft wie nur möglich in meine Lungen. Die Pussy meines Angels ist weich und rosa und ihre Schamlippen öffnen sich für mich, so wie eine Blüte ihre Blätter entfaltet.

Mit den Fingern streiche ich über ihre weichen Falten, necke sie mit meinem Daumen und bespiele ihren Kitzler.

Heute Nacht will ich sie nicht einfach nur ficken. Ich will sie schmecken, fingern, ausfüllen und für mich beanspruchen. Züngelnd lecke ich mich langsam und träge durch ihre heiße Spalte, koste ihren Saft und schiebe meine Zunge so tief wie möglich in ihre Muschi.

Bestimmend umfasse ich ihren Po, hebe ihr Becken an und presse sie noch fester gegen meinen Mund.

Erst als sie zuckend und stöhnend unter mir liegt, gebe ich ihre Pussy wieder frei und knabbere an der weichen Haut ihres Bauches.

Meine Hände lasse ich über ihren kurvigen Körper gleiten. Ich streiche über die pralle Unterseite ihrer Brüste, umfasse die weichen Hügel und knete sie.

Hilflos windet sie sich in den Fesseln, während sie ein lustvolles Seufzen von sich gibt. Ich sauge ihren Nippel in den Mund und lasse sie meine Zähne spüren.

Im ersten Moment verspannt sie sich kurz, ehe sie ihren Rücken durchdrückt und sich mir willig entgegenpresst.

Völlig egal, wie widerspenstig sie sich auch geben mag, ihr Körper hat sich mir längst ergeben.

Ein letztes Mal beiße ich ihr in die Brustwarze, ehe ich sie packe und auf den Bauch drehe. Sie keucht erschrocken auf. Ich bedecke sie mit meinem Körper, lasse sie mein Gewicht spüren und presse sie tiefer in die Matratze. Mein Plan, mir heute Nacht mehr Zeit zu lassen, gerät ins Wanken. Jetzt, wo sie nackt, gefesselt und feucht unter mir liegt, will ich einfach nur eins, mich bis zum Anschlag in ihrer engen Pussy versenken.

„Oh, Baby! Ich muss endlich in dir sein."

„Ich will dich spüren, Ghost..."

Ihr Eingeständnis ist alles, was ich hören wollte.

Meinen Arm unter ihrem Bauch hindurchschiebend ziehe ich sie auf die Knie und bringe mich hinter ihr in Position.

Angespannt vergrabe ich meine Finger in ihrem weichen Fleisch, ziehe ihre Pobacken auseinander und lasse meine Augen über ihre entblößte Mitte gleiten.

Mit ungeduldig puckernden Hoden umfasse ich meinen Schwanz und schiebe meine Eichel in ihre enge, nasse Öffnung.

Laut fluchend schließe ich die Augen. Die Muskeln in meinen Oberschenkeln zucken. Es kostet mich unheimlich viel Kraft, rücksichtsvoll zu sein.

Der Körper meines Engels ist unglaublich perfekt.

Der Drang, sie mit einem harten Stoß zu nehmen, ist beinahe übermächtig, doch ich beiße die Zähne zusammen, lasse mir Zeit und genieße jeden Zentimeter, den ich tiefer in sie gleite.

Erst als ich mit dem kompletten Schaft in ihr stecke, lockert sich meine Anspannung wieder etwas.

Angels raues Stöhnen, ihr heiseres Keuchen und die Art, wie sie mir ihren Po entgegenstreckt, sind mehr als ich ertragen kann.

„Versprich mir, dass du mich niemals verlässt..."

Ihre geflüsterten Worte lassen meine Kontrolle in Flammen aufgehen.

„Niemals, Baby. Eher sterbe ich."

Ich ziehe mich aus ihr zurück, nur um eine Sekunde später wieder in sie zu stoßen.

Stöhnend beuge ich mich zu ihr nach unten, beiße ihr in das linke Schulterblatt und versenke mich erneut bis zum Anschlag in ihrer zuckenden Fotze.

Angel stöhnt und windet sich... Bei jedem meiner harten Stöße wird sie etwas weiter nach oben geschoben.

Als sie sich aufbäumt, presse ich sie bestimmend zurück auf die Matratze.

Erneut ramme ich mich tief in sie, massiere mit meinem Daumen ihre enge Rosette und beobachte, wie sie erschaudert. Eine dünne

Schweißschicht überzieht ihren Rücken, das laute Klatschen unserer aufeinandertreffenden Körper erfüllt den Raum.

Ich lege ihr meine Hand in den Nacken und umfasse ihren schmalen Hals.

Sie gibt ein ersticktes Schluchzen von sich, während sie sich nach Halt suchend am Bettgestell festkrallt.

„Sieh mich an, Baby."

Ihren Kopf auf die Seite drehend sieht sie zu mir nach oben.

Eigentlich wollte ich sie fragen, ob es ihr gut geht, oder ob es zu viel ist, doch ihr Gesichtsausdruck verrät mehr als tausend Worte.

Meine Eier ziehen sich puckernd zusammen und meine Atmung stockt, während die Frau unter mir kurz vor dem Höhepunkt steht.

Die Pussy meiner Süßen zurrt sich so fest um meinen Schwanz zusammen, dass es schmerzt. Wimmernd, stöhnend und keuchend wird sie von einem heftigen Orgasmus von den Knien gerissen.

Heiser flüstert sie meinen Namen und ihr Rücken krümmt sich.

Jetzt, wo ich meinem Engel einen Flug zu den Sternen geschenkt habe, verfalle ich in einen gnadenlosen Rhythmus.

Ich verliere mich im Hier und Jetzt, nehme sie mir immer tiefer und härter.

Angels Stöhnen verwandelt sich in laute Schreie.

Jetzt in diesem Augenblick zählt für mich nur noch die Frau unter mir. Die Umgebung verschwimmt vor meinen Augen, mein Verstand kapituliert und meine Atmung stockt.

Schweißperlen rinnen mir über den Rücken und vor meinen Augen wird es schwarz.

Ich vergrabe meine Finger in ihre Taille, halte mich an ihr fest und spritze meinen Samen laut brüllend so tief es geht in ihren zitternden Körper.

Atemlos stütze mich auf dem Bett ab und schiebe mich ein letztes Mal in ihre nasse Spalte.

Dank unseres Schweißes kleben wir aneinander fest.

Meins – meins – meins. Für immer nur meins.

Möglichst langsam ziehe ich mich aus ihr heraus, sauge frischen Sauerstoff in meine Lungenflügel und reibe noch ein paar Mal durch ihre zuckende Spalte, löse die Fesseln und lasse mich neben ihr auf die Decke fallen.

Obwohl ich nichts zurückgehalten und meinen Engel gründlich gefickt habe, würde ich mich am liebsten sofort wieder in ihr vergraben. Ich will dieses Mädchen so tief ausfüllen und sie so oft mit meinem Samen füllen, bis sie endlich bereit ist, meine Kutte zu tragen. Ich will, dass sie laut und für jedermann hörbar herausschreit, dass sie mir gehört, dass sie mein Eigentum ist und dass ich der einzige Mann auf dieser Erde bin, der das Recht hat, ihre perfekte Muschi zu ficken.

Atemlos flüstert Angel meinen Namen. Zufrieden brummend ziehe ich sie an mich, streiche ihr die Haare aus dem Gesicht und küsse sie sanft auf die Schläfe.

Sie gibt ein zutiefst weibliches Geräusch von sich und presst sich noch fester an meine Seite.

Da ich noch immer nicht genug von ihr habe, streichle ich ihren Rücken, umfasse ihren Po und wühle mich mit meinen Fingern durch ihre Muschi.

Sie ist nass und klebrig und ich kann spüren, wie mein Sperma aus ihrer Öffnung läuft.

Fuck! Es ist total pervers, aber das Wissen, dass sie meinen Samen in sich hat, erregt mich maßlos.

Kreisend reibe ich zuerst ihr Poloch mit meinem Saft ein, ehe ich an ihrem Unterleib damit weitermache.

Holy Shit! Am liebsten würde ich mich über sie knien und ihr auf den Bauch wichsen. Ich will mich in ihre Haut einmassieren, sie markieren und besitzen.

Wenn es mir nicht bald gelingt, meine Besitzgier in den Griff zu bekommen, wird das noch schlimme Folgen haben. Heute bin ich beinahe ausgeflippt, weil ich sie dabei beobachtet habe, wie sie Spider umarmt hat.

Mittlerweile bin ich so weit, dass es mich sogar stört, wenn sie sich mit anderen Männern unterhält...

Erneut reibe ich mit meiner Handfläche über ihre immer klebriger werdende Mitte.

„Du bist ja heute unersättlich, Ghost."

„Von dir werde ich nie genug bekommen ..."

„Du kannst mich so oft haben wie du willst, aber jetzt brauche ich eine Pause."

Ich lasse meine Hand über ihren Rücken bis hinauf zu ihrem Nacken gleiten, umfasse diesen bestimmend und drehe ihren Kopf so zu mir, dass ich sie küssen kann.

Der Zungenkuss, den ich ihr verpasse, ist tief und langsam. Angel legt sich halb auf mich und knabbert an meiner Unterlippe.

„Iiiih... Wegen dir klebe ich jetzt überall...."

„Ich mag es, wenn du überall nach Sex riechst."

Sie gibt ein leises Kichern von sich.

„Das ist ekelig."

„Nein Baby, das ist perfekt. Vielleich verbiete ich dir, jemals wieder zu duschen."

Angel zieht ihre Augenbrauen nach oben.
„Du verbietest es mir?“
„Aye, ich denke, das tue ich.“
Empört schnaubend boxt sie mir gegen die Schulter und funkelt mich aufgebracht an.
„Jetzt hör mir mal gut zu, Mister Rockermacho. Es mag sein, dass ich mich mittlerweile von dir ans Bett fesseln lasse, es ist auch okay, wenn du dein Sperma auf meinem kompletten Körper verteilst, aber ich lasse mir nichts von dir verbieten. Verstanden?“
Ich erkenne sofort, dass sie in den Kampfmodus gewechselt hat und weiß aus Erfahrung, dass es besser ist, ihr jetzt einfach zuzustimmen.
Das Letzte, worauf ich in diesem Moment Lust habe, ist eine von Angels Grundsatzdiskussionen.
„Gut, dann verbiete ich es dir eben nicht. Sondern lasse es einfach nicht zu.“
Mit diesen Worten schlinge ich ihr beide Arme um die Taille, presse sie fest gegen mich und hauche ihr einen sanften Kuss auf die Stirn.
Ihr entrüstetes „Hmpf...“ überhörend schließe ich meine Augen und genieße das Gefühl absoluter Zufriedenheit, das sich immer dann in mir ausbreitet, wenn ich Angel bis zur Erschöpfung gevögelt habe.

5. Kapitel

Angel

Es ist Sonntag. Im Club ist nur wenig los, Abigail muss für die Schule lernen, Nicki und Razzor sind für ein paar Tage nach Everett zu einem befreundeten MC gefahren und die restlichen Ladys kümmern sich um ihre Kinder. Ghost und seine Brüder befinden sich jetzt schon seit zwei Stunden in Aces Büro. Soweit ich weiß, besprechen sie das weitere Vorgehen mit den Chinesen.

Da es letzte Nacht wirklich spät geworden ist, haben wir heute bis mittags geschlafen, anschließend sind wir zum Frühstücken in die Stadt gefahren und haben uns dann noch mal für ein paar Stunden hingelegt - heute ist der faulste Tag seit langem...

Jetzt, wo sich endlich die dunklen Regenwolken verziehen und die Sonne zum Vorschein kommt, beschließe ich, mir ein bisschen die Beine zu vertreten.

Ich ziehe mir eine Sweatshirtjacke über, verlasse das Apartment und mache mich auf den Weg raus auf den Hof.

Mimi, eine der vielen Clubhasen, füllt die Bar auf und kümmert sich um die Getränkebestellung. Im Gegensatz zu den vielen anderen Bitches ist sie eine junge, bodenständige Frau, die auch kein Problem damit hat, zuzupacken. Nicht zum ersten Mal frage ich mich, warum sie sich so dermaßen unter ihrem Wert verkauft. In den letzten Tagen habe ich sie öfters mit Mad zusammen gesehen. Genau wie Spider war er bis vor kurzem noch ein Nomad, der jetzt aber auch fest zu den Tacoma Dead Riders gewechselt ist. Vielleicht bahnt sich ja zwischen den beiden was an? Sie würden ein wirklich schönes Pärchen abgeben. Mimi und Mad - das klingt beinahe so gut wie Ghost und Angel. Aber na ja, mich geht das nichts an... Ganz offensichtlich stehen viele Frauen auf wilden Sex mit wechselnden Partnern.

Bis auf Fire, der wie meistens die Zufahrt zum Gelände bewacht, ist niemand zu sehen.

Ohne genaues Ziel schlendere ich über den Platz. Als ich sehe, dass die Tore zur MC-eigenen Werkstatt offen stehen, beschließe ich, mich darin mal umzusehen.

Bis jetzt habe ich immer nur von außen einen Blick reingeworfen, doch heute packt mich die Neugierde. Auf der Rückseite der Halle stehen mehrere Harleys nebeneinander aufgereiht. Manche von ihnen sehen aus wie neu, andere hingegen sind schon in die Jahre gekommen. Es riecht nach Benzin, Motoröl und kaltem Rauch. An den Wänden hängen große Poster, auf denen nackte Mädchen, die sich an dicken Motorrädern rekeln, abgebildet sind. Der raue Betonboden ist mit Flecken übersät, überall liegen die verschiedensten Werkzeuge herum.

Im Augenblick wird gerade an einem alten Ford Mustang und einer silbernen Limousine gearbeitet. Bei dem schwarzen Mustang steht die Motorhaube offen, selbst ich, und ich habe keine Ahnung von Autos, erkenne, dass viele Teile ausgebaut wurden.

Gerade als ich mich wieder zum Ausgang umdrehen will, höre ich, wie das Tor rasselnd geschlossen wird. Erschrocken zucke ich zusammen und wirble um meine eigene Achse.

In der ersten Sekunde denke ich noch, dass derjenige, der es runtergelassen hat, mich nicht gesehen hat, aber es ist anders.

Fire muss mich von seinem Wachposten aus dabei beobachtet haben, wie ich in die Werkstatt gegangen bin, denn jetzt steht er keine fünf Meter von mir entfernt mit einem langem Messer in seiner linken Hand da und sieht mich eindringlich an.

„Jetzt bist du fällig...."

Seine Zunge schnellt vor, er erinnert mich an einen ekeligen Salamander.

Sofort überzieht eine unangenehme Gänsehaut meine Arme.

„Was meinst du?"

Auch wenn ich schon eine ungute Vorahnung habe, will ich, dass er es laut ausspricht.

„Seit du hier angekommen bist, wackelst du mit deinem Arsch durch den Club. Machst alle geil und lässt dann nur Ghost ran. So läuft das hier nicht, Bitch. Ihr Schlampen müsst für uns alle in die Knie gehen. Ghost hält sich nicht an die Regeln – aber du wirst das noch lernen."

Die silberne Klinge zieht meine Aufmerksamkeit auf sich.

Was hat er vor? Was soll das? Soll das ein schlechter Scherz sein?

Die altbekannte Angst, die ich nur allzu gut aus meiner Zeit mit Taylor kenne, bringt mein Herz zum Rasen. Es fühlt sich so an, als würde sich eine eiskalte Faust um mein Herz schließen und mit aller Kraft zudrücken.

„Ich..." Scheiße, ich habe keine Ahnung, was ich sagen oder wie ich mich verhalten soll.

Während ich noch immer nicht begreife, was hier gerade passiert, kommt er langsam auf mich zu. Erneut schnellt seine Zunge echsenartig aus seinem Mund, ehe sich seine Lippen zu einem zufriedenen Grinsen verziehen.

„Du bist mit Sicherheit eine von den Tussis, die darauf stehen, hart rangenommen zu werden. Oh ja, dich werde ich so rannehmen, dass du mich nicht mehr vergessen wirst. Wenn ich mit dir fertig bin, wirst du mich um meinen Schwanz anbetteln."

Jetzt, wo er mir näher kommt, sehe ich, dass seine Pupillen unnatürlich geweitet sind. Die Finger seiner rechten Hand ballen sich immer wieder zur Faust, ehe er sie nervös ausschüttelt.

Kann es sein, dass er auf Droge ist?

Instinktiv weiche ich von ihm zurück, versuche möglichst viel Abstand zwischen uns zu schaffen. Doch das ist gar nicht so leicht. Wegen der Bikes, der Autos und der vielen anderen Sachen ist es recht eng hier.

Die Panik, die in mir hochsteigt, schnürt mir den Hals zu, ich bekomme kaum noch Luft.

Vor meinen Augen flackert kurz Taylors Gesicht auf, der Alptraum, in dem ich so viele Jahre festgesteckt habe, scheint sich erneut zu wiederholen.

„Bitte nicht..."

Mir ist durchaus bewusst, dass ich eigentlich so laut ich kann nach Hilfe schreien müsste, doch ich bekomme gerade mal ein Krächzen heraus.

Genau wie in meiner Vergangenheit verfalle ich sofort wieder in die Opferrolle.

Obwohl Fire mich noch nicht angerührt hat, kann ich beinahe den Schmerz spüren, den eine Vergewaltigung mit sich bringt. Mein Körper erinnert sich an all die Male, wo er unterworfen und misshandelt wurde.

Ein heftiger Flashback sorgt dafür, dass mir dicke Tränen in die Augen steigen und meine Sicht verschwimmt.

„Oh ja, du wirst betteln, Schlampe und ich werde dir geben, was du brauchst."

Auf wackeligen Knien renne ich Richtung Tor - Fire ist schneller.

Er packt mich von hinten, umfasst meinen Nacken und donnert meine Stirn mit Wucht gegen das unnachgiebige Tor der Werkstatt.

Der Schmerz zuckt wie ein Blitz durch meinen Kopf, vor meinen Augen wird es schwarz, ich sehe Sterne.

„Na, na, na..., wenn du mir Ärger machst, muss ich dich bestrafen! Willst du das? Willst du, dass ich dir weh tue?"

„Nein."

„Braves Mädchen."

Er drückt mich nach unten auf den Boden, so dass ich vor ihm knie, vergräbt seine Finger in meinen Haaren und reißt meinen Kopf nach hinten. In meinem Genick knackt es, seine Zunge schnellt wieder raus.

„Ghost wird mir dankbar dafür sein, dass ich dich eingeritten habe. Von mir kannst du was lernen, Bitch."

Oh Gott, Ghost...

Während ich hier im Dreck knie und vergewaltigt werde, sitzt er nur wenige Meter weiter in einem Zimmer und weiß nicht, was passiert.

Ich habe keine Ahnung, wie er reagieren wird, wenn er erfährt, dass ausgerechnet einer seiner Brüder mich auf dem Gelände des Clubs, der sein Leben bedeutet, missbraucht hat. Wahrscheinlich wird er völlig durchdrehen und ein gigantisches Blutbad anrichten.

Aber was wird aus uns?

Wird er mich noch wollen?

Werde ich hierbleiben können?

Verdammt, hör endlich auf ein Opfer zu sein und wehr dich!

Eine Stimme tief aus meinem Inneren reißt mich aus meinen Überlegungen.

Fire lässt meine Haare los und beginnt damit seine Jeans zu öffnen.

Zu meinem Pech hat er das Messer nicht losgelassen.

Kaum dass er seinen Penis aus der Hose geholt hat, wedelt er mir damit vor dem Gesicht herum. Bittere Galle steigt in meinem Hals auf, es dauert nicht mehr lange und ich muss mich übergeben. Der schlimme Kopfschmerz hat sich in ein unangenehmes Pochen verwandelt. Meine Stirn fühlt sich so an, als würde sie platzen.

„Öffne deinen Mund für mich, gefallener Engel.“

Anstatt seinem Befehl nachzukommen, sehe ich ihn direkt an und überlege, wie ich ihn entwaffnen kann.

„Maul auf und wehe, du beißt. Dann schlitze ich dir die Kehle auf.“

Er fährt sich mit der scharfen Klinge am Hals entlang, um seinen Worten mehr Gewicht zu verleihen.

„Was soll das? Dafür wird Ghost dich mit bloßen Händen in Stücke reißen.“

Mit den Schultern zuckend beginnt er, seinen Penis zu reiben.

„Er hat dir keine Kutte angezogen. Du bist nicht sein Eigentum.“

Erneut lässt er seine Eichel gegen meine Wange klatschen. Als ich versuche, ihm auszuweichen, ruckt die Hand, in der er das Messer hält, vor.

Ich spüre die scharfkantige Spitze an meiner Schläfe.

„Wenn du dich noch ein Mal ohne meine ausdrückliche Erlaubnis bewegst, schneide ich dir die Sterne aus dem Gesicht.“

Die Klinge ritzt in meine Haut, Blut tropft über meine Wange.

Meine Angst erreicht ein neues Level.

Ich muss ihm entkommen, doch ich weiß nicht wie...

Als mir die ersten Tränen übers Gesicht laufen, gibt er ein lautes Lachen von sich.

„Sperr deinen Mund auf Bitch. Jetzt werde ich dir was zum Schlucken geben.“

Vor Panik zitternd, tue ich was er sagt.

Der süßliche Geruch seines Glieds steigt mir in die Nase, ich würge erneut.

In dem Moment, in dem er mir die Spitze seines Schwanzes in den Mund schiebt gibt er ein lautes Stöhnen von sich.

Instinktiv will ich den Kopf zurückziehen. Fire bemerkt es und drückt die Klinge seines Messers gegen meine Wange. Ich spüre, wie sie in meine Haut schneidet und lasse aufgrund der Todesangst, die sich in mir ausbreitet, zu, dass er seine Erektion immer tiefer in meinen Mund schiebt.

Warum hilft mir denn niemand?

Während ich am liebsten sterben will, schließt Fire kurz seine Augen und gibt sich seiner Lust hin. Ihm hilflos ausgeliefert habe ich keine Ahnung, was ich jetzt tun soll.

Ich taste alles in meiner näheren Umgebung mit den Händen ab und hoffe, auf irgendetwas zu stoßen, das ich als Waffe benutzen kann.

Stöhnend zieht er sich aus meinem Hals zurück, nur um sich einen Atemzug später erneut tief in mich zu rammen. Seine Schamhaare reiben über mein Kinn, würgend ringe ich nach Luft.

„Stell dich nicht so an. Du willst es doch auch.“

Sein *du willst es doch auch* löst einen erneuten Flashback aus. Plötzlich ist es nicht mehr Fire, der mir Gewalt antut, sondern Taylor. Mein Ex hat diesen Satz auch immer und immer wiederholt, während er mich gegen meinen Willen aufs Bett gedrückt hat. Die Vergangenheit und die Gegenwart verschwimmen miteinander, werden zu meinem persönlichen Alptraum.

Wieder und wieder rammt er sich in meine Kehle, jedes Mal etwas tiefer als zuvor.

Er bemerkt nicht mal, dass er mir mit jeder Vorwärtsbewegung einen Schnitt mit dem Messer zufügt. Gerade als ich meine Übelkeit nicht länger unterdrücken kann, zieht er sich komplett aus meinem Mund. Krampfend kippe ich zur Seite und übergebe mich auf den Betonboden.

Fire gibt einen angewiderten Laut von sich, ehe er ausholt und mir in den Bauch tritt.

„Widerliche Bitch.“

Das Wissen, dass Ghost den Prospect für diese Sache hier töten wird, macht es mir auch nicht erträglicher.

Die Hand, in der er das Messer hält, zuckt vor, er verfehlt meine Schulter nur knapp.

„Steh auf.“

Trotz der wackeligen Beine gelingt es mir.

Zischend befiehlt er mir mich auszuziehen.

Vor lauter Panik bekomme ich kaum noch Luft.

„Ich kann nicht. Tu das nicht... bitte...“

Tief in mir weiß ich, dass ich eine erneute Vergewaltigung nicht ertragen könnte. Wenn Fire das durchzieht, werde ich daran zerbrechen.

Die einzige Antwort, die ich erhalte, ist ein Schlag ins Gesicht. Meine Lippe platzt auf, der rostige Geschmack von Blut verteilt sich in meinem Mund.

„Wenn du nicht sofort tust, was ich will, schneide ich dir die Sachen vom Leib.“

Der irre Ausdruck in seinen Augen verrät mir, dass er das absolut ernst meint.

Schluchzend weinend und kurz vor der Ohnmacht tue ich, was er will.

Innerlich rufe ich um Hilfe, flehe Ghost an, mich zu retten, doch äußerlich bleibe ich stumm. Meine Angst, dass er mir tatsächlich die Kehle aufschneidet oder mich absticht, ist einfach zu groß.

Mit zitternden Fingern wische ich mir das Blut von den Lippen, ehe ich die Sweatshirtjacke ausziehe und mir meinen Pullover über den Kopf ziehe. Wegen der Kälte ziehen sich meine Brustwarzen sofort zusammen, so dass sie sich gut sichtbar durch den dünnen Stoff meines BHs drücken.

Weinend schiebe ich den Knopf meiner Hose durch das Loch, öffne den Reißverschluss und ziehe sie mir an den Beinen nach unten.

Jetzt stehe ich nur noch in meiner schwarzen Spitzenunterwäsche vor Fire.

„Alles.“

„Bitte! Lass mich gehen!“

Kaum dass ich ihn angefleht habe, schlägt er mir wieder ins Gesicht.

„Kein Wort mehr.“

Er lässt die Spitze des Messers über mein Schlüsselbein bis hinab zwischen meine Brüste gleiten. Mit einer ruckartigen Bewegung schneidet er mir den BH vom Leib, so dass er mich nicht mehr bedeckt sondern lose an meinen Schultern baumelt.

Der dünne Schnitt, den er mir dabei zugefügt hat, beginnt zu bluten. Ein einzelner roter Tropfen rinnt über meine weiße Haut hinab zu meinem Bauchnabel.

Bevor Fire auf die Idee kommt, das Messer auch dazu zu benutzen, mir den String zu zerschneiden und mich dabei noch mehr verletzt, ziehe ich ihn aus. Jetzt stehe ich komplett nackt vor ihm. Um mich etwas zu schützen, drehe ich mich auf die Seite und bedecke meinen Oberkörper mit den Armen.

Fire lässt seine Augen langsam über mich gleiten, der kalte Stahl des Messers streift über meinen Rücken. Alleine das Wissen, dass ich diesem perversen Arschloch ausgeliefert bin, scheint ihn maßlos zu erregen. Er genießt meine Angst und lässt sich Zeit. Er scheint sich keine Sorgen darüber zu machen, erwischt zu werden.

Ich schließe die Augen und flehe stumm Ghost an, nach mir zu suchen.

„Hör auf an ihn zu denken."

Fires lautes Brüllen hallt durch die Werkstatt, ich zucke zusammen.

„Dreh dich um."

Hinter mir befindet sich eine Werkbank deren hölzerne Arbeitsplatte mir als Stütze dient. Ängstlich tue ich was er sagt und halte mich an ihr fest.

Fires widerlicher Geschmack liegt noch immer auf meiner Zunge, die Übelkeit, die mich noch immer fest im Griff hat, droht mich erneut zu überwältigen.

„Beug dich vor, zeig mir deine Pussy."

Aus meinem Mund löst sich ein lautes Schluchzen.

Als er eine Sekunde später mit beiden Händen meine Pobacken umfasst, um sie auseinanderzuziehen, kapiere ich, dass er sein Messer endlich auf die Seite gelegt haben muss.

„Wehe, du bist nicht feucht."

Natürlich bin ich das nicht. Wie auch? Alles was ich empfinde ist Todesangst.

Mit seinen Fingern streift er über meinen Anus bis hinab zu meinen Schamlippen.

Er spürt sofort, dass ich alles andere als für sein Eindringen bereit bin.

Fluchend beugt er sich über mich und spuckt mir auf den Hintern. Sein warmer Speichel in Kombination mit seinen Berührungen ist zu viel. Meine Knie geben nach und ich sacke zusammen. Anstatt Mitleid zu empfinden, lacht er auf und verpasst mir einen harten Schlag. Ich zucke gepeinigt zusammen. Wieder spuckt er mich an, dieses Mal verreibt er seinen Speichel auf meiner Scheide.

Er presse seinen Unterleib gegen mich, seine dicke Eichel reibt über meinen Po.

„Zier dich nicht so, Angel. Ich kenne Ghost, ich weiß von seinen Vorlieben. Er mag es hart und er mag es, wenn seine Frauen weinen und schreien während er sie benutzt."

Ich habe keine Ahnung, wovon Fire redet. Ghost hat mich nie geschlagen oder mich zu irgendetwas gezwungen. Auch wenn er mich beim Sex mal härter angefasst hat, war er stets darauf bedacht, mich nicht zu überfordern.

Während Fire sich an mir reibt, hebe ich meinen Kopf und suche erneut nach irgendetwas, das mir zu meiner Verteidigung dienen kann.

In dem Moment, in dem er zwei seiner Finger in mich schiebt, schreie ich schmerzerfüllt auf.

Meine inneren Muskeln ziehen sich zusammen, wehren sich gegen sein Eindringen.

Ich versuche, ihm auszuweichen, indem ich mich auf die Seite drehe, doch es nützt nichts. Vor Schmerz und Panik bekomme ich keine Luft mehr. Fire presst mich so fest auf die Holzplatte, dass ich keine Chance habe, ihm zu entkommen.

Als er seine Finger endlich aus mir herauszieht durchflutet mich Erleichterung, doch die hält nicht lange an...

„Jetzt ficke ich dich. Ich ficke dich, bis du nicht mehr stehen kannst!"

Mit einer Hand hält er sich an meiner Hüfte fest, während er die andere auf meinen Nacken legt und mich so fixiert.

Mit tränenverschleierten Augen wende ich meinen Kopf nach links.

Meine Atmung wird immer flacher, es fühlt sich so an, als würde ich ersticken. Obwohl ich dagegen ankämpfe engt sich mein Sichtfeld immer mehr ein.

Fire streicht mit seinem Penis durch meine Schamlippen und bringt sich hinter mir in Position. Gerade als er damit beginnt in mich einzudringen, entdecke ich im Augenwinkel etwas Silbernes.

Trotz des immensen Drucks, den er auf mich ausübt, gelingt es ihm nicht, sich weiter in mich zu schieben. Meine inneren Muskeln sind so angespannt, dass es ihm nur gelungen ist, mit seiner Eichel in mich einzudringen.

„Scheiße! Du blöde Bitch."

Während er noch mehr Kraft aufwendet, um sich in mich zu schieben, strecke ich meine Hand nach dem Schraubenschlüssel aus, der auf der Werkbank liegt und nutze all meine Kraft um meine Finger darum zu schließen.

Wenn es mir nicht gelingt, Fire dieses Ding mit voller Wucht über den Kopf zu schlagen, und ihn damit außer Gefecht zu setzen, wird er mich umbringen. Er wird sein Messer nehmen und mir, genau wie er es angedroht hat, die Kehle aufschneiden.

Das ist meine einzige Chance. Ich zwinge mich dazu, trotz der Schmerzen tief durchzuatmen, ehe ich alles auf eine Karte setze, den Arm hebe und mich auf den Boden fallen lasse.

Fires Finger lösen sich von meinem Hals, bevor er mich erneut packen kann, drehe ich mich um, hole aus und schlage zu.

Das dumpfe Geräusch als das Eisen gegen seinen Kopf trifft wird von seinem lauten Schrei begleitet. Ohne lange darüber nachzudenken, schlage ich immer wieder zu. Sein Blut strömt aus den Wunden, die ich ihm zufüge – es dauert eine gefühlte Ewigkeit, bis er endlich bewusstlos wird und vor mir zusammenbricht.

Panisch sehe ich auf ihn herab, lasse den Schraubenschlüssel fallen und sinke neben ihm auf den Beton. Die schwarzen Punkte, die sich vor meinem Blickfeld ausbreiten, werden immer größer. Obwohl ich aufstehen und so schnell es geht davonlaufen will, bleibe ich sitzen und starre auf Fires langsam erschlaffenden Penis, der auf seinem Oberschenkel liegt.

Die Stille der Werkstatt wird nur von meinen viel zu lauten Atemzügen durchbrochen.

Ich habe es geschafft – ich habe es tatsächlich geschafft, mich zu verteidigen.

Während ich noch immer am ganzen Leib zittere, steigt in meinem Hals ein hysterisches Lachen hoch. Kraftlos lehne ich mich mit dem Rücken an die Werkbank, wische mir die Tränen, die wie ein Sturzbach aus meinen Augen laufen, vom Gesicht und streiche vorsichtig über meine noch immer blutende Schläfe.

Zwischen meinen Schenkeln pocht es schmerzhaft, meine Brüste sind blutverschmiert und meine Lippe ist geschwollen – doch ich konnte das Schlimmste verhindern.

Ich lebe noch, weder hat Fire mir den Hals aufgeschnitten noch hat er sich ganz in mich rammen können.

Mein Lachen verstummt und verwandelt sich in ein schmerzerfülltes Schluchzen.

Hilflos sinke ich in mich zusammen, schlinge mir die Arme um den Oberkörper und weine hemmungslos.

Womit habe ich das verdient?

Warum passiert mir das?

Bin ich mit meiner Vergangenheit nicht genug gestraft?

Nach all den Monaten habe ich mich endlich bei den Dead Riders sicher gefühlt. Ich habe aufgehört, ständig über meine Schulter zu schauen und nicht mehr in jedem dunklen Schatten Taylor stehen sehen.

All die Kraft und die Energie, die es mich gekostet hat, wieder ich selbst zu werden, sind verloren - Fire hat mich erneut zerstört.

Auf der Seite liegend rolle ich mich wie ein Embryo zusammen, schließe die Augen und wünsche mir zu sterben.

6. Kapitel

Ghost

Die Besprechung hat eine Ewigkeit gedauert.

Ace, Slide und Tick, die drei Ranghöchsten des MCs, haben uns über ihre Pläne unterrichtet und uns die Risiken dargelegt. Es lag an uns, abzustimmen, ob wir bereit sind, diesen Weg zu gehen, und was soll ich sagen? Das Ergebnis war einstimmig.

Die Dead Riders werden ab nächsten Monat mit den Chinesen ins Geschäft kommen.

Li-Ming hat eine Chance verdient, unsere Kassen mit seinen Dollars zu füllen. Es ist durchaus möglich, dass mit der Übergabe der ersten Lieferung nächste Woche eine lange und einträgliche Geschäftsbeziehung entsteht, es kann aber auch sein, dass uns diese Wichser über den Tisch ziehen wollen.

Sollte es einer dieser Stäbchenfresser wagen und seine Waffe auf uns richten, werde ich keine Gnade kennen.

Dieses Chapter ist meine Heimat, seine Mitglieder sind meine Familie. Es ist meine Aufgabe, meinen Club und meine Familie zu beschützen.

Ich hatte noch nie Probleme damit, Blut zu vergießen, im Gegenteil, es gibt Momente, in denen genieße ich es regelrecht.

Nachdem Ace die Sitzung beendet hat, mache ich mich auf den direkten Weg zu meinem Mädchen. Im Apartment angekommen rufe ich nach Angel, doch sie ist nicht da. Wo steckt dieses Weib nur?

Seit Stunden kann ich an nichts anderes denken, als sie zu küssen und in meine Arme zu ziehen. Ungeduldig gehe ich wieder nach unten und suche den ganzen Club nach ihr ab. Als ich sie weder im großen Hauptraum noch in einem der Büros finde, breitet sich ein ungutes Gefühl in meiner Magengegend aus. Ich kann nur hoffen, dass sie nicht so leichtsinnig war und das Gelände ohne meine Erlaubnis verlassen hat. Wenn sie eine der Ladys hätte besuchen wollen, hätte sie mir garantiert Bescheid gesagt. Draußen lasse ich meine Augen über den Hof gleiten – keine Spur von ihr. Als ich sehe, dass Fire nicht auf seinem Posten ist, runzle ich die Stirn.

Irgendetwas stimmt hier ganz und gar nicht...

Mit großen Schritten eile ich hinter das Clubhaus und prüfe, ob Angel sich dort aufhält – Fehlanzeige.

Wo zur Hölle steckt sie nur?

Nachdem ich alle anderen Möglichkeiten geprüft habe, bleibe ich vor dem verschlossenen Tor der Werkstatt stehen. Obwohl die Wahrscheinlichkeit, dass sie sich darin aufhält, extrem gering ist, ziehe ich an dem Griff und schiebe das Tor nach oben.

Auf den ersten Blick fällt mir nichts Ungewöhnliches auf. Gerade als ich mich abwenden will, höre ich ein leises Wimmern. Im ersten Augenblick denke ich, dass es sich um ein verletztes Tier handelt, erst als ich eine rosa Jacke, einen schwarzen Pullover und eine Jeans zwischen den Autos im Dreck liegen sehe, beginnt mein Puls in die Höhe zu schnellen. Genau diese Sachen hat sich Angel heute Morgen angezogen.

Unsicher, was ich davon halten soll, gehe ich an dem schwarzen Mustang vorbei. Frische Blutflecken weisen mir den Weg.

Wenige Schritte später lande ich urplötzlich in meiner persönlichen Hölle.

Angel, die Frau, die ich mehr liebe als mein Leben, liegt nackt zusammengerollt, blutverschmiert und reglos vor mir auf den Boden. Ihre Arme hat sie sich um die Beine geschlungen während sie leise weint. Das Geräusch frisst sich durch meinen Gehörgang und prägt sich für immer in mein Gedächtnis ein. Direkt neben ihr liegt Fire. Bewusstlos, sein Gesicht ist wegen der Blutschicht, die es bedeckt, kaum zu erkennen. Sein Kopf weist mehrere tiefe Löcher auf, sein linkes Auge ist zugeschwollen und seine Nase sieht aus, als wäre sie gebrochen.

Er liegt auf dem Rücken und seine Hose hängt zwischen seinen Beinen.

Fuck! Fuck! Fuck!

Die ersten Sekunden bin ich wie erstarrt, ehe ich zu meinem Mädchen eile und ihr vorsichtig über die Stirn streiche.

„Baby?“

Kaum dass sie meine Stimme hört, zuckt sie ängstlich zusammen und beginnt wie verrückt zu schreien.

„Nein! Neiiiiiiinnnnnn! Fassss mich nicht an!“

Erschrocken weiche ich zurück.

„Schhh.... Angel, ich bin es, Ghost.“

Ihre Augen öffnen sich, der Blick, mit dem sie mich ansieht, lässt mir das Blut in den Adern gefrieren.

„Ghost?“

Sie flüstert meinen Namen.

Keine Ahnung, was hier passiert ist, aber dass Angel unter Schock steht, ist nicht schwer zu erkennen.

„Ich bin es, Süße.“

„Hilf mir... er wollte mich vergewaltigen ...“

Ihre Worte stürzen mich ins Verderben.

„... lass nicht zu, dass er weitermacht.“

Sie klingt so hilflos und so verletzlich.

Die Tränen, die ihr aus den Augenwinkeln tropfen, vermischen sich mit dem Blut, das ihr Gesicht bedeckt.

Da sie ganz offensichtlich panische Angst hat, gehe ich ganz langsam vor ihr in die Knie.

Sie so auf dem harten Beton liegen zu sehen ist unerträglich. Es kostet mich jegliche Selbstbeherrschung, dass ich sie nicht einfach packe, hochhebe und in meine Arme nehme. Ihre Augen wirken leblos, ihr Blick ruht auf einem Punkt irgendwo hinter mir.

Dass sie verletzt ist, ist offensichtlich, die Frage ist nur, wie schwer.

Ihre Lippe ist aufgeplatzt, ihre linke Gesichtshälfte geschwollen. Sie hat an der Schläfe und zwischen den Brüsten Schnittwunden. Angels BH sieht aus, als wäre er zerschnitten worden. Meine Hände ballen sich zu Fäusten, während ich den Blick weiter über den entblößten Körper meiner Frau gleiten lasse. An ihrer Taille zieren dunkle Flecken, die mich stark an Fingerabdrücke erinnern, ihre weiße Haut. Direkt unter ihren Schamlippen sind die Innenseiten ihrer Schenkel blutverschmiert.

Die Wut, die in mir hochsteigt, ist so stark, dass ich kaum mehr Luft bekomme.

Mir ist sofort klar, was hier passiert ist.

„Angel."

Als sie nicht reagiert, verdreifacht sich meine Sorge um sie.

„Angel, sieh mich an."

Es dauert, bis sich unsere Blicke treffen.

„Ich werde dich jetzt hochheben."

Angst blitzt in den Tiefen ihrer Augen auf.

Fuck!

Während ich keine zweihundert Meter von hier bei meinen Brüdern gesessen habe, wurde meine Lady angegriffen, vergewaltigt und verletzt.

Es fällt mir schwer, das Ausmaß dieser Scheiße zu begreifen.

Ich habe dieser Frau dutzende Male versprochen, dass ich auf sie aufpasse und sie mit meinem Leben beschütze – ich habe versagt.

Sachte und ganz vorsichtig schiebe ich meine Hände unter ihr hindurch und hebe sie an. Ich gehe möglichst langsam vor, da ich sie weder verschrecken noch ihr unnötige Schmerzen zufügen will. Gerade als ich mein Mädchen schützend an mich drücke und mit ihr in den Armen aufstehe, höre ich, wie sich uns Schritte nähern.

„Zum Teufel."

Aces Stimme vermischt sich mit Angels leisem Wimmern.

„Was ist hier passiert, Ghost?"

Er kommt auf mich zu, als er Angels Zustand sieht, verdunkeln sich seine Augen.

„Scheiße, Bro."

Ohne zu zögern bückt er sich nach der rosa Jacke und breitet sie schützend über Angels nacktem Körper aus.

„Ich habe sie vor wenigen Minuten so gefunden. Sie ist nicht alleine hier gewesen."

Mit einer Kopfbewegung gebe ich meinem Präsidenten zu verstehen, dass er mir über die Schulter sehen soll.

In dem Moment, in dem er den Prospect sieht, gibt er ein dunkles Knurren von sich.

„Dafür werde ich ihn töten, Ace!"

Er sieht mich direkt an.

„Wenn es das ist, wonach es aussieht, will ich, dass du dir dabei Zeit lässt, viel Zeit."

„Das war der Plan."

Ace nickt zustimmend.

„Wenn Amy das passiert wäre..."

Seine Stimme versagt. Ace ist in der Welt, in der wir leben, als Rocker Dämon bekannt. Es kommt nicht oft vor, dass er Emotionen zeigt, doch wann immer er über seine Frau und seine Tochter Sophie spricht, ist ihm anzusehen, wie sehr er seine beiden Mädchen liebt.

„Ich passe auf das Dreckschwein auf, Bro, kümmere du dich um Angel."

„Danke, Präs."

Einen letzten Blick auf den noch immer bewusstlosen Fire werfend trage ich meinen Engel aus der Werkstatt. Als Erstes werde ich sie waschen, dann werde ich sie ins Bett bringen und anschließend den Arzt rufen.

Auf dem Weg über den Hof und durch den Club kommen mir Slide, Tick und Skorpion entgegen.

Jeden von ihnen schicke ich zu Ace in die Werkstatt. Ich habe jetzt weder den Nerv noch die Zeit, sie auf den neuesten Stand zu bringen. Angel braucht mich jetzt - alles andere spielt keine Rolle.

In unserer Wohnung angekommen bringe ich sie direkt ins Schlafzimmer. Anstatt sie abzulegen setze ich mich mit ihr im Arm auf die Matratze. Ich bin einfach nicht bereit, sie loszulassen. Das Wissen, dass Fire sich an meinem Mädchen vergriffen hat, lässt mich rotsehen. Ich habe keine Ahnung, wie weit er gekommen ist, ehe Angel ihn niedergeschlagen hat, aber das spielt im Grunde genommen auch keine Rolle. Er kam ihr zu nah, er hat berührt und verletzt was mir gehört und dafür wird er sterben. Es kostet mich all meine Kontrolle, dass ich nicht sofort zurückgehe und ihn mit bloßen Händen umbringe.

Angel bewegt sich leicht, ich streife ihr die Haare aus dem Gesicht und sehe sie an. Unsere Blicke treffen sich, mein Herz steht still.

„Oh Baby, es tut mir so leid. Ich war nicht da, als du mich gebraucht hast. Aber ich schwöre dir, dass er dafür bezahlen wird. Fire wird an seinem eigenen Blut ersticken."

Sie sagt nichts, sieht mich einfach nur schweigend an.

In ihrem Blick liegt so viel Schmerz, ich habe keine Ahnung, wie ich damit umgehen soll.

Langsam beuge ich mich zu ihr hinunter, doch noch bevor sich unsere Lippen auch nur nahe sind, weicht sie mir wimmernd aus. Es fällt mir unheimlich schwer, Angel den Freiraum zu lassen, den sie jetzt braucht.

„Sag mir, wo du verletzt bist."

Wieder schweigt sie, meine sorge steigt ins Unermessliche. Selbst wenn die körperlichen Verletzungen in den nächsten Wochen heilen werden, wird es lange dauern, bis ihr Herz und ihre Seele den Übergriff verarbeitet haben.

„Ich lege dich jetzt ins Bett und rufe den Doc."

Mit einer unbeschreiblichen Wut im Bauch stehe ich auf und lege sie in die Mitte des Bettes. Als ich meine Arme von ihr löse, gibt sie ein leises Jammern von sich.

Weinend dreht sie sich auf die Seite und schließt ihre Augen.

Völlig egal, wie sehr ich Fire leiden lassen werde, ehe ich ihn töte, es wird nicht ausreichen, um die Rachsucht, die wie ein Feuer in mir lodert, zu löschen.

Nach einem letzten Blick auf ihre geschwollene Gesichtshälfte wende ich mich von ihr ab und gehe ins Badezimmer.

Ich habe keine Ahnung, was ich tun soll, was das Richtige ist.

Soll ich sie halten und mit mich mit ihr in die Dusche stellen, um ihr das Blut abzuwaschen, oder soll ich sie vorsichtig mit einem feuchten Tuch waschen?

Reicht es, wenn der Doc sie sich ansieht oder soll ich sie in ein Krankenhaus bringen?

Um den immer stärker werdenden Druck, der sich in meinem Inneren aufbaut, etwas abzulassen, boxe ich mit der geballten Faust gegen die Wand. Der Putz bröckelt zu Boden, ein scharfer Schmerz zuckt durch meinen Arm.

„Fuck!"

Fluchend stütze ich mich mit den Händen am Waschbeckenrand ab und starre in den Spiegel.

Zum ersten Mal in meinem Leben komme ich mir absolut hilflos vor.

Angel ist nicht einfach nur irgendeine Frau – sie ist mein Leben. Nur durch sie bin ich vollständig, sie hat mir gezeigt, wie es sich anfühlt, geliebt zu werden.

Bevor ich ihr begegnet bin, war ich wie ein wandelnder Toter...

Das Wissen, dass ich meinen Schwur gebrochen und sie nicht beschützt habe, lässt mich verzweifeln.

Ich bin schuld, dass ihr das zugestoßen ist. Angel ist nur wegen mir hier, sie ist ein Teil des Clubs geworden, um bei mir zu sein. Die Tatsache, dass ausgerechnet einer meiner Brüder sie vergewaltigt hat, ist für mich das Schlimmste.

Was ich auch tun muss, um ihr dabei zu helfen, diese Katastrophe durchzustehen, ich werde es tun.

Tief durchatmend zwinge ich mich dazu, meine Hände vom Waschbecken zu lösen, balle sie zu Fäusten und schließe die Augen. Es dauert ein paar Sekunden, bis ich mich wieder genug im Griff habe, um zu meinem Mädchen zurückzugehen.

Erst als der Drang, alles kurz und klein zu schlagen, wieder erträglich ist, schnappe ich mir einen Waschlappen, befeuchte ihn mit lauwarmem Wasser und gehe zurück ins Schlafzimmer.

Angel hat sich nicht von der Stelle bewegt. Reglos und mit leerem Blick starrt sie an die Schlafzimmerwand.

Ihr Brustkorb hebt und senkt sich, eine vereinzelte Träne rinnt ihr aus dem Augenwinkel.

„Angel?“

Langsam nähere ich mich ihr, stets darauf bedacht, keine zu schnelle Bewegung zu machen. Allein dass die Möglichkeit besteht, dass sie sich vor mir fürchtet, schürt den Wahnsinn in mir.

Mich auf die Bettkante setzend streiche ich mit dem Lappen vorsichtig über ihre Schläfe, entferne das getrocknete Blut und prüfe, wie tief die Schnittwunden sind, die Fire ihr zugefügt hat.

Die Klinge hat sich zwar in ihre Haut geritzt, doch die Verletzungen sind nicht so tief, dass sie genäht werden müssen. Behutsam säubere ich das wunderschöne Gesicht des Mädchens, das mir die Welt bedeutet.

„Es tut mir so unendlich leid, Baby, ich hätte bei dir sein und dich beschützen müssen.“

Ich bemerke erst, dass ich ebenfalls angefangen habe zu weinen, als ich die salzige Flüssigkeit auf meinen Lippen spüre und sie schmecke.

Ich, ausgerechnet ich, der emotionslose Geist, bin so von dem Schmerz, der sich in meiner Brust so ausbreitet, überwältigt, dass ich die Emotionen, die ich nicht gewöhnt bin, nicht in Worte fassen kann.

Nichts, was ich sage, kann beschreiben, wie ich mich fühle.

Angel so zu sehen ist das Schlimmste, was mir je passiert ist.

Ich würde töten, ich würde sogar mein Leben dafür geben, um die Zeit zurückdrehen zu können und um die Vergewaltigung zu verhindern. Doch das ist unmöglich. Leider.

Sie reagiert nicht auf meine Worte – mein Mädchen ist mit ihren Kräften am Ende.

Vorsichtig schiebe ich ihre Hände beiseite, entferne die getrockneten roten Spuren von ihrem Dekolleté und ihren Brüsten.

Die Angst, dass sie sich gegen meine Berührungen wehrt ist umsonst, stattdessen reagiert sie einfach gar nicht.

Mit jedem Schnitt und jedem Hämatom, das ich auf ihrem Körper entdecke, kostet es mich mehr Kraft, ruhig zu bleiben und nicht sofort aus dem Apartment zu stürzen, um den Prospect zu killen.

Dass er es gewagt hat, sich an meinem Mädchen zu vergreifen, kommt einer vorausbezahlten Beerdigung gleich.

Unsicher, wie ich mit den Blutspuren zwischen ihren Beinen verfahren soll, halte ich die Luft an. Noch heute Morgen habe ich jeden Zentimeter dieser Haut geküsst, ich habe mein Mädchen geleckt, verwöhnt und zum Schreien gebracht.

Ihr Körper hat mir gehört und ich habe nicht gezögert und mir alles, was ich wollte, genommen. Jetzt, wenige Stunden später, ist alles anders.

Ich habe keine Ahnung, ob ich Angel anfassen darf – ich weiß nicht, wie sie reagiert, wenn ich sie so intim berühre.

Zum Teufel! Ich bin in meiner persönlichen Hölle gelandet, aus der es kein Entkommen mehr gibt.

„Süße, sieh mich an."

Als sie nicht auf mich reagiert, atme ich tief durch, umfasse ihr Kinn und drehe ihren Kopf so, dass sich unsere Blicke treffen.

„Hast du Schmerzen?"

Das ist wahrscheinlich die dümmste Frage, die ich ihr stellen kann, doch ich muss wissen, was los ist.

Auch wenn sie nichts sagt, sondern nur leicht nickt, bin ich dankbar, dass sie mir überhaupt antwortet.

„Soll ich dich in ein Krankenhaus bringen?"

Dieses Mal schüttelt sie verneinend den Kopf.

„Was kann ich tun, damit es dir besser geht?"

Ihre Zungenspitze schnellt vor, sie leckt sich über die Unterlippe, reibt sich mit dem Handrücken über die Augen, ehe sie ihre Hand nach mir ausstreckt und ihre Finger mit den meinen verflicht.

„Nimm mich in den Arm und lass mich nie wieder los."

Das muss sie mir nicht zweimal sagen.

Sofort lasse ich den blutbefleckten Waschlappen fallen, lege mich neben sie und ziehe sie in meine Arme. Ihre Haut ist eiskalt, sie beginnt am ganzen Leib zu zittern.

„Schhhh Baby, ich hab dich. Ich lasse dich nie wieder los!"

Für einen Moment herrscht Stille. Ich ziehe die Decke bis über ihre Schultern hoch und hoffe, dass sie bald aufhört zu frieren.

„Lebt Fire noch? Oder habe ich es wieder getan?“

„Was getan?“

Ich spüre, wie sie sich anspannt, die Muskeln in ihren Armen zucken.

„Einen Mann getötet.“

„Nein. Er lebt. Aber das wird er nicht mehr lang.“

Sie gibt ein leises Wimmern von sich.

„Wo ist er jetzt?“

„Mach dir keine Sorgen. Er kann dir nichts tun. Du bist in Sicherheit. Ace passt auf ihn auf.“

Angel entspannt sich etwas.

Die Tatsache, dass sie in meinen Armen liegt und dennoch Angst hat, zeigt mir, dass sie ihr Vertrauen in mich verloren hat.

Mit letzter Kraft gelingt es mir, ruhig bei ihr liegen zu bleiben.

„Vertrau mir, Angel. Ich werde mich um Fire kümmern. Wenn ich mit ihm fertig bin, wird er mich anflehen, sterben zu dürfen.“

Sie dreht sich zu mir um, sucht meinen Blick und umfasst mit ihren Händen mein Gesicht.

Für diese Frau würde ich sterben.

„Bitte, pass auf, dass du nicht den Rest deiner Seele verlierst. Du hast schon so oft den Tod verschenkt... das geht nicht spurlos an dir vorbei.“

Selbst jetzt, wo es ihr schlecht geht, macht Angel sich um mich Sorgen.

„Du bist meine Seele, Baby.“

Ihre Fingernägel graben sich in meine Haut, der leichte Schmerz beruhigt meinen rasenden Puls.

Zärtlich hauche ich ihr einen Kuss auf die Stirn, ziehe sie fester an mich und halte sie beschützend fest.

Der heutige Tag wird seine schwarzen Schatten noch lange auf uns werfen. Dass Angel jetzt meine Nähe sucht, sich um mich sorgt und endlich wieder mit mir spricht, lässt mich hoffen.

„Halt mich, Ghost.“

„Das tue ich – für immer.“

So bleiben wir liegen, es dauert eine gefühlte Ewigkeit bis ihr Atem gleichmäßig und langsamer kommt. Nach und nach lockern sich ihre Muskeln und sie sinkt in einen tiefen Schlaf.

Für einen Moment bleibe ich noch bei ihr, hauche Küsse auf ihr Gesicht und inhaliere ihren Duft.

Erst als ich mir sicher bin, Angel nicht zu wecken, lasse ich sie los, steige aus dem Bett und ziehe mein Handy aus der Innentasche meiner Kutte.

Ich wähle Aces Nummer. Es dauert keine Sekunde bis er das Gespräch annimmt.

„Kannst du deine Lady hochschicken? Ich will Angel nicht alleine lassen."

„Natürlich, Bro, Amy ist bereits auf dem Weg hierher, sie müsste in wenigen Minuten da sein."

Von all den Ladys ist Amy diejenige, die am besten verstehen kann, was Angel gerade durchmacht.

Bevor Amy Ace kennengelernt hat, hat sie genau wie Angel eine schwere Zeit durchstehen müssen. Und selbst als sie längst mit Ace zusammen war, ist es ihrem Ex gelungen, sie zu entführen. Ich denke, ich muss nicht erst erwähnen, dass sich der komplette MC auf die Suche nach ihr gemacht hat. Zum Schluss ist alles gut ausgegangen, Ace hat ihren Ex ausgeschaltet. Aces und Amys Geschichte hat viele Höhen und Tiefen, doch jetzt sind die beiden glücklich miteinander. Ich hoffe, dass Angel und ich ebenfalls einen Weg aus dem Mist finden, in dem wir gerade stecken.

„Danke, Präs."

„Nicht dafür."

Ich beende das Telefonat und setze mich auf die Bettkante.

Sobald Aces Lady hier ist, werde ich mich auf die Suche nach Fire machen.

Holy Shit! Auch wenn es mir widerstrebt, Angel alleine zu lassen, werde ich mir Zeit lassen. Ich werde Fire die größtmöglichen Schmerzen zufügen.

Ungeduldig starre ich auf einen Punkt am Boden zwischen meinen Stiefeln.

Als es wenige Minuten später an der Türe klopft, springe ich auf, sehe ein letztes Mal zu meinem schlafenden Engel und verlasse das Schlafzimmer.

„Oh, Ghost."

Typisch Amy fällt sie mir zur Begrüßung regelrecht in die Arme.

Ich lasse kurz zu, dass sie mich drückt, ehe ich etwas Abstand zwischen uns schaffe.

Es ist nicht so, dass ich Amy nicht mag, im Gegenteil, sie ist eine tolle Frau. Aber sie gehört Ace, und dieser würde jedem Typen, der seine Lady berührt, am liebsten beide Hände abhacken. Bevor Angel in mein Leben getreten ist, konnte ich seine übertriebene Besitzgier nicht nachvollziehen, jetzt kann ich es.

„Danke, dass du gekommen bist, Amy."

Unsere Blicke treffen sich.

„Nichts hätte mich davon abhalten können.“
„Sie liegt im Bett und schläft.“
Amy betritt die Wohnung und streift sich die Jacke von den Schultern.
„Mach dir keine Sorgen, Ghost. Tu, was du tun musst, und bring das Arschloch um. Ich bin hier und passe auf dein Mädchen auf.“
Das lasse ich mir nicht zweimal sagen. Nachdem ich die Türe hinter mir geschlossen habe, mache ich mich auf den Weg zu Fire.
Im großen Hauptraum des MCs angekommen, kommt auch schon Slide auf mich zu.
„Wie geht es ihr?“
Da ich keine wirkliche Antwort auf diese Frage habe, übergehe ich sie einfach.
„Wo ist er?“
Der Vizepräsident der Riders steckt sich eine Kippe in den Mund, holt sein goldenes Zippo aus der Tasche und zündet sie an.
Den ersten Zug tief einatmend lässt er den Deckel des Sturmfeuerzeugs immer wieder auf- und zuschnappen.
„In der Werkstatt. Ich dachte mir, dass du ihn dort killen willst, so würde zumindest ich es machen.“
Oh ja, ich werde ihn an genau der Stelle die Finger abschneiden, an der er Hand an meinen Engel gelegt hat.
„Gut.“
Mit geballten Fäusten, zuckenden Muskeln und so viel Wut im Bauch, dass ich kaum noch Luft bekomme, verlasse ich die Fabrikhalle, überquere den Hof und bleibe vor dem offen stehenden Tor der Werkstatt stehen.
Fire hat sein Bewusstsein mittlerweile wiedererlangt.
Angel hat sein Gesicht ganz schön entstellt. Fires Augen sind blutunterlaufen, seine rechte Gesichtshälfte ist geschwollen und an seiner Stirn befinden sich mehrere Platzwunden.
Ace und Skorpion, die beide Wache gehalten haben, drehen sich zu mir um.
„Er gehört dir, Bro.“
Skorpion gibt ein lautes Grunzen von sich.
„Mach dieses Dreckschwein fertig.“
Als Ace mir einen blutverschmierten Schraubenschlüssel reicht, sehe ich ihn fragend an.
„Mit diesem Teil ist es Angel gelungen, sich gegen ihn zu wehren.“
Ich bin froh darüber, dass es ihr gelungen ist, Fire auszuknocken. Gleichzeitig bin ich aber dankbar, dass sie ihn nicht getötet hat. Wer weiß, wie sie das verkraftet hätte.

Ich nehme ihm den Schraubenschlüssel ab und schlinge meine Finger um das kalte Metall.

Alleine das Wissen, dass sich die Frau, die ich mehr als alles andere auf dieser Welt liebe, gegen einen meiner Brüder verteidigen musste, lässt mich würgen.

Dieser MC ist eine Gemeinschaft. Es ist die Aufgabe eines jeden Riders, die Old Ladys und deren Kinder zu schützen und nicht sie zu misshandeln und zu vergewaltigen.

Prospect hin oder her. Fire ist einer von uns und er hat gegen die wichtigste Regel verstoßen.

„Tu, was du tun musst, um den Rest kümmern wir uns."

Mit einem tiefen Atemzug sauge ich so viel Sauerstoff wie möglich in meine Lungenflügel, ziehe die Kutte aus und reiche sie Ace.

Normalerweise stört es mich nicht, wenn Blutflecken mein heiliges Leder verunstalten, doch das hier ist etwas völlig anderes. Fire werde ich aus unserem Club und aus meinem Leben löschen. Wenn ich mit ihm fertig bin, wird es so sein, als hätte er nie existiert. Das Letzte, was ich will, ist, dass mein Leder mit seinen Körperflüssigleiten in Berührung kommt.

Kaum dass ich die Werkstatt betreten habe, weicht Fire so weit es geht vor mir zurück. Er steht wortwörtlich mit dem Rücken an der Wand.

„Komm schon, Ghost. Was soll das? Du weißt genau, dass Angel nichts weiter als eine Bitch ist. Sie trägt kein Leder, sie ist nicht dein Eigentum."

Falls er hofft, mit dieser Erklärung seinen Kopf aus der Schlinge zu ziehen, irrt er sich. Jeder meiner Brüder weiß, dass Angel mir gehört und wenn er sie noch einmal Bitch nennt, schneide ich ihm die Zunge ab.

Ich lege den Schraubenschlüssel auf die Werkbank, kremple mir die Ärmel hoch, umfasse mit meinen linken Fingern die rechte Faust und lasse die Knöchel knacken.

Verfickte Scheiße!

Ich will diesem Drecksack so viel antun, dass ich jetzt nicht weiß, womit ich anfangen soll.

„Du Bastard wusstest genau, dass Angel zu mir gehört. Völlig egal, ob auf ihrem Rücken *Property of...* steht, sie ist mein Eigentum, du hast sie berührt und verletzt und jetzt wirst du dafür sterben."

Sein Adamsapfel hüpft nervös auf und ab. In den Tiefen seiner Augen spiegelt sich unverfälschte Todesangst. Ob Angel auch diesen Ausdruck im Blick hatte, als er sie vergewaltigt hat? *Fuck off!*

„Keine Pussy ist es wert, dass sich Brüder untereinander töten..., oder?"

Er wirft einen hilfesuchenden Blick in Skorpions Richtung, doch dieser spuckt nur angewidert auf den Boden.

„Es ist so! Selbst wenn Angel freiwillig mit dir gefickt hätte, hättest du den Tod verdient. Schlimm genug, dass du dich an dem Mädchen eines Bruders vergriffen hast, das alleine ist Grund genug, dir eine Kugel in den Kopf zu jagen. Aber es kommt noch schlimmer. Du hast sie nicht einfach nur gebumst, du hast sie vergewaltigt. Jeder Mann, der eine Frau missbraucht, hat in diesem MC nichts verloren. Egal, wie du es auch drehst und wendest – du bist ein toter Mann."

Kaum dass Ace seine kleine Ansprache beendet hat, verdunkelt sich der Stoff von Fires Jeans verräterisch.

„Die feige Sau hat sich angepisst!"

Skorpions freudloses Lachen hallt über den Hof.

„Komm schon, Ghost. Fang endlich an. Jede Sekunde, wo ich in das Gesicht dieses Wichsers sehen muss, ist eine zu viel."

Mit dem Vorsatz, Fire als Erstes ein paar Knochen zu brechen, gehe ich auf ihn zu. Mit den Schultern rollend lasse ich meine Wirbelsäule ein paar Mal knacken, hole aus und platziere meine Faust mittig in Fires Gesicht. Sein Nasenbein bricht knacksend, ich spüre an meinen Fingerknöcheln, wie der Knochen nachgibt.

Fire gibt ein gurgelndes Geräusch von sich. Noch bevor er sich von dem Schlag erholen kann, ramme ich ihm mein Knie in den Magen, packe ihn zeitgleich am Genick und schleudere ihn auf den Boden.

Ein paar kraftvolle Tritte in seine Rippen später, liegt er schluchzend und nach Luft schnappend vor mir.

Immer wieder spielt mir meine Fantasie Streiche, indem sie mir Bilder vor mein geistiges Auge schiebt, in denen Fire Angel mit dem Messer verletzt oder sie zwingt, ihn in ihrem Körper aufzunehmen.

Anstatt weniger zu werden, werden meine Wut und meine Verzweiflung mit jedem Schlag, den ich ihm verpasse, stärker. Vor meinen Augen wird es rot, in meinen Ohren rauscht es – ich verliere die Kontrolle. Wie in einem Wahn zerlege ich Fire, breche ihm sämtliche Knochen und durchtrenne mit einem kraftvollen Tritt seine Halswirbelsäule.

Obwohl Fire tot und sein Genick gebrochen ist, trete ich immer weiter auf ihn ein.

Ein lautes, wütendes Brüllen hallt von den Betonwänden wieder, es dauert einen Augenblick, bis ich realisiere, dass es von mir kam.

Erst als sich zwei große Hände von hinten auf meine Schultern legen und mich von der leblosen Gestalt wegziehen, kapiere ich, dass Skorpion hinter mir steht.

„Es ist vorbei, Bro."
Ein heftiges Zittern durchläuft meinen Körper.
„Aye, das ist es."
Etwas Flüssiges tropft mir von der Augenbraue und rinnt mir über die Wange. Ich hebe meinen Arm und wische es ab. Fires Blut hat offensichtlich ziemlich weit gespritzt.
Angewidert folge ich Skorpion bis vor das Tor, ziehe meine Marlboro aus der Hosentasche und zünde mit eine Kippe an. Slide, der sich die ganze Zeit abseits aufgehalten hat, stößt zu uns.
„Damit wäre die Sache erledigt."
Sein Tonfall gibt keine Gefühlsregung preis.
„Für uns mag das stimmen. Für Angel nicht."
Ace nickt, während Skorpion auf Fires Leichnam sieht.
„Am liebsten hätte ich ihm den Schädel zertrümmert. Dein Mädchen gehört zu uns, Ghost. So eine Scheiße darf einfach nicht passieren."
Für einen Moment schweigen wir.
„Den nächsten Prospect werden wir gleich von Anfang an härter rannehmen. Nach der Sache mit Loco waren wir mit Fire zu nachsichtig."
Ich rauche meine Zigarette. Reines Adrenalin rauscht mir durch die Venen.
Slide geht kurz in die Kfz-Werkstatt, ich höre ihn fluchen, ehe er wieder zu uns rauskommt.
„Zur Hölle, Ghost. Das war ein klassischer Overkill."
Ich zucke mit den Schultern.
„Das war immer noch nicht genug. Ich habe die Kontrolle verloren – es ging zu schnell. Eigentlich wollte ich mir mehr Zeit lassen."
Den Zigarettenstummel auf den Boden schnipsend sehe ich zu Skorpion.
„Gilt dein Angebot noch?"
Er weiß sofort, dass ich darauf anspiele, dass er angeboten hat, die Leiche zu beseitigen.
„Natürlich, Bro. Geh zu deinem Mädchen, wir kümmern uns um den Rest."
Erleichtert, mich nicht mit der Sauerei, die ich angerichtet habe, auseinandersetzen zu müssen, schnappe ich mir meine Kutte, gehe nach oben und stelle mich, nachdem ich mich versichert habe, dass Angel noch immer schläft, unter die Dusche.
Ihr Tag war auch ohne einen Mann, der aussieht, als wäre er direkt aus einem Horrorfilm gestiegen, dramatisch genug.

7. Kapitel

Angel

Obwohl ich schlafe, spüre ich, dass er weg ist.

Ich vermisse die warmen, festen Muskeln, die mich halten, den herben männlichen Geruch, der mir in die Nase steigt und seine regelmäßigen Atemzüge, die angenehm warm über die Haut an meinem Hals streichen.

Nach der Zeit mit Taylor war ich mir zu 100% sicher, dass ich niemals wieder in der Lage sein werde, einem Mann zu vertrauen.

Ghost hat mir das Gegenteil bewiesen.

Dieser Rocker mit den Geisteraugen ist alles, was ich jemals wollte. Er ist loyal, zuverlässig, treu, liebevoll und dennoch bestimmend.

In seiner Nähe habe ich das Gefühl, sicher und geborgen zu sein.

Jetzt, wo er nicht mehr bei mir ist, spüre ich, wie sich eine schmerzhafte Kälte in mir ausbreitet. Es fühlt sich so an, als würde ich von innen heraus erfrieren.

Wie durch einen dichten Nebel dringt eine mir bekannte Frauenstimme zu mir durch. Mein Schlaf wird leichter, so dass ich unterbewusst mithören kann, was gesprochen wird.

„Sie hat geschlafen und nicht mitbekommen, dass du weg warst."

Amy muss hier sein.

„Danke, Süße. Du weißt nicht, was es mir bedeutet, dass du für Angel da bist."

Ghost ist hier. Sofort lässt die Kälte wieder etwas nach.

„Das ist selbstverständlich und das weißt du. Jede der anderen Ladys hätte dasselbe getan."

Es raschelt, eine Türe öffnet sich.

Ich höre, wie sich die beiden verabschieden und sinke, nachdem ich mir sicher bin, dass es nicht Ghost war, der gegangen ist, erneut in einen tiefen Schlaf.

Schwärze umgibt mich, die Dunkelheit, in die ich sinke, wirkt bedrohlich.

Unsicher, was auf mich zukommt, kneife ich die Augen zusammen und versuche aufzuwachen, doch es ist zwecklos.

Plötzlich formt sich die Dunkelheit zu einem Viereck, in dessen Mitte ich sitze. Auf der allumfassenden Schwärze breiten sich rote Flecken aus. Sie werden immer größer, verwandeln sich zu Tropfen und fallen neben mir auf den Boden.

Das laute Platschen, als sie zerplatzen und mir ins Gesicht spritzen ist so laut, dass es klingt, als würden direkt neben mir Bomben explodieren. Wie durch Zauberei werden es mehr und mehr, eine Pfütze entsteht.

Mittlerweile sitze ich kniehoch in warmem Blut. Es wird immer mehr und mehr und steigt an mir nach oben.

Erst stelle ich mich auf die Zehenspitzen, dann reicht es mir bis zur Hüfte und anschließend muss ich schwimmen, um nicht darin unterzugehen und zu ertrinken.

Es dauert nicht lange, bis mich die Kraft verlässt und ich mit einem gurgelnden Geräusch untergehe. Ich sinke und sinke, so tief, dass ich die Orientierung verliere.

Wo ist oben? Wo ist unten?

Gerade als ich mir sicher bin, in all dem Blut zu ertrinken, verschwindet es urplötzlich und ich finde mich in einer großen Handfläche sitzend vor. Die Proportionen stimmen nicht. Entweder ist die Hand riesig oder ich bin nicht größer als eine Ameise.

Angst breitet sich in mir aus, doch dann höre ich, wie jemand meinen Namen ruft.

Das Echo verhallt, ich erkenne die Stimme: Ghost.

Verängstigt flüstere ich seinen Namen. Er verspricht mir, mich zu beschützen, ich glaube ihm. Das Größenverhältnis gleicht sich aus. Das Letzte, was ich sehe, ist der schwarze Rand einer Iris, weiße Augen umrahmt von pechschwarzen Wimpern. Dann wache ich endlich auf.

Verwirrt blinzle ich ein paar Mal, es dauert, bis sich meine Augen fokussieren und ich meine Umgebung erkenne.

„Schhhh, Baby. Es war nur ein Traum. Ich bin bei dir, ich bin hier und passe auf dich auf."

Ich bin ihm so nah, dass meine Nasenspitze über die Haut an seiner Brust streicht.

Der Geruch von Duschgel und Mann steigt mir in die Nase, seine Hände streichen immer wieder federleicht über meinen Rücken.

Langsam strecke ich die Finger nach ihm aus, zeichne mit den Fingernägeln die Konturen seiner Tätowierungen nach.

„Du hast mich alleine gelassen."

Ohne es verhindern zu können, klingt meine Stimme vorwurfsvoll.

„Es gab da etwas, um das ich mich kümmern musste."

Auch ohne dass er seinen Namen ausspricht, weiß ich, dass er von Fire spricht.

„Ist es erledigt?"

„Ja."

„Gut."

Mehr sagen wir nicht. Eine angenehme Stille legt sich über uns. Es dauert einen Augenblick, bis ich realisiere, dass Fire mir nie wieder etwas antun kann.

Mein Ritter ist losgezogen, um sich um das Monster, das mich verletzt hat, zu kümmern.

„Jetzt sind wir quitt."

Ghost lockert seine feste Umarmung etwas, weicht zurück und sieht mich prüfend an.

„Was meinst du damit?"

Mist, ich hätte das nicht sagen sollen...

„Ich habe für dich getötet und du für mich."

Er presst seine Lippen zu einem dünnen Strich zusammen. Seine Geisteraugen glühen unheilvoll.

„Wir werden nie quitt sein. Du bist mein und ich bin dein. Ich werde alles in meiner Macht Stehende tun, um dafür zu sorgen, dass so etwas nicht noch einmal passiert. Ich bin das Schutzschild, an dem die Welt vorbei muss, ehe sie auf dich trifft."

Wow Rockerromantik... Sein Schwur sorgt dafür, dass mein Herzrhythmus ins Stolpern gerät.

„Versprich mir, dass wir es schaffen. Dass wir nicht an diesem Vorfall zerbrechen."

Ghost gibt ein animalisches Knurren von sich.

„Du bist mein Leben, Baby. Wenn wir es nicht schaffen, bedeutet das meinen Tod."

Seine Worte und die Ernsthaftigkeit, mit der er gesprochen hat, rauben mir den Atem.

In seinem Blick versunken versuche ich, das Chaos, das in meinem Kopf herrscht, zu ordnen - es gelingt mir nicht.

Alleine das Wissen, dass es mir im letzten Moment gelungen ist, Fire daran zu hindern, sich ganz in mich zu schieben, zeigt mir, dass ich stärker bin als gedacht. Ich war nicht einfach nur ein verängstigtes, erstarrtes Opfer, sondern ich habe mich gewehrt.

Es wird lange dauern bis ich verarbeitet habe, was Fire mir angetan hat. Dieses Arschloch hat alte Wunden aufgerissen und Erinnerungen zum Leben erweckt, die ich längst aus meinem Unterbewusstsein verdrängt habe.

Ich werde Zeit brauchen, um zu heilen, physisch wie psychisch. Doch mit Ghost an meiner Seite werde ich es schaffen, er wird mich zusammenhalten und dafür sorgen, dass ich nicht zerbreche.

Doch bevor ich mich daran machen kann, die Vergangenheit zu bewältigen, den heutigen Tag zu verarbeiten und meine Zukunft zu planen, muss ich Fires Spuren von meinem Körper waschen.

„Kannst du mir helfen?“
Ghost sieht mich fragend an.
„Bei was, Baby?“
„Ich will duschen.“
Ohne seine Augen von meinem Gesicht abzuwenden, steht er mit mir in seinen Armen auf und trägt mich ins Badezimmer.
Ghost verlagert mein Gewicht, streckt den linken Arm aus und stellt das Wasser an.
Er steigt sich mit dem rechten Fuß auf die Ferse des linken, zieht sich seine Stiefel aus und tritt samt seiner Kleidung mit mir in den Armen unter den angenehm warmen Wasserstrahl.
„Du bist verrückt.“
„Aye, mein Engel, verrückt nach dir.“
Er küsst mich sanft auf den Mund, streift mit seinen Lippen über meine Schläfe.
Vorsichtig stellt er mich auf die Füße, stützt mich, als ich ins Wanken gerate und sieht mir tief in die Augen.
„Geht es dir gut, Baby? Es wäre mir lieber, wenn dich ein Arzt ansehen würde.“
„Ich brauche keinen Arzt, was ich brauche, bist du und ein paar Tage Ruhe.“
In seinen Augen erkenne ich, dass ihm meine Entscheidung nicht gefällt, doch er bedrängt mich nicht weiter, wofür ich ihm wirklich dankbar bin.
Und während er mir dabei hilft, das Blut und den Dreck von der Haut zu waschen, verliebe ich mich noch ein Stückchen mehr in meinen Rocker Ghost.
Was auch immer die Zukunft für uns bereithalten mag, zusammen werden wir es schaffen...

8. Kapitel

Ghost

Seit Fire Angel vergewaltigt hat sind drei Wochen vergangen.

Seit dem verhängnisvollen Tag X, wie ich ihn nenne, hat für mich eine neue Zeit begonnen. In der ersten Woche nach dem traumatisierenden Vorfall hat Angel so gut wie nichts gegessen, nicht geschlafen und auch nicht besonders viel geredet.

Die zweite Woche war besser, jetzt am Freitag der dritten Woche habe ich zum ersten Mal wirklich die Hoffnung, dass Angel stark genug ist, diese Scheiße zu verarbeiten.

Fest entschlossen, ihr so viel Zeit zu lassen, wie sie benötigt, habe ich meine Bedürfnisse zurückgestellt und mich um sie gekümmert. Ich will wirklich kein Arschloch sein, aber so langsam beginnt mir der Sexentzug auf die Stimmung zu schlagen. Meine Eier sind mittlerweile blau und fühlen sich so dick an wie die von einem Elefanten.

Den Billardqueue in der einen und eine Kippe in der anderen Hand lehne ich an der Wand und beobachte, wie sich mein Mädchen mit Nicki unterhält.

Die zwei kippen einen Tequila Shot nach dem anderen runter und lachen über irgendetwas - sie sehen glücklich aus.

„Was meinst du, ist deine Lady darüber hinweg?"

So gern ich Razzors Frage auch mit einem „Ja" beantworten würde, bleibt mir nichts anderes übrig, als ratlos mit den Schultern zu zucken.

„Ich habe keine Ahnung, Bro. Dieses Mädchen ist für mich ein unlösbares Rätsel. In manchen Momenten würde ich sogar meine Harley dafür geben, um zu wissen, was sie denkt oder empfindet."

Razzor lacht schadenfroh auf.

„Willkommen im Club, Alter. So geht es mir jetzt seit zwei Jahren mit Nicki."

„Soll mich das jetzt beruhigen, Bro?"

„Nope."

Er schüttelt amüsiert den Kopf.

„So ist das nun mal mit den Old Ladys. Mittlerweile bin ich mir sicher, dass sie die einzige Herausforderung sind, die ein Rider niemals wirklich bewältigen kann. Immer wenn ich denke, dass ich endlich dahintergekommen bin, wie Nicki tickt, zeigt sie mir auf eindrucksvolle Weise, dass ich in Wirklichkeit keine Ahnung davon habe, was in ihrem Kopf vorgeht."

Nachdem er die grüne Elfenbeinkugel im rechten oberen Eck versenkt hat, visiert er nun die gelbe an.

Nicki und mein Engel bestellen sich erneut eine Runde Tequila. Bevor Tick, der heute hinter der Bar steht, ihnen diesen Wunsch erfüllt, sieht er prüfend in meine Richtung. Erst als ich ihm mit einem kurzen Nicken zu verstehen gebe, dass es okay ist, füllt er ihre Gläser erneut mir der klaren Flüssigkeit.

Für das, was ich mit meiner Süßen heute Nacht noch vorhabe, kann es nicht schaden, wenn sie leicht einen sitzen hat.

Die Weiße trifft auf die Gelbe, doch sie geht nichts ins Loch. Ich bin dran.

Entschlossen, Razzor nicht gewinnen zu lassen, zwinge ich mich dazu, meine Konzentration zurück auf das Spiel zu lenken. Da es bei Razzor immer um irgendeinen Wetteinsatz gehen muss, wird es teuer, wenn er mich abzockt.

Wir haben um einen alten Colt Revolver gewettet. Die Werksgravur stammt aus dem Jahr 1893 und sein Griff besteht aus weiß schimmerndem Perlmutt.

Dieser Revolver ist nicht nur wunderschön, sondern auch sehr selten.

Trotz seines Alters ist er voll funktionstüchtig. Wir haben ihn vor längerer Zeit einem der Russen abgenommen, den wir erschossen haben. Seitdem streiten wir uns darum, wer ihn behalten darf. Dieses Spiel soll es endlich entscheiden.

Tief durchatmend verscheuche ich Angel für ein paar Sekunden aus meinem Großhirn, suche mir eine der noch übrigen Kugeln aus und visiere die orangene an.

Mit einem kraftvollen Stoß schicke ich sie gegen die Bande. Einfallswinkel ist gleich Ausfallswinkel – mein Plan geht auf und sie verschwindet mit einem lauten *Klong* vom Spielfeld. Stoß für Stoß leert sich das Grün. Razzor beginnt laut zu fluchen. Unbeeindruckt von seiner Wut versenke ich souverän die Schwarze und drehe mich zufrieden zu ihm um.

„Es reicht mir, wenn du den Revolver morgen von Ace aus dem Safe holen lässt. Heute Nacht sitzt die einzige Waffe, die ich brauche, zwischen meinen Beinen."

Grunzend fasse ich mir in den Schritt und schüttle meine Eier durch.

Razzor verdreht schlecht gelaunt die Augen. Er umfasst den Queue mit so viel Kraft, dass das Holz zu splittern beginnt.

Ich beschließe, ihn noch mehr zu reizen.

„Eigentlich hätte mir klar sein müssen, dass du kein ebenbürtiger Gegner für mich bist. Scheiße, Bro. Sogar Amy hat dich schon abgezockt. Oder hast du den rosafarbenen Schmetterling auf deiner Rückseite vergessen? Wir hätten um ein weiteres Tattoo für dich wetten sollen. Dann würde jetzt ein glitzerndes Einhorn deine andere Arschbacke zieren..."

Noch bevor ich den Satz zu Ende gesprochen habe, packt er den Billardqueue, schmettert ihn mit aller Kraft gegen die Kante des Billardtischs und zerbricht ihn so mittig. Mit den beiden spitzen Stöcken kommt er auf mich zu.

„Weißt du, Ghost, es wird Zeit, dass dir mal jemand sagt, dass du eine zu große Klappe hast."

Auf seiner Stirn haben sich zwei tiefe Falten gebildet, die Ader an seinem Hals tritt heraus und pocht. *Yes!* Wenn Razzor eine Schlägerei haben will, dann kann er sie bekommen.

Vielleicht hilft mir eine Rauferei ja dabei, etwas von dem Druck abzubauen, der sich aufgrund des Sexentzugs in mir aufgebaut hat.

„Ach, und du Pisser meinst also, dass du der Richtige dafür bist?"

„So sieht es aus."

Grinsend hüpfe ich auf und ab, lockere meine Muskeln und warte auf die Chance, Razzor um einen der beiden Queueteile zu erleichtern.

Um ihn noch mehr zu reizen, winke ich ihn mit beiden Händen zu mir her.

„Komm schon, Bro. Jetzt hau ich dir aufs Maul."

Die Rider um uns herum haben kapiert, was Sache ist.

Eilig beginnen sie sämtliche Stühle, Sessel und Tische auf die Seite zu schieben, damit wir mehr Platz haben und nicht alles in Kleinholz verwandeln.

Razzor macht einen Ausfallschritt, hebt den linken Arm und versucht, mich mit dem zerbrochenen Queue in den Kniekehlen zu treffen.

Ohne große Mühe weiche ich dem Angriff aus, lasse meine Hand vorschnellen und reiße ihm das Holz aus der Hand.

Fluchend dreht er sich um die eigene Achse, geht in die Knie und lässt das andere Queuestück auf meinem Oberschenkel landen.

Der heftige Schmerz explodiert in meinem Bein, ich stoße einen lauten Fluch aus.

Jubelrufe werden laut, unsere Zuschauer haben sich in zwei Lager aufgeteilt. Wetten werden abgeschlossen, Pfiffe werden laut.

Nicht bereit, mich so schnell geschlagen zu geben, umfasse ich das Hartholz fester und hole zum Gegenschlag aus.

Ich treffe Razzor an der Schulter, er gibt einen zischenden Laut von sich, ehe er nach hinten springt und mich finster anstarrt.

„Du blöder Wichser."

Im Augenwinkel sehe ich Nicki und Angel auf uns zukommen. Während Nicki amüsiert wirkt, zeichnet sich auf dem wunderschönen Gesicht meines Engels Sorge ab.

Razzor ist ein geübter Kämpfer. Obwohl Nicki es hasst, treibt er sich regelmäßig am alten Güterbahnhof, in dem sich jetzt ein Fight-Club befindet, herum und misst sich in Cagefights mit seinen Gegnern.

Es ist kein Geheimnis, dass Razzor Nicki bei einem Kampf auf Leben und Tod gewonnen hat.

Doch diesen Fight wird er nicht für sich entscheiden. Wir sind gleich groß und haben dieselbe Statur. Razzor mag mehr Erfahrung haben, doch das spielt für mich keine Rolle.

Bis jetzt habe ich mich immer nur in Kämpfe verwickeln lassen, bei denen ich überzeugt davon war, sie zu gewinnen. Und so war es auch - es ist noch nie jemandem gelungen, mich auf den Rücken zu legen. Der Einzige, bei dem es jemals ein Unentschieden gab, war Spider, doch das zwischen ihm und mir war etwas anderes – es ging um Abigail.

Der Schmerz in meinem Schenkel tritt dank des Adrenalins, das durch meine Venen rauscht, schnell in den Hintergrund.

Razzor tänzelt wie ein Boxer auf und ab, seine Mimik wirkt konzentriert, seine Augen funkeln blutrünstig. Ace taucht in der ersten Reihe der Zuschauer auf. Noch lässt er uns gewähren, doch ich weiß, dass er einschreiten wird, falls wir die Grenze von einem freundschaftlichen Kräftemessen hin zu einer blutigen Auseinandersetzung überschreiten sollten.

„Zeig ihm wo's langgeht, Razzor!"

Spiders lauter Schrei dringt zu mir durch, es war ja klar, dass er gegen mich wettet.

Entschlossen als Sieger aus diesem Duell herauszugehen, lasse ich den Stab durch meine Finger gleiten, drehe ihn so, dass er wie ein Windrad durch die Luft saust.

Trotz der Sorge, die sich in Angels tiefblauen Augen spiegelt, schiebt sie sich die Finger in den Mund, stößt einen lauten Pfiff aus und jubelt mir zu – mehr Ermunterung brauche ich nicht.

Heute Nacht werde ich mein Mädchen zurückerobern. Ich werde sie packen, küssen und mich so tief wie möglich in ihre enge Pussy schieben.

Holy Fuck!

Es wird Zeit zu kämpfen, es wird Zeit, meinen süßen Engel aus dem Loch zu holen, in das sie dank Fire gefallen ist. Ich bin wild entschlossen und werde alles in meiner Macht Stehende tun, um die dunklen Schatten aus unserem Schlafzimmer zu vertreiben.

Heute Nacht will ich endlich wieder mit meiner Lady verschmelzen.

Erst wenn sie verschwitzt, stöhnend und mit geschlossenen Augen unter mir liegt, werde ich zufrieden sein.

Razzor bemerkt, dass ich kurzzeitig nicht bei der Sache bin. Er umrundet mich und verpasst mir einen Tritt in die linke Kniekehle. Ich gehe zu Boden, stütze mich mit den Händen ab und nehme dem Aufprall so etwas Kraft. Er verpasst mir zwei schnelle Schläge in die Nieren, sämtliche Luft weicht mir aus der Lunge.

Scheiße! Scheiße! Scheiße!

Nicht bereit so schnell aufzugeben springe ich wieder auf die Füße, wirble um meine eigene Achse und verpasse ihm einen perfekt platzierten rechten Haken. Sein Kopf wird in den Nacken geschleudert, er gibt ein schmerzerfülltes „uffff" von sich, während er nach hinten taumelt.

Ich folge ihm, lasse ihm nicht genug Zeit, sich zu erholen und verpasse ihm zwei Schläge in den Magen.

Nicki brüllt mir zu, dass ich ein blöder Drecksack bin, ehe sie im selben Atemzug Razzor anfeuert, mir den Arsch aufzureißen.

Lachend schüttle ich meine Finger aus, wische mir über die schweißnasse Stirn und hole tief Luft. So langsam habe ich genug von dem Mist.

Ich sehe zu Angel, zwinkere ihr zu und gebe ihr so wortlos zu verstehen, dass dieser Sieg für sie ist, ehe ich Razzor mit einem Schlag gegen die Schläfe ausknocke.

Nicki schreit erschrocken auf, die Menge tobt. Es wird Zeit, mir meine Belohnung abzuholen. Im Augenwinkel sehe ich, wie unzählige Dollarscheine den Besitzer wechseln, doch das ist mir egal. Alles, was für mich zählt, ist die wunderschöne Frau mit den schneeweißen Haaren und den Sternen-Tattoos auf der Schläfe.

„Verflixt, Ghost! Die letzten Minuten haben mich tausend Jahre älter werden lassen. Verdammt, ich habe bestimmt graue Haare bekommen."

Sie lallt leicht, der Tequila zeigt ganz offensichtlich seine Wirkung.

„Was ein Glück, dass die zwischen den restlichen weißen nicht wirklich auffallen."

Angel findet meinen Witz nicht besonders gut, sie zeigt mir den Mittelfinger und streckt mir die Zunge raus.

„Das ist nicht witzig. Als du zu Boden gegangen bist, ist mein Herz stehengeblieben."

Ihr Eingeständnis löst ein angenehmes Prickeln in mir aus.

„Na dann komm, Baby. Ich will mal sehen, ob ich es erneut zum Schlagen bringen kann"

Ohne einen Blick auf den wieder zu sich kommenden Razzor zu werfen, hebe ich meine Lady hoch, werfe sie mir über die Schulter und trage sie durch den überfüllten Club die Treppe hoch bis zu unserem Apartment. Oben angekommen will ich sie ins Bad tragen, damit wir zusammen duschen können, doch sie schlägt mir auf den Po und befiehlt mir, sie ins Schlafzimmer zu bringen.

„Angel, ich bin total verschwitzt.“

Sie gibt ein mädchenhaftes Kichern von sich.

„Das macht nichts, ich liebe es, wenn du so riechst, das ist irgendwie animalisch.“

Vor dem Bett bleibe ich stehen, lasse sie an meinem Brustkorb hinabrutschen und halte sie so fest, dass sich unsere Gesichter direkt einander gegenüber befinden.

Unsere Blicke treffen sich, mein Herz zieht sich schmerzhaft zusammen.

„Du bedeutest mir die Welt. Ich hoffe, das ist dir klar.“

Angel nickt, streicht mir mit ihrer kleinen Hand über die Wange und zeichnet mit ihrem Fingernagel die Konturen meiner Lippen nach.

„Ich liebe dich, Ghost. Ich liebe dich mehr als alles andere.“

Sie legt den Kopf schief, tippt mir ihrem Finger auf meine Nasenspitze und presst mir einen viel zu schnellen Kuss auf den Mund.

„Oh Baby. Das kannst du doch besser...“

Erneut legt sie ihren Mund auf den meinen, schlängelt sich zwischen meinen Lippen hindurch und beginnt einen verführerischen Zungentanz, der meinen Schwanz sofort hart werden lässt.

Am liebsten würde ich sie jetzt über die Bettkante beugen, ihr die Hose samt Slip herunterziehen und mich mit einem gnadenlosen Stoß in ihrem Körper versenken, doch ich halte mich zurück, verfluche Fire und übe mich in Geduld. Das ist das erste Mal seit Tag X, dass ich ihr auf diese Art näherkommen will. Ich habe keine Ahnung, ob Angel bereit ist, mit mir zu schlafen, aber eines weiß ich gewiss, wenn ich mir Zeit lasse und mein Mädchen Stück für Stück verführe, ist die Chance, dass sie sich darauf einlassen kann, viel höher, als wenn ich sie überfalle.

In den vergangenen Nächten ist mir ein paarmal der Gedanke gekommen, dass ich mir eine der vielen Bitches schnappen könnte. Doch ich habe ihn gleich wieder verworfen, ich will meinen Druck nicht in irgendeiner Pussy loswerden, sondern ich will Angel.

Bevor ich ihr begegnet bin, war es mir egal, in wen ich meinen Schwanz geschoben habe, jetzt hingegen will ich nur noch sie.

Diese Frau ist meine ganz persönliche Droge. Sie berauscht mich nicht nur, sie hat mich auch süchtig gemacht.

Wieder und wieder lässt sie ihre Zunge vorschnellen, wickelt sie um die meine und raubt mir den Verstand.

Ungeduldig umfasse ich ihren Po, vergrabe meine Finger in dem prallen Fleisch und ziehe sie fest zu mir heran.

„Kannst du spüren, wie verdammt hart ich für dich bin?“

Sie löst sich von meinem Mund, beißt sich in die Unterlippe und tritt einen Schritt zurück. Widerwillig löse ich meine Finger und gebe sie frei.

Oh Fuck! Wenn ich sie heute Nacht nicht endlich ficke, werden meine Hoden wie zu fest aufgeblasene Luftballons zerplatzen.

Unsicher, was jetzt passieren wird, balle ich meine Hände zu Fäusten und zwinge mich dazu ruhig zu bleiben. Dumm nur, dass das den Muskeln in meinen Oberschenkeln völlig egal ist. Die zucken ungeduldig, so als könnten sie es kaum erwarten, in einen schnellen, tiefen Rhythmus zu verfallen.

Das unangenehme Brennen in meinen Fingerknöcheln, das daher rührt, dass ich bei Razzor ein paar gute Treffer landen konnte, hilft mir dabei, nicht völlig den Verstand zu verlieren. Alleine die Tatsache, dass ich meine Frau nicht mehr so oft und so hart ficken kann, wie ich will, macht mich rasend. Was eine Scheiße, dass man einen Menschen nur einmal töten kann. Fire würde ich am liebsten mehrmals täglich das Genick brechen....

Tief durchatmend zwinge ich mich zur Ruhe, schließe für einen Moment die Augen und erinnere mich daran, dass es heute Nacht nicht um mich geht.

Das Einzige, was zählt, ist Angel und dass ihr göttlicher Geschmack auf meinen Lippen liegt, während ich das Glück habe, sie als mein Eigentum bezeichnen zu können.

Scheiß auf den Rest der Welt. Alles, was zählt, ist, dass sie hier bei mir ist, und dass sie mir gehört. Ales andere spielt im Grunde genommen keine Rolle.

9. Kapitel

Angel

Oh Gott, bin ich nervös...

Während ich die Knöpfe meiner Bluse einen nach dem anderen öffne, beginnen meine Finger wie verrückt zu zittern.

Keine Ahnung, ob es an meiner Erregung liegt, oder daran, dass ich Angst davor habe, im letzten Moment doch noch einen Rückzieher zu machen.

Der Alkohol rauscht durch meinen Kreislauf, ich bin mehr als nur ein bisschen beschwipst.

Es hat mich geil gemacht, Ghost beim Kämpfen zu beobachten.

Wahrscheinlich liegt es an meiner weiblichen Urprogrammierung, aber das Wissen, dass Ghost stark genug ist, mich zu beschützen und wild genug, seine Kraft auch für mich einzusetzen, verwandelt mich in ein zitterndes hormongesteuertes Etwas, das nur an eins denken kann – Paarung.

Groß, muskulös, heroisch und unberechenbar.

Dieser Dead Rider ist alles, was ich jemals wollte.

Die letzten Wochen waren wirklich nicht einfach. Bei Gott, ich glaube, ich habe es Ghost nicht gerade leicht gemacht, mich zu ertragen.

Er war unglaublich geduldig, sanft und liebevoll.

Nachts, wenn er mich beschützend in seine Arme gezogen und mich vor meinen Albträumen beschützt hat, konnte ich den harten Beweis seiner Erregung an meinem Po spüren. Und obwohl ich weiß, wie dringend er mich gebraucht hätte, hat er mir die Zeit gelassen, die nötig war, um den Schrecken zu verdauen.

Ghost hat meine Bedürfnisse über die seinen gestellt, und dafür danke ich ihm sehr.

Endlich gelingt es mir, den letzten der winzigen Perlmuttknöpfe durch das winzige Loch zu schieben. In dem Moment, in dem ich den weißen Stoff vorne auseinanderziehe, löst sich das Grau von Ghosts Iris auf. Seine Gespensteraugen gleiten gierig über meinen Spitzen-BH und die Rundungen meiner Brüste. Mit geblähten Nasenlöchern und geballten Fäusten steht er vor mir.

An seinem Kiefer beginnt ein Muskel zu zucken. Und obwohl ich ihm ansehen kann, dass es ihn eine übermenschliche Kraft kostet, mich nicht zu berühren, bleibt er einfach nur stehen und überlässt mir die Führung.

Für einen so dominanten Mann wie Ghost, der gerne die Kontrolle hat, muss es die Hölle sein, untätig zu bleiben.

„Oh Baby, du bist so fucking perfekt.“

Seine Rockerromantik lässt mich grinsen.
Mit eisernem Willen kämpfe ich gegen die immer stärker werdende Nervosität an, streiche mir eine lose Haarsträhne aus dem Gesicht und beginne damit, meine Hose zu öffnen.
Tief in meinem Inneren weiß ich, dass ich mehr als bereit bin, mich meinem Dead Rider hinzugeben. Dennoch bin ich so nervös, dass sich in meinem Nacken Schweißperlen bilden.
Erst als ich nur noch in meiner Unterwäsche vor ihm stehe, hebe ich meinen Kopf und sehe meinem Mann in die Augen.
„Ich will dich, Ghost."
Aus seinem leicht geöffneten Lippen löst sich ein wildes Knurren, er lockert seine Finger, nur um sie sofort wieder zur Faust zu ballen.
Da ich weiß, dass er darauf wartet, dass ich den ersten Schritt mache, strecke ich meine Hand nach ihm aus, schiebe sie unter sein T-Shirt und kratze ganz leicht mit meinen Fingernägeln über die harten Wölbungen seines Sixpacks.
Seine Muskeln beginnen bei meiner Berührung zu zucken, ich höre, wie er geräuschvoll einatmet, ehe er mich packt und hochhebt.
Eine Sekunde später legt er mich auf unser Bett, bedeckt mich mit seinem Körper und lässt mich sein Gewicht spüren.
Seufzend suche ich seine Lippen, wir küssen uns wild und verlieren uns in dem Moment. Willig spreize ich meine Beine, Ghost legt sich dazwischen und drückt mich tief in die Matratze.
„Oh Baby..."
Sein heißer Atem streift über meinen Hals, seine Finger umfassen meine Taille, während er damit beginnt, sich an mir zu reiben. Der raue Stoff seiner Jeans, der über die empfindliche Haut an den Innenseiten meiner Schenkel streicht, lässt mich erschaudern.
Halleluja, fühlt sich das gut an...
Süchtig nach seinem Geschmack küsse ich ihn stürmisch und lasse meine Hände zwischen uns hinabgleiten. An seiner breiten Gürtelschnalle angekommen, dauert es ewig, bis es mir endlich gelingt, sie zu öffnen. Erst als ich das Hindernis, das der Hosenknopf für mich darstellt hat, überwunden und den Reißverschluss nach unten gezogen habe, schiebe ich meine Hand in seine Hose und umfasse sein hartes Glied.
Stöhnend presst er sich meiner Hand entgegen, seine Augen fallen zu, die Sehnen an seinem Hals treten deutlich hervor.
Das Wissen, dass ich die einzige Frau bin, die diesen Rocker so berühren darf, lässt mein Herz schneller schlagen.

Immer schneller pumpe ich mit meinen Fingern über seinen Penis, reibe über den kleinen Schlitz an der Eichel und verteile die ersten Lusttropfen.

In dem Augenblick, in dem er meinen Slip auf die Seite schiebt und mit zwei seiner langen Finger in mich eindringt, gehen meinem Verstand die Lichter aus und meine verwirrenden Gedanken verstummen endlich.

Plötzlich spielt es keine Rolle mehr, wie viel Schlechtes ich in der Vergangenheit erlebt habe, alles, was zählt, ist das Hier und Jetzt.

Sein Blick ruht auf meinem Gesicht, Ghost beobachtet jede meiner Regungen. Wimmernd drücke ich den Rücken durch und gebe mich ihm hin.

„So ist es gut, Süße, ich will deine Hingabe. Schließe deine Augen und konzentriere dich nur aufs Fühlen."

Ghost rutscht an mir nach unten, leckt über meine rechte Brustwarze und beißt leicht zu. Bittersüße Lust pulsiert durch meine Adern, die scharfen Kanten seiner Zähne verwöhnen mein empfindliches Fleisch.

Ich spüre, wie er meine Knospe zwirbelt und mit süßer Pein erfüllt. Erst als meine Nippel hart und sehr sensibel sind, lässt er von ihnen ab.

„Von dir werde ich nie genug bekommen, Baby! "

Immer wieder dringt er sanft in mich ein und touchiert meinen inneren Glückspunkt.

„Du bist so warm, verflucht eng und feucht."

Er fährt meine pochende Spalte entlang, verteilt die Nässe gleichmäßig auf meinen Schamlippen und bereitet meine sensiblen Falten für sein Eindringen vor. Ghost dringt erneut in mich ein, erst mit einem Finger, dann mit zwei, er dehnt mich.

„Spüre es, Baby ..."

Immer tiefer taucht er in mich ein, während seine andere Hand zu meiner Kehle wandert. Er drückt sanft zu, demonstriert mir, dass er mich kontrolliert, dass er mich hält und dass er mir trotz seiner körperlichen Überlegenheit nie weh tun würde. Ich atme automatisch flacher, während mich seine Finger zum Schreien bringen. Rhythmisch umkreist er meinen Kitzler, treibt mich in den Wahnsinn.

Es fühlt sich so an, als würden meine Nervenbahnen Feuer fangen. Ich will ihn schmecken, kosten, spüren und verschlingen. Mein Verlangen nach ihm erreicht einen neuen Höhepunkt.

Ghost streift mit seiner Nase an meiner Kehle entlang, seine rauen Bartstoppeln kratzen über meinen Kiefer. Er küsst mich, knabbert an mir, ehe er zubeißt. Seine rechte Hand legt sich besitzergreifend auf meinen zitternden Bauch.

„Bitte, ich will... ich brauche.... Ghost..."

Stöhnend gebe ich den Versuch, einen normalen Satz zu formulieren, auf.

Meine Beine beginnen zu zittern, meine Zehenspitzen verkrampfen. Jeder Zentimeter meines Körpers spannt sich an, und ich weiß, dass mich die Erlösung in wenigen Sekunden überrollen wird.

Erneut fickt er mich mit seinen Fingern - ich bin verloren.

Pulsierend rauscht ein allumfassender Orgasmus durch meine Venen, während Ghost erneut meine Brustspitze in den Mund saugt.

Mit einem leisen *Plopp* lässt er sie aus seinen Lippen gleiten, richtet sich auf und entzieht mir seine Finger. Unsere Blicke treffen sich. Atemlos beobachte ich meinen Rocker dabei, wie er sich die Finger vor das Gesicht hebt, an ihnen schnuppert und sie sich anschließend in den Mund steckt, um meinen Saft abzulecken.

„Du bist so versaut, Ghost."

„Oh Angel, du hast ja keine Ahnung..."

Endlich legt er sich wieder zu mir. Unsere Lippen treffen sich, wild und zügellos küsst er mich, ich kann mein salziges Aroma auf seinen Lippen schmecken. Erneut reibt er über meine Schamlippen, dringt mit seinem Daumen in mich ein. Leise wimmernd nehme ich ihn in mir auf. Seine Zunge dringt tief in meinen Mund ein. Seufzend versuche ich nach Luft zu schnappen, doch er hält meinen Mund gefangen, küsst mich nur noch eindringlicher, ich vergesse zu atmen und versinke erneut im Strudel der Lust.

Ghost spreizt meine Beine und lässt seinen Blick hungrig über meinen zitternden Körper wandern. Aus seiner Kehle steigt ein dunkles Knurren auf. Als er unseren Kuss beendet und sich von mir löst, quengle ich. Gebannt beobachte ich, wie er aus dem Bett steigt, meinen Po bis an die Kante zieht und sich vor meiner Pussy auf den Boden kniet...

Seine Finger schließen sich um meine Knöchel während er meine Beine noch ein Stückchen weiter spreizt. Seine Berührungen sind nicht grob oder schmerzhaft, jedoch bestimmend und fordernd - genau, wie ich es brauche.

Erregt und schwer atmend liege ich mit gespreizten Beinen nur wenige Zentimeter vor seinen Augen und ich weiß, dass er mich gerade mit seinen Blicken verschlingt.

Dieser Augenblick ist so intim und sinnlich, dass mir der Atem stockt.

Instinktiv versuche ich, meine Beine wieder zu schließen, doch er hält sie so fest in Position, dass ich mich seinem Willen unterwerfen muss.

Brummend küsst er die empfindlichen Innenseiten meiner Schenkel.

Seine Zunge leckt sich ihren Weg nach oben, ich höre, wie er meinen Geruch tief einsaugt und kann es kaum noch erwarten, dass Ghost endlich anfängt mich zu lecken.

Seine Finger lassen meine Knöchel los, doch ich weiß, dass er nicht will, dass ich mich bewege. Also halte ich still und lausche meinen viel zu schnell kommenden Atemzügen.

Ohhhh endlich!

Ich spüre seinen heißen Atem auf meinen Schamlippen und weiß, dass es endlich so weit ist. Ghosts raue Zunge leckt meinen Spalt entlang, züngelt leicht über meine Öffnung und saugt sich an meinem Kitzler fest.

„Fuck, Angel, du schmeckst wie das Paradies."

Seine Worte heizen mir noch mehr ein, bringen mich an den Rand des Erträglichen. Unermüdlich leckt er meine zitternde Mitte, saugt und dringt mit seiner Zunge tief in mich ein.

„Oh Süße! Ich will in dir sein, dich ficken und dich schreien hören."

Quälend langsam beginnt mein Mann mich in den Olymp zu züngeln, meine Beine zucken vor Anspannung, in meinem Bauch beginnt es zu glühen.

„Es wird Zeit, mich in dich zu schieben."

Unter gesenkten Lidern beobachte ich, wie er aufsteht und sich endlich entkleidet.

Die Narben, die Muskeln und die vielen Tattoos, die seinen Oberkörper zieren, sind einfach wunderschön. Mein Geist sieht aus wie ein düsterer, gefährlicher Gott.

Er kniet sich auf das Bett, zieht mich nach oben und legt sich auf mich.

Haut an Haut – Auge in Auge.

Seine breite Eichel dringt in mich ein, dehnt mich, nimmt mich in Besitz.

Ghosts Zunge umkreist die meine und ich schmecke meine eigene Erregung.

Stöhnend atmen wir die Luft des anderen, während er seine komplette Länge tief in mich schiebt.

„Sieh mich an, Baby. Ich bin bei dir. Ich halte dich – fange dich auf."

Seine Geisteraugen glühen. Meine Lust leckt wie Flammen an meinen Nerven.

Das vertraute Ziehen macht sich in mir breit, und ich bin kurz davor, erneut zu explodieren.

Ich spüre, wie Ghost sich anspannt. Seine Muskeln zucken wild, seine Stöße werden immer härter. Endlich dringt er so tief in mich ein, dass wir miteinander verschmelzen. Mein Dead Rider verändert seinen Winkel und trifft bei jedem Vorstoß meinen G-Punkt. Mehr brauche ich nicht!

Der Höhepunkt, der mich erbeben lässt, gleicht einer Lawine, die Kontraktionen in mir sind so stark, dass ich ihn mitreiße und er sich laut brüllend in mir ergießt.

Kraftlos und leise seufzend schlinge ich ihm meine Beine um die Hüften und ziehe ihn so noch tiefer in mein pulsierendes Inneres.

„Das war wunderschön..."

Mit meinen Fingerspitzen zeichne ich unsichtbare Sterne auf sein Schulterblatt.

Ich hauche einen sanften Kuss auf die schwarzen Federn des Adlertattoos, das seinen kompletten linken Brustkorb einnimmt.

„Du gehörst nur mir, Angel. Das hier gehört nur mir."

Er sieht auf mich herab, streift mit seinen Lippen über meine Stirn und zieht sich zeitgleich langsam aus mir heraus.

Danke des Tequilas und der vielen Endorphine, die durch meine Venen rauschen, habe ich das Gefühl, nur Zuckerwatte im Kopf zu haben.

Mit einem langgezogenen Seufzen lässt er sich neben mich auf die Matratze fallen und zieht mich an seinen verschwitzten Brustkorb.

„Das bräuchte ich mindestens fünf Mal täglich."

Lachend sehe ich ihn an.

„Fünf Mal? Bist du dir sicher, dass du das auch schaffst?"

Ghosts Augenbrauen schnellen in die Höhe.

„Zweifelst du an meiner Manneskraft, Süße?"

Sein ernster Tonfall bringt mich zum Lachen.

„Nein. Das würde ich nie tun."

Mein Geisterrocker glaubt mir kein Wort.

„Warte nur, Baby. Ich werde dir noch heute Nacht zeigen, zu was ich in der Lage bin."

„Ich entscheide mich dazu, ab jetzt lieber zu schweigen."

Grinsend schüttelt er den Kopf, stupst mit seiner Nase gegen die meine und lässt sich mit einem leisen „*Uff*" auf den Rücken fallen.

Völlig im Reinen mit der Welt lege ich meinen Kopf auf seinen Brustkorb und lasse meinen Blick über seinen Körper gleiten. Als ich den dunkelblau-violetten Fleck auf seinem Oberschenkel entdecke, erschrecke ich. Razzor hat ordentlich Kraft in seine Schläge gelegt.

Sanft streiche ich mit meinen Fingern darüber, Ghost zuckt zusammen.

„Tut das arg weh?"

„Es ist nichts, Angel. Leg dich hin und schlaf."

Typisch Mann...

„Es sieht aber nicht nach *Nichts* aus."

In meinem Tonfall schwingt leichter Tadel mit.

Als er nicht antwortet, setze ich mich auf und suche seinen Blick.

„Was sollte das vorhin? Warum musstet ihr euch prügeln? Verdammt, Ghost! Ihr seid doch keine Kinder mehr. Da muss man sich echt nicht wundern, dass Noras Jungs sich immer schlagen, wenn ihr erwachsenen Männer euch genauso kindisch benehmt."

Anstatt jetzt mit mir zu reden, schweigt er einfach weiter. Aufgebracht boxe ich ihm gegen die Schulter.

Seufzend verdreht er die Augen.

„Hör zu, Angel. Das war nur Spaß."

Okay, jetzt reicht es...

„Spaß? Wenn man mit abgebrochenen Billardqueues aufeinander losgeht, ist das also Spaß. Scheiße! Ihr Rider seid doch völlig verrückt."

Schnaubend drehe ich mich um und schnappe mir die Wasserflasche, die immer neben dem Bett steht. Als ich sie zur Hälfte geleert habe, stelle ich sie wieder zurück an ihren Platz. Ghost packt mich am Oberarm, zieht mich bestimmend zu sich nach unten.

„Das einzig Verrückte in meinem Leben ist die Tatsache, dass ich dich mehr brauche als den nächsten Atemzug. Jetzt hör auf zu zicken, leg dich hin und schlaf."

Da mir klar ist, dass eine weitere Diskussion nichts bringt und ich keine Lust habe, mit ihm zu streiten, gebe ich nach und kuschle mich an ihn.

„Braves Mädchen..."

Ghost vergräbt seine Nase in meinen Haaren, atmet tief ein und entspannt sich.

Dieser Sex war mehr als einfach nur ein guter befriedigender Fick. Er war der Beweis, dass es Fire nicht gelungen ist, mich zu zerbrechen.

Es mag sein, dass er meinen Körper berührt und verletzt hat, aber es ist ihm nicht gelungen mich für immer in ein zitterndes Opfer zu verwandeln.

Bei Gott, ich bin stärker als ich dachte und das macht mich unfassbar stolz.

Vielleicht ist das ein Zeichen dafür, dass ich mit meiner Vergangenheit endlich abschließen sollte. Mir ist klar, dass ich Ghost nicht mal bitten müsste, mich zu Taylor zu begleiten, um meine Sachen zu holen. Wahrscheinlich müsste ich nur seinen Namen erwähnen und schon würde mein Rocker mit gezückter Waffe vor mir stehen, bereit alles und jeden zu töten, der mir zu nahe kommt.

Doch es gibt Dinge im Leben, die muss eine Frau ohne die Hilfe ihres Kerls schaffen.

Seit ich Taylor verlassen habe, bin ich ein anderer Mensch geworden. Dank dem MC, Ghost und den Old Ladys bin ich stark und selbstsicher. Diese Menschen hier haben mir ein neues Selbstwertgefühl gegeben.

Vielleicht klingt es lächerlich, aber ich muss mir einfach selbst beweisen, dass ich Taylor alleine gegenübertreten kann. Na gut, vielleicht nicht ganz alleine.

Eventuell kann ich ja Ellen oder Nicki fragen, ob sie mich begleiten und mir Rückendeckung geben.

Scheiße! Ellen ist eine Herzblut-Bikerin. Wahrscheinlich sollte sich Taylor vor ihr mehr fürchten als vor Ghost.

Nachdenklich streiche ich mit den Fingerspitzen über die ausgefranste Narbe an Ghosts Schulter und schwöre mir still und heimlich, dass ich mir morgen einen Plan zurechtlegen werde und dass ich bis Ende dieses Monats, das sind noch sechzehn Tage, die Scheidung eingereicht und mein Hab und Gut geholt habe. Es wird verflucht noch mal Zeit, endlich meine Zukunft in die Hand zu nehmen. Ich bin es so leid, dass Taylor wie ein dunkler Schatten über unserer Beziehung hängt.

Das nächste Mal, wenn Ghost mir sein Leder anziehen will, werde ich nicht an meinen Ex denken, sondern ja sagen und ganz offiziell den Platz an seiner Seite einnehmen.

10. Kapitel

Ghost

„Fuck off! Mir gefällt das nicht, Bro. Mir gefällt das ganz und gar nicht!"

Spider steht mit gezogener Waffe neben mir, sein Zeigefinger liegt am Abzug, unter seiner Kutte trägt er, genau wie ich, eine schusssichere Weste.

Als ich nichts darauf erwidere, sondern die einzige Zufahrt, die zu dem abgelegenen Waldstück führt, auf der die Waffenübergabe stattfinden soll, im Auge behalte, spricht er einfach weiter.

„Wir sollten diese schlitzäugigen Wichser abknallen und sie nicht mit Waffen versorgen, die sie in naher Zukunft höchstwahrscheinlich auf uns richten werden."

Obwohl ich damals am Tisch für die Geschäftsbeziehung mit den Chinesen gestimmt habe, ist mir nicht wohl bei der Sache.

Spider hat recht. Diesen verdammten Stäbchenfressern kann man einfach nicht trauen.

Ich hoffe Li-Ming, der neue Boss der Chinesen, vergisst nicht, was mit seinen Vorgängern passiert ist, als sie sich gegen uns gewendet haben. Zuka und Akuma waren hinterfotzige Schweine, die den Tod verdient hatten. Natürlich können wir Li-Ming nicht für die Taten der anderen verantwortlich machen, aber wenn ich in der Vergangenheit eine Sache gelernt habe, dann, dass man diesen Drecksäcken allen nicht vertrauen kann. Völlig egal ob Russen, Mexikaner oder Chinesen, keiner von ihnen hält sein Wort.

Fuck! Wir haben einstimmig beschlossen, dass wir diese Geschäftsbeziehung testen wollen und jetzt müssen wir da alle durch.

Die Sache ist nur die, rauchend und am Tisch sitzend kann man sich leicht mal dazu entscheiden, ein Risiko einzugehen. Es ist dann aber etwas ganz anderes, wenn man nachts in einem dunklen Wald steht und keine Ahnung hat, wie die Scheiße ausgehen wird. Während Ace und Slide direkt neben dem Van stehen, in dem sich die vier Dutzend AK47 befinden, haben sich Tick, Skorpion und Razzor im umliegenden Gebiet auf die Lauer gelegt. Sie sind unsere Lebensversicherung, falls diese Scheiße hier in einem Blutbad enden sollte.

AK47 - diese zwei Buchstaben in Kombination mit zwei Zahlen sind die Abkürzung für eine Reihe von sowjetisch-russischen Sturm- und Maschinengewehren. Das Urmodell wurde 1947 von einem Mann namens Michail Timofejewitsch Kalaschnikow entwickelt. Nach offiziellen Schätzungen wurden ungefähr 80 - 100Millionen dieser

Waffen produziert. Was bedeutet, dass uns der Nachschub nicht so schnell ausgehen wird.

Wir handeln nur mit den Originalbauten, die etwas billigeren Lizenzbauten sind nicht ganz so zuverlässig, sie haben Ladehemmungen oder andere Krankheiten.

Die Zeiten sind hart, jeder wendet sich gegen jeden und es vergeht keine Nacht, in der nicht irgendjemand das Blut seiner Feinde vergießt. Die Nachfrage nach den Kalaschnikows war noch nie so hoch wie jetzt. Die Kassen des Motorcycle-Clubs sind gut gefüllt, keiner von uns Dead Riders hat Geldsorgen.

Spider zündet sich eine Kippe an und lässt seine Halswirbelsäule knacksen.

„Verdammt, Spider. Du machst mich noch ganz irre. Du hast genau wie ich für den Deal gestimmt. Also hör jetzt auf zu jammern und stell dich nicht an wie eine Pussy."

Spider spuckt auf den moosigen Waldboden und wirft mir einen finsteren Blick zu.

„Hast du mich gerade eine Pussy genannt?"

Er sieht mich fassungslos an.

„Aye, Bro, das habe ich. Erinnere dich daran, dass du Eier hast und konzentriere dich."

Das Geräusch von mehreren Motoren hallt durch die Dunkelheit – es geht los!

„Denk an meine Worte, Ghost. Die Entscheidung war ein Fehler. Früher oder später werden wir mit den AKs erschossen, die wir verkauft haben."

Bei allen Dämonen! Ich hoffe, dass Spider sich in dieser Sache irrt. Sollte es aber wirklich so weit kommen, werde ich nicht zögern und Li-Ming das Genick brechen.

Vier silberne Mercedes-SUVs kommen auf uns zu.

Ace schiebt sich zwei Finger in den Mund und stößt einen lauten Pfiff aus, so dass Razzor und die anderen wissen, dass es losgeht.

Das Heikelste bei so einem Geschäft ist immer die Übergabe. Sobald die Waffen und das Geld den Besitzer gewechselt haben, sinkt die Anspannung für gewöhnlich.

Die Wagen bleiben zehn Meter von uns entfernt stehen. Li-Ming und seine Männer steigen aus. Jeder von ihnen hält ein halbautomatisches Maschinengewehr in den Händen.

„Das Misstrauen scheint ganz offensichtlich gegenseitig zu sein."

Spider schnippt den Stummel seiner Kippe auf den Boden und tritt die Glut mit seiner rechten Fußspitze aus.

Li-Ming wechselt ein paar Worte mit dem Schlitzauge, das zusammen mit ihm aus dem dritten Mercedes von links ausgestiegen ist. Anschließend geht er direkt auf Ace zu, während sein Gesprächspartner stehen bleibt.

„Let's rock, Ghost. Die nächsten Minuten sind entscheidend."

Vor unserem Präsidenten bleibt er stehen, legt die Handflächen zusammen und deutet eine Verbeugung an.

Ace reicht ihm die Hand, sie begrüßen sich.

Nachdem sie sich wenige Minuten über Nichtigkeiten ausgetauscht haben, kommen sie endlich auf den Punkt.

Slide geht zu dem Van, öffnet die seitliche Schiebetüre und holt eine der Holzkisten heraus, in der sich die Kalaschnikows befinden.

Li-Ming winkt einen seiner Männer zu sich, der nimmt den Deckel ab, holt ein Sturmgewehr heraus und prüft es. Erst als er sich sicher ist, dass die Ware, die wir liefern, einwandfrei ist, nickt er seinem Boss zu.

Sie wechseln ein paar Sätze auf Chinesisch, Li-Ming wendet sich wieder Ace zu.

„Wie du siehst, habe ich mein Wort gehalten. Wo ist das Geld?"

Ein weiteres Schlitzauge setzt sich in Bewegung. Es trägt zwei schwarze Reisetaschen bei sich.

Slide stoppt ihn auf halben Weg, nimmt ihm eine der Taschen ab und öffnet den Reißverschluss. Jetzt kommen wir zu dem kritischsten Augenblick. Es wäre nicht das erste Mal, dass man versucht, uns zu verarschen, indem man Falschgeld unter die Dollarnoten mischt. Mit geübtem Auge prüft der Vizepräsident unseres MCs die Dollarbündel, den Vorgang wiederholt er auch bei der zweiten Tasche.

Als er wenige Minuten später mit dem Geld zu Ace geht, atme ich tief durch.

Li-Ming zündet sich eine dicke Zigarre an, pafft den Rauch in die kühle Nachtluft und räuspert sich leise.

„Hör zu, Dead Rider. Wie wäre es, wenn wir gleich die nächste Bestellung regeln?"

Ace bedeutet ihm mit einer Handbewegung weiterzureden.

„Dieselbe Menge Waffen plus zehn Kisten Munition."

Slide stößt einen lauten Pfiff aus. Er weiß genau wie wir, dass der Chinese mit dieser Menge an AKs einen verdammten Krieg anfangen könnte.

Slide und Ace tauschen einen kurzen Blick miteinander. Nicht zum ersten Mal beobachte ich, wie die zwei völlig wortlos kommunizieren. Dank ihrer gemeinsamen Zeit bei der Army stehen sich die beiden so nah, dass sie nur wenige Sekunden Augenkontakt brauchen, um zu wissen, was der andere denkt.

Nach kurzem Zögern streckt unser Präsident die Hand aus und Li-Ming schlägt ein.
Fuck! Es wird nicht lange dauern bis wir uns wieder hier treffen und unseren Arsch riskieren.
„So wie es aussieht, werde wir heute Nacht nicht sterben."
Spider stößt ein trockenes Lachen aus.
„Aye, Ghost. Bevor ich Abigail in meinem Bett liegen hatte, hat mich so eine verfickte Scheiße nicht halb so viele Nerven gekostet."
In dieser Hinsicht kann ich ihn gut verstehen. Mir geht es genauso.
Bevor ich Angel kennengelernt habe, war es mir völlig egal, ob ich lebe oder sterbe, das hat sich durch sie geändert.
Der restliche Austausch ist reine Routine. Die Schlitzaugen verladen die Waffen, Slide lädt das Geld ein und keine fünf Minuten nach der Übergabe sind wir bereits auf dem Weg zurück zum MC.

Nachdem wir den Van bis zum Gelände des Clubs eskortiert haben, parken Spider und ich unsere Bikes vor den geschlossenen Werkstatttoren und steigen ab.
Tick, Skorpion und Razzor tauchen ebenfalls auf, in ihren Gesichtern erkenne ich dieselbe Erleichterung, die auch ich verspüre.
Kaum dass Ace den Motor seiner Harley ausgeschaltet hat, kommt auch schon Amy auf ihn zugeeilt.
In ihren Armen hält sie eine laut schreiende Sophie. Die kleine Tochter der beiden ist jetzt acht Wochen alt. Ganz die kleine Rockerprinzessin hat sie jeden Member mit ihren kleinen Babyhänden und den großen blauen Augen sofort um den Finger gewickelt.
In spätestens achtzehn Jahren, wenn sie anfängt, sich mit irgendwelchen Typen zu daten, wird sie ihren Vater in den Wahnsinn treiben. So wie ich Ace einschätze, wird er jeden, der Hand an seine Tochter legt, ohne zu zögern abknallen.
Amys Haare stehen zu Berge, sie wirkt gestresst und am Ende ihrer Kräfte.
Ace bemerkt sofort, dass etwas nicht stimmt. Er steigt von seinem Motorrad, hängt den Helm über den Lenker und geht auf seine Old Lady zu.
„Was ist los, Zuckerpuppe?", fragt er und nimmt ihr das schreiende Mädchen ab.
Amy streicht sich eine Haarsträhne aus dem Gesicht und atmet tief ein.
„Ich weiß es nicht. Sie hat vor einer Stunde angefangen zu schreien und seitdem nicht mehr aufgehört. Sie hat weder Hunger noch will sie ihren Schnuller. Völlig egal, was ich versuche, es gelingt mir einfach nicht, sie zu beruhigen."

Ace haucht seiner kleinen Prinzessin einen Kuss auf die Stirn und beginnt, sie ein wenig hin- und herzuschaukeln. Es dauert keine Minute bis sich das laute Schreien in ein zufriedenes Gurgeln verwandelt.

Es ist immer wieder faszinierend zu beobachten, wie aus dem landesweit gefürchteten Rocker Dämon ein liebevoller, aufopferungsvoller Vater wird.

Unser Präsident ist das beste Beispiel dafür, dass man auch in der gefährlichen Welt, in der wir leben, die Chance auf Glück hat.

Amy wirkt erleichtert, sie schüttelt erschöpft den Kopf, lehnt sich an die Schulter ihres Mannes und streicht Sophie über die weiche Babybacke.

„Ganz offensichtlich hat sie einfach nur ihren Daddy vermisst."

Ace beugt sich zu seiner Frau herab, küsst sie und murmelt ihr zu, dass er seine zwei Mädels über alles liebt. Der Moment ist so intim, dass ich meinen Blick abwende, um die Privatsphäre der beiden nicht zu stören.

Holy Shit! Ich habe keine Ahnung, ob ich ein guter Vater wäre, oder ob Angel überhaupt Kinder will. Alles, was ich weiß, ist, dass ich Ace um seine Familie beneide. Es muss sich unbeschreiblich anfühlen, mit der Frau, die man mehr liebt als sein eigenes Leben, ein Baby zu machen. Slide, der sich an seine schwarze Harley gelehnt und Amy und Ace ebenfalls beobachtet hat, zieht sein goldenes Zippo hervor und zündet sich eine Kippe an.

Wieder und wieder lässt er den Deckel seines Sturmfeuerzeugs auf- und zuschnappen, während er seinen Blick über den Hof gleiten lässt.

Ich geselle mich zu ihm, lehne mich an die Hauswand und überkreuze die Beine.

Als er mir eine Marlboro reicht, nehme ich sie dankend an.

Ein paar Herzschläge lang schweigen wir, ehe Slide seine Gedanken laut ausspricht.

„Dieser Friede hat etwas Trügerisches. Ich könnte mich fast an diese Ruhe gewöhnen."

Mir ist klar, dass er damit nicht die fehlende Musik meint, sondern die Tatsache, dass wir Riders ausnahmsweise mal keinen Stress mit irgendjemandem haben.

Die Russen lassen uns in Ruhe, die Mexikaner lecken noch immer ihre Wunden und die Chinesen sind so heiß auf unsere Ware, dass sie ihre Rachsucht begraben haben.

„Es wird nicht so bleiben."

Slide gibt ein verärgertes Grunzen von sich.

„Danke, dass du mir das in einem der sehr seltenen Momente des Friedens unter die Nase reiben musst."

An der Marlboro ziehend fülle ich meine Lungenflügel mit Rauch, ehe ich den glühenden Rest achtlos auf den Boden schnippe.

„Seit wann bist du denn so ein Pessimist, Slide?“

Anstatt etwas zu sagen, streckt er mir seinen Mittelfinger entgegen, stößt sich von seinem Bike ab und verschwindet im Clubhaus.

Entspannt bleibe ich noch einen Moment stehen, genieße die Ruhe und lasse meine Gedanken treiben.

Wenn ich eines während meiner Zeit bei den Dead Riders gelernt habe, dann, dass der Friede nie von langer Dauer ist. Wahrscheinlich rollt schon das nächste Unheil auf uns zu, die Frage ist nur aus welcher Richtung...

Im Clubhaus ignoriere ich Tick und Skorpion, die an der Bar sitzen und mich zu sich rufen und gehe direkt rauf in den ersten Stock.

Weder brauche ich jetzt irgendwelche Männergespräche noch habe ich Bock, mir einen anzusaufen. Alles, was ich will, ist Angel – ihre Lippen, ihren Geschmack und das Gefühl ihres warmen Atems, der über meine Haut streift, während ich meine Zunge tief in ihren Hals schiebe.

Kaum dass ich die Wohnungstüre aufgesperrt habe, höre ich, wie Angel mit jemandem redet.

„.... Ja, verdammt noch mal. ... Ja, ich weiß, dass es gefährlich ist. Aber das ist wirklich der einzige Weg. Also, was ist jetzt? Hilfst du mir oder muss ich das alleine machen?“

Holy Fuck!

Was ist gefährlich? Worüber redet sie und vor allem mit wem?

Von dem Gesprächsfetzen, den ich gehört habe, alarmiert, stürme ich ins Wohnzimmer.

Zu meinem Erstaunen ist sie alleine, als ich näher komme reißt sie sich das Telefon vom Ohr und beendet ohne sich zu verabschieden das Gespräch. Als sie dann auch noch versucht, ihr iPhone unter einem der Couchkissen zu verstecken, reißt mir beinahe der Geduldsfaden.

„Hey Rider. Schön, dass du wieder zurück bist.“

„Mit wem hast du dich gerade unterhalten?“

Angels Augen weiten sich erschrocken - ein äußerst schlechtes Zeichen – sie hat wohl gehofft, dass ich nichts von ihrem Telefongespräch mitbekommen habe.

„Ähm, ach nur mit einer alten Freundin.“

Will sie mich verarschen?

„Einer alten Freundin? So so...“

Angel mag viele Talente haben, lügen gehört jedoch nicht dazu.

Breitbeinig baue ich mich direkt vor der Couch auf, verschränke die Arme vor der Brust und starre wütend auf sie herab.

In Anbetracht ihrer unschönen und gewaltgeprägten Vergangenheit schüchtere ich sie nur ungern mit meiner körperlichen Überlegenheit ein. Doch in diesem Fall bin ich gerne bereit eine Ausnahme zu machen. Auch wenn ich nur diese wenigen Sätze belauschen konnte, habe ich genug gehört, um zu wissen, dass da irgendeine gefährliche Scheiße läuft, die sie ganz offensichtlich vor mir verheimlichen will.

Shit! Das gefällt mir nicht! Das gefällt mir ganz und gar nicht!

Wenn es um dieses Mädchen geht, bin ich zu allem bereit. Ich werde nicht zulassen, dass sie sich in Gefahr begibt. Durch ihren Ehemann und Fire hat sie schon genug Leid erfahren, ich werde nicht zulassen, dass ihr jemals wieder etwas passiert.

Meine Motive sind nicht annähernd so edel wie sie im ersten Moment erscheinen mögen. Es geht nicht nur darum, dass ich Angel vor weiterem körperlichem und seelischem Schaden bewahren will, sondern auch darum, dass ich es selber nicht verkraften könnte, wenn sie trotz meines Schutzes erneut verletzt wird.

Ich werde nie vergessen, wie schrecklich die Sekunde war, in der ich Angel blutend und verletzt auf dem Werkstattboden gefunden habe. Dieser Anblick hat sich in meinem Kopf festgesetzt und verätzt seither meine Gedanken. Diese Frau gehört mir. Nur mir. Und ich beschütze, was mir gehört. Wenn ich sie also einschüchtern, bedrohen oder gar einsperren muss, um sie in Sicherheit zu wissen, werde ich das ohne zu zögern tun!

Wie heißt dieses alte Sprichwort noch mal?

Im Krieg und in der Liebe ist alles erlaubt.

Für Angel würde ich ohne mit der Wimper zu zucken in den Krieg ziehen, verdammt, ich würde für sie sogar einen anzetteln. Keine Ahnung, ob ein Mann wie ich, ein Killer - ein Dead Rider, zu so einem reinen und kostbaren Gefühl wie es die Liebe ist, überhaupt im Stande ist. Aber das, was ich für meinen Engel empfinde, ist das Einzige, was ich je wirklich verspürt habe. Die intensiven Emotionen, die ich mit ihr in Verbindung bringe, sind für mich wichtiger als Nahrung, wichtiger als Schlaf und wichtiger als der nächste Atemzug. Ich kann und werde nicht zulassen, dass sie Geheimnisse vor mir hat, ich erlaube ihr nicht mich zu belügen und ich werde verhindern, dass sie sich in Gefahr begibt.

„... und über was habt ihr gesprochen?“

Ihre Zunge schnellt hervor, sie leckt sich nervös über die Unterlippe.

„Ach nur über dies und das. Nichts Bestimmtes.“ Sie macht eine abfällige Handbewegung und setzt ein falsches Grinsen auf. „Und wie war es bei euch? Wie liefen unsere Clubangelegenheiten?“

Dieses geschickte Weib! Mir ist klar, dass sie nicht nur versucht vom Thema abzulenken, sondern dass sie mir auch gerade ganz geschickt vorgehalten hat, dass ich ebenfalls Geheimnisse vor ihr habe. Aber das kann man nicht vergleichen!

Während sie Dinge vor mir verheimlicht, um sich in Gefahr zu begeben, verrate ich ihr nicht alles, um sie zu schützen. Das sind zwei völlig verschiedene Vorgehensweisen.

Die Frage ist nur, ob es mir was bringt, wenn ich sie weiter bedränge. Wahrscheinlich wird sie mir immer wieder ausweichen und mir dann eine Geschichte erzählen, die nicht mal annähernd der Wahrheit entspricht. Vielleicht wäre es besser, Angel in dem Glauben zu lassen, dass ich mich ablenken lasse und sie in den nächsten Tagen und Wochen genau zu beobachten. Wenn sie sich in Sicherheit wiegt, wird sie nachlässig und dann werde ich herausfinden, was Sache ist.

„Bei uns lief alles nach Plan. Keine Zwischenfälle oder Probleme."

„Oh, das ist ja schön ..."

Angel erhebt sich von der Couch, schiebt mir dabei ihre Hände unter den Pulli und küsst mich auf den Mund.

„Baby?!"

Unsicher, was ich jetzt tun soll, sie zwingen mir zu sagen, was los ist oder es selbst herausfinden, weiche ich zurück.

„Ja, Ghost?"

„Ich werde nicht zulassen, dass du Geheimnisse vor mir hast."

An meiner Unterlippe knabbernd beginnt sie damit, den Verschluss meines Gürtels zu öffnen.

„Ach ja?"

Mit ihrer Zunge an meinem Kiefer entlanggleitend küsst sie sich bis zu meinem Ohrläppchen vor, ehe sie ihre kleine Hand geschickt in meine Hose schiebt.

„Was, wenn ich dich gar nicht ablenken, sondern dich einfach nur ficken will? Wirst du das auch nicht zulassen?"

Shit! Die Waffen einer Frau....

Ohne zu zögern umfasse ich ihr Gesicht und sehe ihr tief in die Augen, ehe ich wenige Atemzüge später meinen Mund auf den ihren presse.

Nachgiebig und absolut perfekt schmiegt sie sich in meine Arme. Ihr süßes Aroma lässt mich sofort hart werden, während sich ihre Finger um meinen Schwanz schließen.

Mehr braucht es nicht, damit zwingt sie mich in die Knie.

Ungeduldig und innerlich fluchend packe ich mir mein Mädchen und trage es kurzerhand aus dem Wohn- ins Schlafzimmer.

Angel seufzte leise, sie scheint sich ihres Sieges sicher zu sein.

Völlig egal, was während meiner Abwesenheit passiert ist, ich werde meinem Mädchen ganz bestimmt nicht erlauben, hinter meinem Rücken irgendeinen Plan auszuhecken.

„Verdammt, Baby! Ich werde dich jetzt so lange ficken, bis du den Mist, den du vor mir verheimlichst, vergisst."

Anstatt mit zu antworten, schiebt sie mir ihre Zunge in den Mund.

Ich werfe sie aufs Bett, lege mich auf sie und drücke sie mit meinem Gewicht tief in die Matratze.

Genau hier gehört sie hin: bewegungsunfähig und mit gespreizten Beinen in mein Bett. Ich erhasche einen Blick in ihre unvergleichlich schönen blauen Augen, mein Herzschlag setzt aus.

Begierde, Liebe und Angst spiegeln sich darin.

Fuck – Fuck – Fuck –Fuck!

Dank meiner mangelnden Erfahrung mit außer Kontrolle geratenen, sturen Mädchen, muss ich mir etwas einfallen lassen.

In meinem Leben habe ich schon verdammt viele Frauen unter mir gehabt. Doch keine von ihnen hat mir je etwas bedeutet. Keine bis auf meinen weißhaarigen Engel...

Meine Urinstinkte haben schon vor einigen Sekunden die Oberhand gewonnen - jetzt gibt es kein Zurück mehr, es wird Zeit, Angel zu beweisen, dass wir zusammengehören und dass sie mich nicht aus ihrem Leben ausschließen soll.

Bestimmend umfasse ich ihren Kopf, beiße ihr in die Lippe und küsse sie stürmisch.

Völlig außer Kontrolle nehme ich mir alles und lasse sie spüren, wie verdammt hart ich bereits bin.

Knurrend wühle ich mich durch ihren Mund, unsere Zungen treffen aufeinander. Es dauert ein paar Sekunden, ehe sie sich im perfekten Gleichklang umschlingen.

Das laute Krachen unserer aufeinanderschlagenden Zähne und ihr immer schneller kommender Atem verraten mir, dass sie mich genauso braucht wie ich sie.

Ungeduldig ziehe ich sie aus, öffne meine Hose und ziehe sie nach unten.

„Yes Baby, ich brauche dich!"

Wir sehen uns in die Augen.

„Du hast mich längst, Rider."

Bei allen Teufeln...

Diese vier Wörter sind alles, was ich hören will.

Ich will diese eigensinnige, sture Frau.

Ich will sie ficken, sie in meine Arme nehmen und nie wieder loslassen. Vor unserem Kuss war ihr Körper angespannt, jetzt liegt sie weich und hingebungsvoll unter mir.

Angel begibt sich in meine Obhut, wird zu meinem Besitz.

So schnell ich kann ziehe ich mir die Kutte und den Hoodie über den Kopf.

Nachdem wir endlich alle störenden Klamotten losgeworden sind, lasse ich meinen Blick über ihre weichen Rundungen gleiten.

Nicht bereit ihren Mund noch länger freizugeben, beuge ich mich zu ihr hinunter und küsse sie so lange bis sie atemlos nach Luft schnappt.

Ihre Fingernägel kratzen über meine Haut, hinterlassen brennende Spuren auf meinem Rücken.

Der Zeitpunkt, an dem ich mich noch beherrschen konnte, ist vergangen, zurück bleibt pure Lust.

Süchtig nach dem Gefühl ihres Körpers an meinen Händen, schicke ich sie auf Reisen, erkunde jedes Tal und jede Erhebung.

Nass und triefend beginnt ihre Pussy an meinen Fingern zu zucken.

Um ihr einen dieser lustvollen Schreie zu entlocken, nach denen ich süchtig bin, kreise ich sanft über ihren empfindlichen Kitzler.

Allein das Gefühl ihrer glitschigen Spalte, die meine Finger sehnsüchtig umschließt, reicht aus, um mich beinahe kommen zu lassen.

Zupfend und zwirbelnd verwöhne ich ihre geschwollenen Nippel, massiere sie erst sanft und dann immer fester, so lange, bis Angel keuchend und mit geschlossenen Augen unter mir liegt.

Der unverkennbare, moschusartige Geruch ihrer Lust verteilt sich im Raum, steigt mir zu Kopf und sorgt dafür, dass sich meine Hoden schmerzhaft zusammenziehen.

Egal, was sie aushecken mag, ich werde zur Stelle sein und es verhindern.

Als Old Lady eines Rockers wird das Leben für sie nicht immer leicht sein, doch ich werde alles tun, um sie glücklich zu machen.

Finanziell kann ich sie mehr als gut absichern und eines ist gewiss: Ich werde sie auf jede denkbare Art an mich binden!

Alle meine Instinkte sind auf den Schutz dieses Mädchens gerichtet und niemand sollte so lebensmüde sein und es wagen, jemals wieder Hand an sie zu legen.

Verdammt! Es kostet mich all meine Kraft nicht einfach wie ein wildes Tier über sie herzufallen.

Die immense Zurückhaltung, die ich mir auferlegt habe, ist schmerzhaft.

Alles in mir brüllt nach Erlösung, doch genau die werde ich so lange wie nur möglich hinauszögern.

Meine Erregung steigt ins Unermessliche, es wird mehr als nur einen schnellen, harten Fick brauchen, um mich zu befriedigen...

Gebannt beobachte ich, wie Angel ihre Lippen öffnet und ein langes Seufzen ausstößt.

Entschlossen sie zum Schreien zu bringen, reibe ich immer schneller über ihren Kitzler, erhöhe den Druck und spüre, wie sich ihr Unterleib krampfend anspannt.

„Lass dich fallen, Kleines, halt dich nicht zurück und komm für mich!"

Geschickt wühlen sich meine Finger durch ihre Möse, ehe ich mit zweien in sie eindringe.

Tief in ihrem Inneren krümme ich sie, treffe auf ihren G-Punkt und entlocke ihr so einen lauten Schrei.

Der Anblick, den sie mir bietet, ist so fucking geil – davon werde ich niemals genug bekommen.

Ihre geile Möse läuft vor lauter Nässe regelrecht über.

Süchtig nach ihrem Geschmack senke ich meinen Kopf, hebe mit meiner Hand ihr Becken an und lecke über ihren Kitzler.

Ich sauge den Knubbel zwischen meine Lippen, züngle darüber, beiße leicht zu.

Der Aufschrei, mit dem ich belohnt werde, drückt pure Ekstase aus.

Hungrig schiebe ich meine Zunge in ihre Öffnung, lecke sie aus, ehe meine Finger wieder zum Einsatz kommen.

Ein heftiges Zittern lässt sie erbeben.

„Oooohhhh Ghost!"

Sie schreit meinen Namen, während sie von einem heftigen Orgasmus durchgeschüttelt wird. Der Anblick ihrer sich verdrehenden Augen reicht aus, um meine eiserne Selbstbeherrschung in tausend kleine Splitter zerplatzen zu lassen.

Entschlossen, meinen Schwanz endlich in sie zu rammen, presse ich sie zurück ins Bett.

Es wird Zeit, dass Angel ein für alle Mal lernt, wo ihr Platz ist!

„Du bist mein!"

Ohne meinen Blick von ihrem Gesicht zu nehmen, stoße ich mich so tief es geht in sie.

Holy Shit!

Erst als ich kurz davor bin meinen Saft in sie zu pumpen, entziehe ich mich ihr wieder.

Ehe mein Mädchen kapiert, was los ist, drehe ich sie auf den Bauch, umfasse ihre Handgelenke und halte sie über ihrem Kopf gefangen.

Meine rechte Hand umschließt ihren Nacken, hält sie in dieser schutzlosen Position, während ich mich erneut tief in sie schiebe.

Angels innere Muskeln spannen sich an und ziehen mich noch tiefer in ihren bebenden Unterleib.

Bei allen Toten, so hat es sich noch nie angefühlt.

Angel lässt sich nicht nur von mir ficken, oh nein, sie fordert mich heraus, nimmt sich mehr, reizt mich und bringt mich an meine Grenzen.

Diese Frau muss völlig wahnsinnig sein....

Bei ihr muss ich verdammt noch mal besonders vorsichtig sein, denn sie hat die Macht, mich ins Verderben zu stürzen.

Das zwischen uns ist alles, was ich jemals wollte und alles, was ich brauche.

11. Kapitel

Angel

Meinem Verstand sind in dem Moment, in dem Ghost in mich eingedrungen ist, die Sicherungen durchgebrannt. Dieser Rider hat mich völlig unter Kontrolle, der harte Griff, mit dem er meine Handgelenke umspannt, und die tiefen, kraftvollen Stöße, die mich immer tiefer in die Matratze pressen, rauben mir die Sinne.

Und trotz seiner wilden Hemmungslosigkeit verspüre ich nicht den Hauch von Angst. Ich vertraue diesem Mann mein Herz, meine Seele, meinen Körper und mein Leben an.

In dieser Stellung spüre ich jeden harten Millimeter seines beeindruckenden Schwanzes.

Mein Geist besitzt mich, er lässt mich fliegen und fängt mich auf.

Instinktiv spürt er, was ich brauche und gibt es mir.

Intensive Gefühle, verwirrende Sehnsüchte und besitzergreifende Berührungen.

Ghost und Angel – für immer.

Dick und groß reibt die knubbelige Spitze seiner Eichel über meine inneren Nervenenden. Ich spüre, wie er mich dehnt, wie sein Glied über meine besonders erregbaren Zonen streicht.

Instinktiv dränge ich mich seinen gnadenlosen Stößen entgegen.

Jetzt in diesem Moment spielt nichts außer uns eine Rolle, alles, was zählt, ist die unglaubliche Verbindung, die zwischen uns herrscht.

Als er sich das nächste Mal in mich schiebt, dringt er tiefer in mich ein als jemals zuvor.

Der dekadente Schmerz, der mich durchflutet, entlockt mir ein lautes Wimmern.

Die exquisiten Empfindungen lassen mich erschaudern. Ich lasse mich fallen und treibe zwischen einem alles verschlingenden Höhepunkt und einer gefährlichen Gier nach mehr. Eine dünne Schweißschicht überzieht meine Haut.

Von diesem Rocker werde ich niemals genug bekommen.

Kraftlos drehe ich mein Gesicht auf die Seite, schnappe japsend nach Luft, suche seinen Blick und ergebe mich seiner Führung.

Ohhhh meiiiin Gooooottt....

Losgelöst spüre ich, wie sich meine Zehenspitzen verkrampfen, wie meine Beine zu zittern anfangen und wie meine Atmung stoppt.

Vor meinen Augen tanzen schwarze Punkte, ich konzentriere mich mit letzter Kraft auf den Punkt in mir, in dem unsere Körper aufeinandertreffen.

„Yeah Süße, spüre es."
Ruckartig entzieht er mir sein Glied, seine Finger schieben sich unter meinen Venushügel, legen sich auf meine Klitoris.
Kreisend reizt er meine Perle, er erhöht den Druck und schickt mich so über die Klippe der Lust.
Glühende Hitze flutet meinen Unterleib, mein gellender Schrei vermischt sich mit seinem animalischen Knurren.
„Heute Nacht gibt es keine Gnade, Angel."
Mit einem kraftvollen Stoß lässt er mich erneut spüren, dass wir füreinander geschaffen sind. Wir verschmelzen miteinander – werden eins.
Erneut zieht sich mein Unterleib krampfend zusammen.
Wild, tabulos und ohne Rücksicht jagt mein Rider seine Erlösung.
So muss es sich anfühlen zu schweben....
Ich spüre, wie Ghost sich immer mehr anspannt, seine Muskeln werden hart und zucken unkontrolliert.
Er vergräbt seine Faust in meinen Haaren und zieht meinen Kopf nach hinten, während er ein letztes Mal fest zustößt.
Sein erlösender Schrei verwandelt sich in ein Brüllen.
Ghost presst mich ein letztes Mal tief in die Matratze, hält mich fest und nimmt mich in seinen starken Armen gefangen.
So verharren wir für eine Weile, unsere Herzen schlagen im Gleichklang, während wir beide erst wieder zu Atem kommen müssen.
Wow, dieser Sex lässt sich nicht mit Worten beschreiben – er war überirdisch.
Ghost hat mich in der letzten halben Stunde Dinge fühlen lassen, von denen ich nicht einmal wusste, dass ich zu solchen Empfindungen fähig bin.
Erstaunlich zärtlich streicht er mit seinen Fingerspitzen über mein Rückgrat, reibt mit seiner dicken Eichel ein letztes Mal über meinen überempfindlichen G-Punkt, ehe er sich aus mir zurückzieht.
Ich zucke seufzend zusammen. Es fühlt sich komisch an, ihn nicht mehr in mir zu haben.
Er dreht mich langsam zu sich um, sein heißer Atem vermischt sich mit dem meinen, unsere Blicke treffen sich und ich spüre instinktiv, dass dieser Moment unsere Beziehung festigt.

Wir schweigen, keiner von uns sagt ein Wort. Wozu auch, das Gefühlschaos, das er in mir ausgelöst hat, kann ich eh nicht in Worte fassen.
Draußen auf dem Gelände ertönen laute Motorengeräusche. Zwei Männer, ich erkenne die Stimmen nicht, rufen sich etwas zu.

Während sich um uns herum die Welt weiterdreht, befinden wir uns wie in einer zeitlosen Blase. Es kommt mir so vor, als wären wir für diesen Augenblick ganz alleine in unserem eigenen, privaten Universum.

Zwischen meinen Schenkeln pocht es dumpf, wenn ich meine Augen schließe, kann ich ihn noch immer in mir spüren.

Ghost stemmt sich auf den Ellenbogen und sieht träge grinsend auf mich herab. Ich verliere mich in den Tiefen seiner gespenstischen Augen.

„Du bist wunderschön, Baby."

Seine Stimme klingt rau und dunkel, fast schon heiser.

Da ich keine Ahnung habe, was ich antworten soll, schlinge ich ihm meine Arme um den Hals und berühre mit meinen Lippen die seinen.

In diesen Kuss lege ich all die Liebe, die mein Herz gerade flutet.

Mit jedem sanften Zungenschlag und jeder liebevollen Berührung lasse ich ihn spüren, dass ich ihm gehöre.

Auch wenn mir der Mut fehlt, Ghost zu sagen, dass ich vorhabe alleine zu Taylor zu fahren, bedeutet das nicht, dass ich ihn hintergehen will. Aber ich spüre tief in mir, dass ich diese Angelegenheit alleine regeln muss, wenn ich endlich über die furchtbare Zeit meiner Ehe hinwegkommen will.

Wild brummend nimmt Ghost mich in die Arme, löst seine Lippen von den meinen und sieht mich direkt an.

„Was machst du nur mit mir, Angel?"

„Ich liebe dich."

Leise seufzend kuschle ich mich näher an ihn, reibe mit meiner Nasenspitze an seinem Hals entlang und inhaliere seinen Geruch.

Mmmhhhhh.... er riecht nach Mann, Sex und Motoröl....

„Verrätst du mir, mit wem du vorhin telefoniert hast und worum es ging?"

Da ich ihn wirklich nicht anlügen will, schüttle ich nur den Kopf.

„Nein."

Die Muskeln in seinen Armen zucken unheilvoll.

„Echt jetzt, Baby? Willst du mich verarschen?"

Um ihn abzulenken bewege ich mich etwas und reibe absichtlich mit meinem Po über sein Glied.

Er knurrt gefährlich, seine Hand legt sich besitzergreifend auf meine Pobacke, er verpasst mir einen leichten Klaps.

„Autsch. Spinnst du?"

Seine Augen glühen. Zum ersten Mal seit Tagen ist seine Iris voller graublauer Farbe.

„Versuch es erst gar nicht, du kleines Miststück. Ich lasse nicht zu, dass du mich mit deinen Verführungskünsten manipulierst!“

Bestimmend umfasst er mein Kinn, dreht meinen Kopf so, dass ich seinem finsteren Blick nicht ausweichen kann.

„Manipulieren?“ Ich grinse ihn verführerisch an. „Ich weiß nicht, wovon du redest, Ghost.“ Seine Augenbrauen ziehen sich finster zusammen.

Er saugt geräuschvoll seinen Atem ein, seine Nasenflügel blähen sich.

„Verdammt, Baby! Sprich mit mir!“

„Es tut mir leid, aber ich kann nicht.“

Seine Finger graben sich in meine Oberarme.

Ein heftiger Schauder lässt mich erbeben, ich versuche etwas Abstand zwischen uns zu schaffen, doch das lässt Ghost nicht zu.

„Völlig egal was du planst. Ich werde es zu verhindern wissen. Ich lasse nicht zu, dass du aus meiner Reichweite verschwindest und dich in Gefahr begibst.“

Da der Tonfall, mit dem er spricht, keine Widerworte zulässt, schweige ich. Für gewöhnlich freue ich mich, wenn er früher zu mir zurückkommt als erwartet, doch heute hat es mir nicht in die Hände gespielt. Jetzt, wo er ein paar Sätze gehört hat, wird er wie ein Adler über mich wachen, das verkompliziert die ganze Sache.

Ich werde also warten müssen, bis er das nächste Mal los muss, um irgendein streng geheimes Rockerding zu machen, ehe ich mich auf den Weg machen kann, um meine Vergangenheit endgültig hinter mir zulassen.

Es dauert sechs lange Tage bis sich mir endlich eine Gelegenheit bietet, um die Reise in meine Vergangenheit anzutreten.

Das Haus, in dem ich zusammen mit Taylor gelebt habe, steht in Richland, einer Stadt im Benton County im südöstlichen Teil des Bundesstaats Washington.

Es ist kurz nach zwei Uhr nachmittags. Nachdem unsere Männer gleich nach dem Frühstück Richtung Kanada aufgebrochen sind, habe ich den bisherigen Tag zusammen mit Nicki, Abigail und Nora im Hof verbracht. Wir haben die Sonne genossen und mit den Kindern gespielt. Als ich Ghost vergangene Nacht gefragt habe, was die Riders in Kanada vorhaben, hat er mir einen Kuss auf die Stirn gedrückt und mir ausweichend mitgeteilt, dass sie nur etwas einkaufen wollen. Da ich mir sicher bin, dass Ace seine Riders nicht wegen Milch und Eiern über die Landesgrenze schickt und mir durchaus aufgefallen ist, dass sich unsere Männer bis an die Zähne bewaffnet haben, habe ich ihm das Versprechen abgenommen, dass er auf sich aufpasst und heil zu mir zurückkommt. Auch wenn mir nicht wohl dabei ist, dass so viele Meilen zwischen uns liegen, spielt es mir in die Hände.

Die zwei Tage, die er mit seinen Brüdern unterwegs sein wird, werden ausreichen, um die Sache mit Taylor endgültig zu beenden.

Jetzt muss es mir nur noch gelingen mir ein Auto zu organisieren und das Clubgelände zu verlassen. Sobald ich das geschafft habe, kann ich endlich die knapp vierstündige Fahrt nach Richland antreten.

Damit keine von den Ladys Verdacht schöpft, habe ich versucht, mich den ganzen Vormittag über völlig normal zu verhalten. Aber jetzt ist der Augenblick gekommen, an dem ich endlich aufbrechen muss. Ich drehe mich zu Nora um und streiche Owen zärtlich über die Stirn.

„Sag mal, kann ich mir kurz deinen Wagen ausleihen? Ich müsste in der Stadt noch ein paar Besorgungen machen."

Es gelingt mir tatsächlich, meine Stimme neutral, beinahe gelangweilt klingen zu lassen.

Nora sieht mich prüfend an, sie scheint zu überlegen, ob das klargeht.

Gerade als ich denke, dass sie, mit der Begründung, dass es für mich zu gefährlich ist, den Club allein zu verlassen, nein sagen wird, lächelt sie mich freundlich an.

„Ja, natürlich. Würde es dir etwas ausmachen, mir Windeln und Haferbrei mitzubringen? Irgendwie ist mir zurzeit dauernd schlecht und ich wäre froh, nicht selber fahren zu müssen."

Sofort breitet sich ein schlechtes Gewissen in mir aus.

Anstatt meiner schwangeren Freundin zu helfen, lüge ich sie an und nehme mir ihren Wagen. Doch ich muss das tun – es führt kein Weg daran vorbei.

Sobald ich das mit Taylor ein für alle Mal geklärt habe, werde ich mich bei ihr entschuldigen und ihr so viele Windeln kaufen, dass sie mir einfach verzeihen muss.

So wie ich das sehe, ist Nora meine geringste Sorge, höchstwahrscheinlich bleiben mir etwa zwei Stunden, ehe die Old Ladys Verdacht schöpfen, maximal drei bis sie meinen Rocker Ghost darüber informieren, dass ich verschwunden bin.

Er wird ausflippen, toben und sich auf die Suche nach mir machen.

So falsch es auch sein mag, aber die Vorstellung amüsiert mich. Es tut gut, zu wissen, dass es jemanden auf dieser Welt gibt, der mich liebt und der sich um meine Sicherheit sorgt.

Nora reicht Owen an Nicki weiter, der vergnügt quietscht, als Razzors Old Lady ihn wild durch die Luft wirbelt. Die Einzige, die mich misstrauisch ansieht, ist Abigail.

Zusammen mit Nora gehe ich in den Club, sie kramt ihren Autoschlüssel aus den Tiefen ihrer Handtasche und reicht ihn mir.

Gerade als sie ihn in meine Hand fallen lassen will, zieht sie ihn noch mal zurück und sieht mich nachdenklich an.

Scheiße!

Für eine endlos scheinende Sekunde denke ich, dass sie es sich anders überlegt hat, doch dann seufzt Nora gequält auf und sieht mich bittend an.

„Würde es dich stören, mir Chips mitzubringen? Ach und Schokolade. Okay?“

Vor Erleichterung wird es mir ganz schwindelig.

„Mach ich.“

Endlich reicht sie mir den Schlüssel und umarmt mich kurz, ehe sie auf die Toilette geht.

So weit, so gut. Wenn es mir jetzt noch gelingt, meine Tasche unbemerkt ins Auto zu bekommen, kann ich endlich losfahren.

Madison, meine ehemalige Nachbarin, die mir während der Zeit, die ich in Richland gelebt habe, zu einer guten Freundin geworden ist, hat versprochen, mir zu helfen. Am liebsten wäre es mir, wenn Taylor nicht da ist, dann könnte ich den Ersatzschlüssel aus seinem Versteck im Garten holen und meine Sachen so schnell wie möglich in den Wagen laden.

Allein das Wissen, dass ich dem Monster, das mir so viele Jahre die Hölle auf Erden bereitet hat, bald wieder gegenüberstehen werde, sorgt dafür, dass mich ein heftiger Schauder erbeben lässt, die Härchen auf meinen Armen stellen sich auf, meine Atmung kommt automatisch schneller.

Entschlossen rede ich mir ein, dass ich nicht mehr die verängstigte Frau bin, die ich vor einem halben Jahr noch war. Dank der Dead Riders habe ich mich verändert. Nicht ich sollte Angst haben, sondern Taylor.

Der Vorfall mit dem Chinesen und die Sache mit Fire sind der beste Beweis dafür, dass ich endlich in der Lage bin, mich zu verteidigen. Sollte Taylor mir zu nahe kommen, werde ich nicht zögern und ihm mit aller Kraft in die Eier treten. So schnell ich kann eile ich hoch in unser Apartment, schnappe mir das Prepaid-Handy, das Ghost mir geschenkt hat, werfe mir die Tasche, in der sich genug Klamotten für zwei Tage befinden, über die Schulter und renne regelrecht zu Noras Auto.

Es fühlt sich furchtbar an, mich davonzuschleichen, aber es muss sein.

Ich habe es verdammt noch mal verdient, endlich glücklich zu sein.

Alles, was ich will, ist ein langes und glückliches Leben mit meinem Rocker Ghost, doch das werde ich nie haben, solange Taylor ein Teil meines Lebens ist.

Den schmalen goldenen Ring, den er mir damals an unserer Hochzeit auf den Finger geschoben hat, trage ich schon längst nicht mehr. Ich habe ihn kurz nachdem ich Taylor verlassen habe gegen 50 Dollar in einer Pfandleihe eingetauscht. Jetzt ist endlich der Zeitpunkt gekommen, an dem ich auch seinen Namen und den Fluch unserer Ehe ablegen werde.

Für diese Aktion wird Ghost mir den Kopf abreißen, aber sobald er erfährt, dass ich das alles nur getan habe, um endlich frei für ihn zu sein, wird er es nicht nur verstehen, sondern mir gewiss auch verzeihen.

Ich drücke auf dem Schlüssel auf den Entsperren-Knopf, die Türen entriegeln sich mit einem leisen Schnappen.

Ohne auf den leisen Zweifel, der sich irgendwo in einem verwinkelten Teil meines Gehirns flüsternd zu Wort meldet, Gehör zu schenken, werfe ich meine Sachen auf den Beifahrersitz, schnalle mich an und starte den Motor – jetzt oder nie!

Shadow, der neue Prospect, der erst seit einer Woche beim MC ist, öffnet mir das Tor.

Hoffentlich wird er deswegen nicht sofort aus dem Club geworfen...

Mit rasendem Puls trete ich das Gaspedal durch und bringe möglichst schnell möglichst viel Abstand zwischen mich und das Gelände des Dead-Riders-Motorcycle-Club.

Nachdem ich Tacoma hinter mir gelassen habe, fahre ich über die Auffahrt Spokane auf die Interstate 90. Mir bleiben gute dreieinhalb Stunden Fahrt, um mich für das Wiedersehen mit Taylor zu wappnen.

12. Kapitel

Ghost

Nachdem wir ohne Probleme die kfanadische Grenze überquert haben, machen wir uns sofort auf den Weg nach Downtown Vancouver. Dort wartet eine neue Waffenlieferung auf uns. Evan, der Russe, von dem wir die AKs kaufen, ist ein misstrauisches Arschloch, bei dem man immer auf seinen Rücken aufpassen sollte. Bis jetzt hat er es nicht gewagt, sich gegen den MC zu stellen. Ich kann nur hoffen, dass das auch so bleibt.

Sobald das hier alles geregelt ist, fahren wir weiter nach Metrotown in Burnaby, das sich etwas tiefer im Landesinneren befindet. In diesem verschlafenen Städtchen, das westlich von Port Moody liegt und im Süden an den Fraser River grenzt, bekommen wir alle zwei Monate absolut hochwertige Munition zu einem Spitzenpreis.

Wir werden die Sturmgewehre und die Munition in einem Aufwasch zu uns nach Tacoma bringen. Genau wie die unzähligen vergangenen Male werden wir die Lieferung nicht auf dem Landweg transportieren, dort lauern einfach zu viele unkalkulierbare Risiken auf uns, sondern über den Seeweg.

Nicht zum ersten Mal muss ich Ace meinen Respekt zollen. Er ist ein Genie, wenn es darum geht, unsere Geschäfte vor den Bullen zu verheimlichen und unsere Spuren zu verwischen. Die Cops und das FBI versuchen seit Jahren, dem MC die Waffengeschäfte nachzuweisen, es ist ihnen nie gelungen.

Eine halbe Stunde später kommen wir endlich an unserem Zielort, einer alten Lagerhalle am English Bay an. Angespannt lasse ich meine Schultern rollen, steige von meiner Harley, checke die nähere Umgebung, fasse unter meine Kutte und entsichere die Waffe.

Aus irgendeinem Grund schlagen meine Instinkte Alarm.

Razzor wirft mir einen finsteren Blick zu, ihm gefällt das hier genauso wenig wie mir.

Kaum dass wir uns ein paar Schritte von unseren Bikes entfernt haben, ertönt ein lauter Schuss – die Kugel schlägt nur wenige Zentimeter vor meinen Stiefeln in dem Betonboden ein.

Holly Fuck!

Razzor gibt ein unheilvolles Knurren von sich. Ace und Slide ziehen ebenfalls ihre Waffen, bereit, alles und jeden, der uns zu nahe kommt, abzuknallen. Das einzig Gute an dieser Scheiße ist, dass es taghell ist, in der Nacht wäre das eine wirklich beschissene Situation.

„Wir sitzen hier mitten auf dem Präsentierteller.“

Slide spricht aus, was ich mir gerade gedacht habe.
Aus dem dunklen Schatten der Halle kommt eine Gruppe Männer auf uns zu. Mit Maschinenpistolen bewaffnet umzingeln sie uns - wir sind am Arsch.
Evan, der Waffenhändler, stellt sich direkt vor Ace, nimmt ihm die Waffe aus der Hand und reicht sie einem seiner Männer.
Pure, grenzenlose Wut pulsiert durch meine Adern.
„Was soll das, Evan?“
Aces Stimme klingt ruhig jedoch angespannt.
Dieser Rocker Dämon muss verdammtes Eiswasser in den Adern haben.
Razzor und Slide tauschen einen kurzen Blick. Skorpion, der etwas abseits steht, zielt mit seiner Waffe direkt auf Evans Kopf. Sollte dieser Russe es wagen auch nur falsch zu zwinkern, wird Skorpion ohne mit der Wimper zu zucken Evans Hirn auf dem Parkplatz verteilen.
„Ihr Riders habt euch die falschen Freunde gesucht.“
Verständnislos sehe ich ihn an. Wovor redet dieser Wichser bloß?
„Hör auf in verdammten Rätseln zu sprechen und komm auf den Punkt.“
Aces Stimme klingt äußerst gereizt. Es scheint ihm keine Angst einzujagen, dass mehrere Waffen auf ihn gerichtet sind, er scheint eher genervt zu sein.
Evan räuspert sich und spuckt auf den Boden. Seine Lippen hat er zu einem dünnen Strich zusammengepresst, irgendetwas hat ihn verdammt wütend gemacht.
„Den Chinesen, Ace. Ihr habt euch mit dem Feind ins Bett gelegt. Das kann ich nicht zulassen.“
So langsam verstehe ich, was los ist.
Im Gegensatz zu uns scheint es den Russen scheißegal zu sein, dass Li-Ming nichts mit dem Ärger, den seine Vorgänger angezettelt haben, zu tun hat. Evan ist noch immer fest entschlossen, die Stäbchenfresser zu hassen. Unter diesen Umständen ist es kein Wunder, dass es ihn stört, dass wir mit den Chinesen ins Geschäft gekommen sind.
Anstatt sich von Evans schäumender Wut aus der Ruhe bringen zu lassen, zündet Ace sich eine Kippe an, bläst den ersten Zug und pustet den Rauch Evan direkt ins Gesicht.
„Wenn deine Männer nicht sofort ihre Gewehre runternehmen, wirst du diese Nacht nicht überleben. Hast du das verstanden, Russe?“
Evan grinst spöttisch. Den Kopf schüttelnd dreht der sich zu seinen Handlangern um und ruft ihnen etwas auf Russisch zu. Sie beginnen laut zu lachen.

Auch wenn ich keine Ahnung habe, was Ace vorhat, weiß ich aus der Vergangenheit, dass es ein großer Fehler ist, ihn nicht ernst zu nehmen. Völlig egal, wie aussichtslos eine Situation auch erscheinen mag, Ace hat immer ein Ass im Ärmel.

Wer sich mit dem Rocker Dämon anlegt, lebt nicht lange – das ist ein Naturgesetz, das alle unsere Feinde, Geschäftspartner und Verbündeten niemals vergessen sollten.

Noch immer lachend dreht Evan sich wieder zu Ace um.

„Du willst mich töten, Rider? Wie willst du das anstellen? Du und deine Männer, ihr seid so gut wie Geschichte."

Ace schnippt den glühenden Stummel seiner Zigarette gegen Evans Brust, dieser weicht einen Schritt zurück. Ohne auf das laute Gefluche des Russen einzugehen, greift Ace in seine Kutte. Als er die Hand wieder hervorholt, entdecke ich die Handgranate zwischen seinen Fingern.

Er zieht den Splint und lässt ihn auf den Boden fallen.

Slide stößt einen lauten Pfiff aus.

„Fuck Ace. Echt jetzt? Für diese Dinger scheinst du eine Vorliebe entwickelt zu haben."

Der Rocker Dämon zuckt mit den Schultern und dreht sich zu Slide um.

„Stört es dich? Bis jetzt haben uns diese kleinen Babys noch immer den Arsch gerettet."

„Stören?" Jetzt ist es Slide, der lacht. „Nein, es stört mich nicht. Ich teile dir nur mit, dass ich keinen Bock habe, die zerfetzten Überreste dieser Arschlöcher zu beseitigen."

Die Arschlöcher, wie Slide sie nennt, wirken irritiert. Es scheint sie zu verunsichern, dass es uns Riders nicht im Geringsten beeindruckt, von ein paar Russen mit AKs bedroht zu werden.

„Keine Sorge, Bro, ich hatte nicht vor, hier aufzuräumen."

Slide holt seine Marlboro-Schachtel hervor, schnappt sich sein Zippo und zündet sich eine Zigarette an.

„Na, wenn das so ist, mach was du willst. Aber beeile dich, ich will nicht ewig hier rumstehen."

Evan, der die Unterhaltung mit zusammengekniffenen Augen verfolgt hat, wirkt mittlerweile ratlos. So langsam bekommt die Situation etwas Skurriles.

Ace hebt die Hand, in der sich die Handgranate befindet und sieht Evan herausfordernd an.

„Ich wiederhole es jetzt ein letztes Mal: Waffen runter!"

Die Sekunden vergehen. 3 – 2 – 1 ...

Razzor, der sich aus der Unterhaltung völlig rausgehalten hat, flucht leise, hebt seinen Arm etwas weiter nach oben und drückt ab.

Der laute Knall des Schusses hallt über das Gelände. Evans Körper wird nach hinten geschleudert, ehe er wie eine Marionette, bei der die Fäden durchgeschnitten worden sind, auf dem Boden zusammensackt.

Aus der Schusswunde an seiner Brust strömt Blut heraus.

„Respekt, Bro. Direkt ins Herz."

Evans Männer, die mit der Tatsache, dass sie jetzt plötzlich keinen Anführer mehr haben, überfordert sind, zielen weiterhin auf Ace, wobei sie immer wieder einen unsicheren Blick in Razzors Richtung werfen.

Evan abzuknallen war das absolut Richtige. Dennoch hat sich unsere Lage damit nicht wirklich verbessert. Wenn nur einer dieser Wodka saufenden Arschlöcher einen nervösen Zeigefinger hat, endet einer von uns genau wie Evan: mit weit aufgerissenen Augen und einem klaffendem Loch in der Brust tot im Dreck liegend.

„Waffen runter. Wird's bald!"

Aces lautes Brüllen hallt wie ein Donnergrollen über den Platz.

Sofort tun sie, was er will.

„Evan hat sich dazu entschlossen respektlos zu sein und mir Probleme zu bereiten. Wir sind nicht hier um einen Krieg anzufangen, sondern um Waffen zu kaufen..."

Er macht eine dramaturgische Pause, ehe er weiterspricht.

„Wir können uns jetzt gegenseitig abknallen. Oder einfach wieder zum geschäftlichen Teil übergehen. Die Entscheidung liegt bei euch."

Unsichere Blicke werden getauscht, es werden ein paar Sätze auf Russisch gewechselt, ehe einer der sechs verbleibenden Männer vortritt.

Selbstsicher streckt er Ace seine Hand entgegen.

„Mein Name ist Alexej."

Unser Präsident ergreift sie, das Problem ist geregelt.

„Die AKs befinden sich im Inneren der Halle. Kommt mit, ich werde sie euch zeigen."

Dieser Alexej hat seine Chance gewittert und sich zum neuen Boss ernannt.

Mal sehen, wie lange es ihm gelingt, an der Spitze der Russen zu überleben. Diese Idioten sind bekannt dafür, sich gegenseitig auszuschalten, um ihrer Karriere auf die Sprünge zu helfen.

Razzor setzt sich in Bewegung, ich tue es ihm nach. Einem nach dem anderen nehmen wir ihnen die Waffen ab.

In die Fabrik zu gehen, um die Waffen zu kontrollieren, birgt gewaltige Risiken, es kann also nicht schaden, wenn wir Riders die Einzigen sind, die den Finger am Abzug haben.

„Fuck, das war knapp!"

Slide boxt mir freundschaftlich gegen die Schulter.

Keiner von uns schenkt Evans Leichnam Beachtung. Dieser Pisser hat sich mit uns angelegt und dafür die Rechnung kassiert. Ich kann nur hoffen, dass dieser Vorfall Alexej eine Warnung ist.

Ace steckt den Splint zurück in die Handgranate und lässt diese in der Innentasche seiner Kutte verschwinden.

Während Skorpion vor der Halle Position bezieht und uns damit eine gewisse Rückendeckung gibt, folgen wir Ace. Stroh liegt auf dem Boden verteilt, es riecht nach Pisse und Schimmel.

Rechts im Eck stehen mehrere Holzkisten auf dem Boden. Im Augenwinkel sehe ich eine Ratte durch die dunklen Schatten huschen – ich kann es kaum erwarten, von hier zu verschwinden.

„Fünf Dutzend. Wie besprochen."

Ace bückt sich, nimmt sich eines der Sturmgewehre und mustert es prüfend.

Erst nachdem er sich davon überzeugt hat, dass mit den Waffen alles passt, sieht er Alexej an.

„Wie sieht es aus? Schaffst du es, die Sache hier am Laufen zu erhalten? Alle acht Wochen 60 Waffen. Packst du das?"

Der Russe nickt.

„Im Gegensatz zu Evan werde ich euch nicht vorschreiben, mit wem ihr Geschäfte machen dürft. Alles, was ich erwarte, ist Geld."

Das ist mein Stichwort.

Ich stecke mir zwei Finger zwischen die Lippen und stoße einen lauten Pfiff aus. Keine zwei Minuten später kommt Skorpion mit zwei Leinentaschen in die Fabrikhalle.

Einer der Russen geht auf ihn zu, nimmt ihm die Taschen ab und beginnt damit, die Summe zu prüfen.

Es dauert nicht lange, bis er seinem neuen Boss zu verstehen gibt, dass alles seine Richtigkeit hat.

„Wir werden die Lieferung nächste Woche mit dem Frachter abholen lassen. Ich erwarte, dass alles reibungslos über die Bühne geht. Verstanden?"

Alexej nickt.

Nachdem das alles geregelt ist, gehen wir zurück zu unseren Maschinen.

Auf dem großen Parkplatz angekommen bleibt Ace vor Evans Leiche stehen.

Er bückt sich zu ihm hinunter und zieht ihm den protzigen goldenen Siegelring vom Finger.

Anschließend übergibt Ace das Schmuckstück, das für die Russen eine große Bedeutung hat, Alexej.

„Ich hoffe auf eine lange, friedliche Zusammenarbeit. Wenn du nicht denselben Fehler begehst wie dein Vorgänger, hast du vor uns auch nichts zu befürchten."

Alexej schiebt sich den Ring an den linken Ringfinger und reicht Ace erneut die Hand.

„Auf gut Geschäfte!"

Ace ergreift sie.

„Auf gute Geschäfte!"

Wenige Minuten später starten wir die Motoren unserer Harleys und verlassen das Gelände.

Bullshit!

Auch wenn es noch mal gut für uns gelaufen ist, war das verdammt knapp. Diese ganze Scheiße hätte auch schiefgehen können. Es hätte nicht mehr viel gefehlt und dann wäre es nicht nur Evans Blut gewesen, das den Boden rot gefärbt hätte.

Eine halbe Stunde später kommen wir endlich in Burnaby an, es dauert weitere fünf Minuten, ehe wir Metrotown erreichen.

Wir treffen Colt, den Typen, von dem die Dead Riders seit Jahren ihre Munition beziehen, in seiner Kneipe. Hinten im Lagerraum, der als Kühlhaus getarnt ist, wartet unsere Munition-Lieferung darauf besichtigt zu werden.

„Hey Riders."

Er und Ace begrüßen sich freundschaftlich. Schultern werden geklopft und nicht wirklich ernste Beleidigungen ausgetauscht.

Nachdem er jedem von uns ein kaltes Bier vor die Nase gestellt hat, setzt er sich zu uns an den Tisch. Bis auf ein paar Männer, die im hinteren Teil der Kneipe an einem der runden Tische sitzen, ist nicht besonders viel los.

Da die Typen weder Clubfarben noch Tattoos tragen, schenke ich ihnen keine besonders große Aufmerksamkeit.

„Wie lief es mit Evan? Hat das russische Arschloch mal wieder Ärger gemacht?"

Slide nippt lachend an seinem Bier.

Skorpion meldet sich zu Wort.

„Evan ist Geschichte. Alexej hat jetzt das Sagen."

Colt sieht Ace überrascht an.

Doch der Rocker Dämon zuckt gelangweilt mit den Schultern ehe er Colts unausgesprochene Frage beantwortet.

„Dieser Wichser hat uns jetzt lang genug Ärger gemacht. Es wurde Zeit für einen Führungswechsel."

Für eine Weile sagt keiner ein Wort. Colt leert sein Bier und sieht ungläubig zwischen Slide und Ace hin und her.
„Mit euch Riders wird es nie langweilig. So viel ist gewiss."
Anstatt auf Colts Bemerkung einzugehen kommt unser Präsident zum Hauptgrund unseres Treffens – zum Geschäft.
„Die Waffen aus Downtown Vancouver werden nächste Woche verschifft, die Jungs werden dann auch die Munition bei dir abholen."
Slide greift unter sein Leder, zieht den Umschlag mit dem Geld heraus und legt ihn vor Colt auf die abgewetzte Tischplatte.
„Hier ist die Bezahlung. Die nächste Lieferung brauchen wir dann in acht Wochen – so wie immer!
Colt nickt, schnappt sich den Umschlag und steckt ihn, ohne das Geld nachzuzählen, ein. Jeder, der schon mal mit den Dead Riders Geschäfte gemacht hat, weiß, dass auf uns Verlass ist...
Wir stehen zu unserem Wort, halten uns an Vereinbarungen und sind absolut verlässlich.
Wir können aber auch anders, nämlich dann, wenn man uns blöd kommt oder versucht uns über den Tisch zu ziehen.
Alleine die Sache mit Evan ist der beste Beweis dafür, dass es sich nicht auszahlt, uns ans Bein zu pissen.
Der Tag war lang, die Sonne neigt sich gen Westen und die Dunkelheit legt sich übers Land. Heute ist es bereits zu spät, um an den Rückweg zu denken, wir werden die Nacht hierbleiben und morgen bei Tagesanbruch aufbrechen.
Jetzt, wo das Business geklärt ist, kommt der entspannte Teil des Abends.
Colt bestellt eine neue Runde Bier, die Anspannung, die den ganzen Tag schon auf meinen Schultern gelegen hat, löst sich endlich etwas. Auch wenn es mir ganz und gar nicht gefällt, so lange von Angel getrennt zu sein, ist es nun mal nicht vermeidbar.
Nur das Wissen, dass sie im Club bei den anderen Ladys in Sicherheit ist, lässt mich ruhig bleiben.
Der schrille Klingelton eines Handys ertönt. Ace zieht sein Mobiltelefon aus der Tasche und nimmt das Gespräch an.
Die Stimme am anderen Ende der Leitung ist so laut, dass ich sofort hören kann, dass es sich dabei um Amy handelt.
In dem Augenblick, in dem Ace mir einen kurzen Seitenblick zuwirft, weiß ich, dass etwas nicht stimmt. Angel....
Verdammte Scheiße!
Noch bevor er das Gespräch beendet und sein Handy zurück in seine Hosentasche gesteckt hat, ahne ich, was er mir gleich sagen wird...

13. Kapitel

Angel

Während in meinem Kopf das absolute Chaos herrscht, funktioniere ich wie auf Autopilot. Ganz ohne es bewusst zu planen setze ich den Blinker, biege in dieselben Straßen ab, auf denen ich jahrelang fast täglich gefahren bin und bleibe dann am Straßenrand vor dem Haus, in dem ich einst gelebt habe, stehen.

Bämmmm....

Es fühlt sich an wie ein Déjà-vu. Plötzlich zählt es nicht mehr, dass ich seit über einem Jahr nicht mehr hier war, all die Zeit ist wie weggewischt. Mit zitternden Händen umfasse ich das Lenkrad etwas fester, schließe die Augen und versuche, die Panikwelle, die mich zu überrollen droht, zu unterdrücken.

Der hölzerne Gartenzaun, der kleine Kirschbaum im Vorgarten, die weißen Fensterläden, der silberne Briefkasten und der perfekt gemähte Rasen.

Von außen mag dieses Haus aussehen wie das Zuhause einer glücklichen Familie, es erfüllt alle Klischees und lässt die Nachbarn glauben, dass dort alles in Ordnung ist. Doch was wie das Paradies wirkt, ist in Wirklichkeit die Hölle.

Taylor war immer darauf bedacht, den Schein zu wahren. Alles musste perfekt sein – alles inklusive mir.

Ich hasse Perfektionismus. Lieber führe ich kein super rosarotes Kleinstadt-Leben, wenn ich dadurch mit meinem Rocker glücklich sein kann. Es ist verrückt, die Gesellschaft verurteilt Motorcycle-Clubs und deren illegale Geschäfte und stempelt sie als kriminell und böse ab. Welch eine Ironie, dass Taylor, der Vorzeige-Anwalt in Wirklichkeit der aggressive Schläger ist und Ghost, der Dead Rider, ein wundervoller, fürsorglicher Mann.

Alles in mir schreit nach Flucht.

Am liebsten würde ich jetzt den Motor starten und so schnell wie möglich von hier verschwinden. Doch anstatt meinem Fluchtinstinkt nachzugeben, ziehe ich den Schlüssel ab, atme noch ein paarmal tief durch und steige aus.

Lieber Gott, steh mir bei....

Da Taylor seinen Wagen immer in die Garage stellt, weiß ich nicht, ob er schon zuhause ist oder noch im Büro.

Früher, wo wir noch zusammengelebt haben, war es nichts Ungewöhnliches, dass er erst mitten in der Nacht heimgekommen ist. Mein Handy beginnt wie so oft in der letzten Stunde zu vibrieren, auch ohne nachzusehen weiß ich, dass es bestimmt Nora oder Amy ist, die versucht, mich zu erreichen. Mittlerweile wissen sie, dass ich sie angelogen habe und dass ich nicht einkaufen gefahren bin.

Mit rasendem Herzen überquere ich die Straße, betrete den Vorgarten und wundere mich nicht darüber, dass ich mich wie eine Fremde fühle. Hier in diesem Haus habe ich mich nie wirklich wohl gefühlt. Nervös sehe ich durch das Küchenfenster. In Inneren scheint es dunkel zu sein.

Bitte, lass ihn nicht da sein! Bitte, bitte, bitte...

Auf Zehenspitzen laufe ich ums Haus, hebe den großen Stein an und schnappe mir den Ersatzschlüssel, den ich dort kurz nachdem wir hier eingezogen sind, versteckt habe.

Obwohl ich jedes Recht habe, mich hier aufzuhalten, komme ich mir vor wie eine Einbrecherin.

Nach einem kurzen Blick zu den Terrassentüren weiß ich, dass auch im Wohnzimmer kein Licht brennt. Das Haus sieht dunkel und verlassen aus, Taylor scheint also wirklich nicht da zu sein.

Trotz meiner Angst bin ich fest entschlossen, heute endlich meine Sachen zu holen. Ich werde mich einfach beeilen, damit ich, falls er in einer Stunde oder so hier auftaucht, schon alles, was ich mitnehmen will, eingepackt habe.

Vor der Haustüre angekommen stecke ich den Schlüssel ins Schloss, drehe ihn nach rechts und sinke beinahe vor Panik auf die große Granitstufe, auf der ich gerade stehe.

Mit einem leisen Klacken schnappt die Türe auf, der allzu vertraute Geruch meines ehemaligen Zuhauses steigt mir in die Nase.

Schweißperlen bilden sich in meinem Nacken, ich bin kurz davor zu hyperventilieren.

Jetzt aber schnell und dann nichts wie raus hier. Da ich vor lauter Aufregung vergessen habe bei Madison zu klingeln, um ihr Bescheid zu geben, dass ich jetzt hier bin, tippe ich ihr nur schnell eine kurze Textnachricht, in der ich ihr mitteile, dass ich schon im Haus bin und dass sie sich ab jetzt vor ihrem Wohnzimmerfenster in Position bringen soll. Ihre Aufgabe ist es, mich anzurufen und zu warnen, wenn sie Taylors Wagen sieht, damit ich mich dann schnell in Sicherheit bringen kann.

Die vielen verpassten Anrufe der Ladys ignoriere ich. Jetzt ist nicht der richtige Zeitpunkt für Erklärungen.

Ich klicke auf senden, eine Sekunde später verraten mir die zwei blauen Häkchen, dass die Nachricht nicht nur angekommen ist, sondern dass Madison sie auch gelesen hat.

Da mir mehr als bewusst ist, dass Taylor jede Sekunde hier auftauchen könnte, renne ich so schnell ich kann in die Küche, schnappe mir zwei große Einkaufstaschen, die wie üblich direkt hinter der Türe stehen und eile ins Wohnzimmer. Dort angekommen beginne ich damit, alles, was mir gehört und was ich haben will, einzuräumen.

Immer wieder stelle ich fest, dass sich im vergangenen Jahr nichts verändert hat. Gut, die Sofakissen liegen anders und die Orchideen auf der Fensterbank sind hinüber, aber sonst ist alles wie immer. Es wirkt so, als wäre ich nie weg gewesen, Taylor hat nichts verändert – echt unheimlich.

Als Nächstes gehe ich ins Arbeitszimmer, suche meine ganzen Dokumente zusammen und verstaue sie in die fast volle Tasche. Endlich habe ich meine Zeugnisse, alle Bewerbungsunterlagen und meine Geburtsurkunde zurück.

Es dauert nicht lange, bis ich die zwei vollen Taschen ins Auto tragen kann.

Ohne Zeit zu verlieren eile ich zurück ins Haus, gehe in den Keller, und hole zwei große Koffer. Im ersten Stock angekommen bin ich ziemlich außer Atem. Vor dem Schlafzimmer bleibe ich abrupt stehen. Eigentlich wollte ich diesen Raum nie wieder betreten. Wenn ich vor dem Bett stehe, in dem ich seit Monaten zusammen mit Ghost schlafe, dann habe ich nur schöne, sinnliche und unheimlich kostbare Erinnerungen an all unsere gemeinsamen Nächte. Bei dem großen Ehebett, das den Raum dominiert, ist das anders. Am liebsten würde ich in die Gartenhütte gehen, einen Kanister voll Benzin holen und es anzünden.

Im Nachhinein hasse ich mich dafür, dass ich all die Jahre so schwach war und nicht genug Kraft und Mut hatte, um mich gegen Taylor zu wehren.

Ein heftiger Schauder lässt mich erbeben, die Haare in meinem Nacken stellen sich auf.

Mit Tränen in den Augen überwinde ich meine Angst und betrete das weiträumige Zimmer.

Ich knipse das Licht an, werfe den Koffer auf das Bett und eile zu meiner Schrankseite. Auch hier hat sich nichts verändert. Entweder hat Taylor noch keine Zeit gehabt, meine Sache rauszuwerfen, oder aber er hat das vergangene Jahr über wirklich geglaubt, dass ich eines Tages zu ihm zurückkomme?

Das Handy in meiner Hosentasche beginnt erneut wie verrückt zu vibrieren, dieses Mal sind es allerdings nicht Ellen, Nora oder Amy, die versuchen mich zu erreichen, sondern es ist Ghost. Für einen Moment überlege ich, das Telefonat anzunehmen, entscheide mich dann aber dagegen, ich habe jetzt keine Zeit für einen Wutausbruch oder eine Moralpredigt.

So schnell ich kann werfe ich all meine Sachen wahllos in den Koffer.
Wenige Minuten später ist der Schrank fast leer und beide Koffer sind voll. Das muss reichen. Mehr kann ich nicht mitnehmen. Auf meinem Nachtkästchen stehen noch zwei Bilderrahmen. In einem befindet sich unser Hochzeitsfoto, das werde ich ganz bestimmt nicht mitnehmen, im anderen ist ein Bild von meinen Eltern. Mum und Dad sind viel zu früh gestorben... Da mir nicht viele Bilder von den beiden geblieben sind, klemme ich es mir unter den Arm, ehe ich die Koffer, ohne Rücksicht auf das Treppengeländer zu nehmen, hinter mir die Stufen runterziehe. Wieder klingelt mein Handy, das ist bestimmt noch mal Ghost. Ohne nachzusehen, ob ich mit meiner Vermutung richtig liege, stelle ich meine Sachen unten vor die Haustüre und gehe ein letztes Mal ins Wohnzimmer. Das ist mein letzter Besuch hier in Richland. Ich werde nie, nie wieder zurückkommen.

Als wir damals kurz nach unserer Hochzeit dieses Haus gekauft haben, war ich so voller Hoffnung und Träume. Ich wollte mit Taylor eine Familie gründen, glücklich sein und ein schönes Leben führen.... *Scheiße!* Ich war jung und dumm!

Wieder ertönt das Klingeln meines Handys, noch bevor ich es aus meiner Hosentasche ziehen kann, höre ich, wie die Haustüre geöffnet wird – er ist da – Taylor ist zurück.

Während der kompletten Fahrt hierher habe ich mir geschworen, dass ich nicht vor ihm davonlaufen werde. Dass ich stark und mutig genug bin, um endlich für mich selbst einzustehen. Doch ich habe mich getäuscht, ich schaffe es nicht. In dem Moment, in dem er das Licht einschaltet, die Koffer sieht, den Kopf hebt und sich unsere Blicke treffen, ist es aus mit meinen guten Vorsätzen. Ein ersticktes Schluchzen löst sich aus meiner Kehle, so schnell ich kann renne ich zu den Terrassentüren, öffne sie und stürze in den Garten.

Taylors gezischtes „Du kleine Schlampe!“ hallt durchs Haus. Gerade als ich denke, dass es mir gelungen ist, ihm zu entwischen, packt er mich von hinten an der Schulter und schleudert mich auf den Terrassenboden. Alle Luft wird mir aus der Lunge gepresst, ein bitterer Schmerz zuckt durch meinen Rücken, Tränen steigen mir in die Augen.

So hatte ich mir das nicht vorgestellt. Ich wollte Taylor mutig gegenübertreten, ihm in die Augen sehen und die Scheidung von ihm verlangen. Doch jetzt liege ich hier und bin wieder das vor Angst am ganzen Leib zitternde Opfer - nichts hat sich verändert.

„Wusste ich es doch, dass du eines schönen Tages hier auftauchen wirst.“

In seiner Stimme schwingt Zufriedenheit mit.

„Ich bin nur hier, um meine Sachen zu holen."
„Deine Sachen?"
Lachend wirft er den Kopf in den Nacken.
„Dir gehört nichts, Angel. Nichts. Du verlogene Schlampe bist gegangen. Du bist abgehauen und hast dein Eheversprechen gebrochen. In manchen Ländern hätte ich jetzt das Recht dich zu töten."
Hilflos versuche ich aufzustehen. Eine unglaubliche Wut steigt in mir hoch. Doch ich bin nicht nur auf Taylor wütend, sondern hauptsächlich auf mich.
Es wird Zeit, dass ich endlich aufhöre, das verängstigte Weibchen zu sein. Wenn ich eines von den Old Ladys der Dead Riders gelernt habe, dann, dass Frauen alles sind, aber ganz gewiss nicht schwach. Wenn Ellen hier wäre, würde sie mit Taylor kurzen Prozess machen.
Als es mir endlich gelungen ist, mich aufzurappeln, trete ich einen Schritt zurück und schaffe zwischen meinem Ehemann und mir etwas Abstand.
Es wird Zeit, endlich stark zu sein. Ich habe es so satt, Angst zu haben. Bei dem Chinesen konnte ich mich verteidigen und bei Fire ist es mir auch gelungen. Also zur Hölle noch mal – jetzt schaffe ich das auch.
„Wir leben in den USA. Du hast weder das Recht mich zu schlagen, mich zu verletzen noch mich zu töten. Aber ich habe Rechte, und die werde ich ab jetzt geltend machen. Als Erstes bestehe ich auf das Recht mich scheiden zu lassen."
Taylor sieht mich aus zusammengekniffenen Augen an.
„Scheiden?"
Er spricht das Wort aus als wäre es eine tödliche Krankheit.
„Keine Chance, Angel. Du wirst zu mir zurückkommen und mir endlich die Frau sein, die ich verdient habe."
Fassungslos starre ich ihn an.
„Das kann nicht dein Ernst sein. Ich liebe dich nicht - wir lieben uns nicht! Ich hasse dich, Taylor. Unsere Ehe war nie gut, sie war immer nur schlecht und voller Angst. Keiner von uns war glücklich. Warum willst du daran festhalten?"
Sein rechter Arm bewegt sich, automatisch zucke ich zusammen. Doch anstatt mich zu schlagen, fährt er sich nur mit den Fingern durch die Haare.
„Du redest Scheiße, Angel. Es spielt keine Rolle, ob du glücklich bist. Darum geht es in einer Ehe auch nicht. Du hast dich um den Haushalt zu kümmern, die Wäsche zu machen, zu kochen und nachts deine Beine zu spreizen. Der Rest ist nicht relevant."
Sprachlos sehe ich ihn an. Wie konnte ich nur jemals so dumm sein und dieses Arschloch heiraten?

Anstatt diese aussichtslose Diskussion noch weiterzuführen, drehe ich mich auf dem Absatz um und gehe an der Hausseite entlang bis ich vorne bei der Eingangstüre ankomme. Taylor folgt mir, in dem Moment, in dem ich mir die zwei Koffer schnappen und zu Noras Auto gehen will, verliert er endgültig die Kontrolle.

Seine Hand legt sich auf meinen Hinterkopf und schlägt meinen Kopf mit der Stirn gegen die Wand.

„Du dumme kleine Bitch. Du kapierst es einfach nicht, oder? Ich werde dich nicht gehen lassen – niemals."

Blut rinnt mir über die Schläfe, vor meinen Augen ist alles verschwommen.

„Völlig egal, was du tust oder sagst. Ich werde nicht bei dir bleiben. Lieber sterbe ich."

Mit zusammengezogenen Augenbrauen starrt mein Mann wütend auf mich herab.

So viel zu meinem genialen Plan, es alleine mit Taylor aufzunehmen.

Ich sehe, wie Madison auf uns zukommt. Obwohl ich froh bin, dass sie mir zu Hilfe eilt, habe ich auch Angst, dass Taylor jetzt auch noch sie verletzen wird.

Das Handy in meiner Hosentasche vibriert erneut.

Oh Gott! Was würde ich dafür geben, wenn Ghost jetzt hier wäre. Doch er ist nicht hier, und das nicht, weil er nicht bereit gewesen wäre, mir zu helfen, sondern weil ich seine Hilfe nicht wollte. *Shit!* Keine Ahnung, wie ich auf den idiotischen Gedanken gekommen bin, dass ich es alleine schaffe. Wenn mein Dead Rider hier wäre, hätte Taylor sich nie getraut, mich zu schlagen.

„Lass sie gehen, Taylor."

Madison stellt sich neben mich, wirft einen prüfenden Blick auf die Verletzung an meinem Kopf und holt eine Taschentuchpackung aus ihrer Jackentasche.

„Das geht dich nichts an, Madison. Verschwinde."

„Wenn du nicht sofort aufhörst, rufe ich die Polizei. Angel hätte dich schon vor Jahren anzeigen sollen. Keine Ahnung, warum sie es nicht getan hat. Du bist ein brutales Arschloch, das hinter Gitter gehört. Aber als Anwalt weißt du das ja sicher selber."

Mit jedem weiteren Wort wird Taylor noch wütender. Die Muskeln in seinen Armen zucken unkontrolliert, so als könnte er es gar nicht erwarten, erneut zuzuschlagen.

Sie tupft mir mit einem Tuch das Blut aus dem Gesicht. Auch wenn ich Angst um ihre Sicherheit habe, tut es gut, sie bei mir zu haben.

„Verdammt Süße, ich habe dir gleich gesagt, dass es keine gute Idee ist, alleine hierherzukommen."

„Stimmt. Ich hätte auf dich hören sollen.“
Unsicher, wie es jetzt weitergeht, werfe ich einen hasserfüllten Blick zu Taylor.

Eines steht schon mal fest. Er wird mich nicht einfach so gehen lassen....

14. Kapitel

Ghost

Als Amy vor gut drei Stunden angerufen hat, war Angel schon 90 Minuten lang unterwegs. Angeblich wollte sie einkaufen fahren, aber als sie dann nicht wiedergekommen ist und keinen von Noras Anrufen beantwortet hat, haben die Ladys angefangen sich Sorgen zu machen. Mein Instinkt sagt mir, dass Angel nach Richland zu ihrem Ehemann gefahren ist, um ihre Vergangenheit endgültig hinter sich zu lassen und mit der Sache abzuschließen. Seit dem Vorfall mit Fire hat sie immer wieder davon geredet, dass sie endlich ihre Kleidung und ein paar andere Dinge holen und die Scheidung einreichen will.

Zwar habe ich gehofft, dass Angel vernünftig genug ist, nicht alleine zu diesem Arschloch zu fahren, aber als ich dann diese paar Sätze von dem Telefonat aufgeschnappt habe, wurde mir Einiges klar.

Wenn ich geahnt hätte, dass sie sich, sobald ich mit meinen Brüdern nach Kanada aufbreche, unter einem Vorwand davonschleicht, hätte ich sofort Tick und den neuen Prospect Shadow auf sie angesetzt – fuck.

Kurz nachdem ich Angel nach der Scheiße mit den Chinesen in den Club gebracht habe, hat Ace sie gründlich überprüfen lassen, daher kenne ich auch die Adresse des Hauses, in dem sie mit ihrem Mann gelebt hat, bevor sie vor ihm geflüchtet ist.

Tick und Shadow, die ich gleich nach Amys alarmierendem Anruf hinter Angel her geschickt habe, müssten genau jetzt in Richland ankommen. Eine Tatsache, die ich sehr beruhigend finde, und dennoch war mein Mädchen keine Ahnung wie lange mit dem Mann, der sie jahrelang misshandelt hat, alleine. In dieser Zeitspanne hat er alles Mögliche mit ihr anstellen können. Hoffentlich sind meine Brüder nicht zu spät – hoffentlich können sie das Schlimmste verhindern und ihr beistehen.

Gleich nach Amys Anruf sind meine Brüder und ich auf unsere Maschinen gestiegen und haben uns auf den Weg nach Richland gemacht. Jetzt, vier Stunden später, sind wir gerade mal in Ellensburg, was bedeutet, dass noch ein Drittel der Strecke vor uns liegt. Nach den vielen Stunden im Sattel brennen meine Schultern höllisch, doch das ist egal. Alles, was zählt, ist, dass wir so schnell es geht bei Angel ankommen. Solange ich mich nicht mit eigenen Augen davon überzeugen konnte, dass es meinem Mädchen gut geht, gehe ich vom absolut Schlimmsten aus. Sollte Taylor es gewagt haben sie auch nur zu berühren, werde ich ihm sämtliche Knochen brechen, ehe ich ihn sein

Grab ausheben lasse und ihn anschließend mit einem Kopfschuss hinrichte.

So langsam habe ich wirklich das Gefühl, dass Angel den Ärger geradezu anzieht. Mit dieser Frau wird es mir bestimmt niemals langweilig werden....

Ace, der vorausfährt, setzt den Blinker und bleibt am Straßenrand stehen. Der schwarze sternenübersäte Nachthimmel ist unser einziger Begleiter, außer uns ist niemand um diese unchristliche Stunde unterwegs.

Gerade als ich Ace fragen will, was los ist, gibt er mir mit einem Handzeichen zu verstehen, dass ich still sein soll, ehe er sein Handy aus der Tasche zieht und rangeht.

„Tick?“

Eine kurze Pause.

„Alles klar, wir brauchen noch eine gute Stunde. Wartet auf uns.“

Kaum dass er das Gespräch beendet hat, wendet sich der Rocker Dämon mir zu.

„Die beiden sind jetzt da. Noras Wagen steht auf der Straße, aber von Angel fehlt jede Spur. Sie werden jetzt ins Haus einbrechen und checken, was los ist!“

„Holy Fuck!“

„Bleib cool, Ghost. Tick wird dein Mädchen finden.“

Daran zweifle ich nicht. Ich mache mir nur Sorgen darüber, in welchem Zustand er sie auffinden wird.

„Lasst uns weiterfahren. Wir vergeuden kostbare Zeit.“

Mit diesen Worten starte ich den Motor der Harley und gebe, ohne auf meine Brüder zu warten, Gas.

15. Kapitel

Angel

Es ist nicht das erste Mal, dass ich zu Tode verängstigt in diesem Haus auf dieser Couch sitze und nicht weiß, wie ich Taylor entkommen soll. Doch dieses Mal bin ich nicht alleine, Madison sitzt neben mir und erdolcht Taylor mit ihren Blicken.

Ich habe panische Angst, doch im Gegensatz zu mir ist sie einfach nur wütend.

Obwohl Taylor mehrmals versucht hat sie rauszuschmeißen, ist sie geblieben.

Auch wenn ich es süß finde, dass sie mich nicht alleine lassen will, finde ich es schrecklich, dass sie sich wegen mir in Gefahr bringt.

Ich kenne Taylor, er wird nicht zögern und seine Hand gegen Madison erheben.

Da ich keine Ahnung habe, was Taylor vorhat, überlege ich fieberhaft, wie es mir gelingen könnte, ihn auszuschalten.

Ohne seinen Blick auch nur einmal von mir abzuwenden, sitzt er in einem der weißen Ledersessel auf der anderen Seite des Wohnzimmers und trinkt ein Bier nach dem anderen. Aus Erfahrung weiß ich, dass er erst richtig jähzornig wird, wenn er was getrunken hat, darum macht es mir besonders große Sorgen, dass er das Sixpack bis auf die letzte Flasche geleert hat.

„Das wird mir echt zu blöd. Wir gehen jetzt!“

Madison steht auf, schnappt mich und zieht mich Richtung Haustüre. Wir kommen gerade mal bis zum Hausflur, ehe Taylor einen lauten Schrei ausstößt und die halb volle Bierflasche, die er in der Hand hält, gegen den Türstock schlägt. Glassplitter surren durch die Luft, Bier spritzt mir ins Gesicht.

„Lass meine Frau los, oder ich bringe dich um!“

Taylor baut sich vor Madison auf und bedroht sie mit der zerbrochenen Bierflasche, die er noch immer in der Hand hält.

„Du willst mich umbringen? Womit? Du bist einfach nur ein feiges Arschloch, das wehrlose Frauen bedroht, um sich stark zu fühlen. Halt dein Maul, Taylor. Typen wie du machen mir keine Angst. Wenn du dich schlägern willst, dann such dir jemanden in deiner Gewichtsklasse.“

Wow... Sie hat definitiv mehr Mut als ich.

Anstatt sie wie angedroht mit der zerbrochenen Flasche zu verletzen, ballt er die Finger seiner linken Hand zur Faust und verpasst ihr einen kraftvollen Schlag.

Entsetzt sehe ich dabei zu, wie Madison mit dem Kopf gegen den Türrahmen knallt und bewusstlos zu Boden sinkt.

Mein entsetzter Schrei hallt durch das Haus, Taylor stößt einen derben Fluch aus, packt mich an den Haaren und zerrt mich zurück zur Couch.

Panisch starre ich auf das zerbrochene Ende der Glasflasche. Mittlerweile habe ich solche Angst, dass ich kaum noch denken kann.

Es war ein schrecklicher Fehler hierher zurückzukommen.

„Daran bist nur du Schuld, Angel. Du zwingst mich mit deinem Verhalten zu solchen Taten."

Bei Gott, am liebsten würde ich mit Taylor dasselbe machen wie mit dem verdammten Chinesen. Doch ich habe weder eine Waffe, noch ein Messer.

Mit jeder Sekunde, die vergeht, ohne dass Madison wieder zu sich kommt, wächst meine Sorge.

„Ruf einen Notarzt."

Taylor zuckt mit den Schultern.

„Wofür? Sie wacht schon wieder auf. Das bist du schließlich auch immer. Ihr dummen Weiber seid hart im Nehmen."

Gerade als mich meine Panik zu überwältigen droht, höre ich das verräterische Bollern von mehreren Motorrädern.

Ghost? Nein, das kann nicht sein. Selbst wenn Nora ihm gesagt hat, dass ich verschwunden bin, kann er niemals so schnell von Kanada nach Richland gefahren sein.

Aber vielleicht hat er ja seine Brüder geschickt, um nach mir zu sehen.

Kaum dass die Motoren verstummt sind, höre ich schwere Schritte, dann klingelt es.

Dunkle Stimmen ertönen, jemand klopft ungeduldig an das Holz der Türe.

„Angel? Babygirl, bist du da?"

In dem Moment, in dem ich Tick höre, durchströmt mich eine grenzenlose Erleichterung.

„Wer zur Hölle sind die?"

Taylors Gesichtsfarbe wird immer röter, sein Kopf sieht aus, als würde er gleich explodieren.

Ich öffne meinen Mund und will Tick gerade zurufen, dass ich hier bin, als Taylor mir seine große Hand auf den Mund presst.

„Ein Wort und ich schneide Madison die Kehle durch."

Immer wieder wird geklingelt und geklopft, dann kehrt plötzlich Ruhe ein. Das Geräusch von schweren Stiefeln, die auf den Boden treffen, wird immer leiser.

Kann es sein, dass sie wirklich so schnell aufgeben?

„Wer war das und was soll dieses *Babygirl*?"

Scheiße! Es war ja klar, dass er sich deswegen aufregen wird.
„Das waren nur Freunde.“
Obwohl ich die Wahrheit sage, scheint er mir nicht zu glauben. Tick und ich haben uns in den letzten sechs Monaten angefreundet. Dieser Dead Rider ist mir echt ans Herz gewachsen.
„War das der Typ, für den du mich verlassen hast?“
„Ich habe dich für keinen anderen Mann verlassen. Ich bin gegangen weil du mich geschlagen und misshandelt hast.“
Taylor kneift die Augen zusammen, die Hand, in der er die zerbrochene Flasche hält kommt meinem Gesicht immer näher.
„Erzähl keine Scheiße!“
Die Angst, dass Tick wieder gegangen ist und das Wissen, dass es nicht mehr lange dauert bis Taylor völlig ausrastet, ist einfach zu viel. Tränen rinnen mir über die Wangen.
Wie soll das hier nur je gut ausgehen? Madison liegt noch immer reglos auf dem Boden und ich weiß einfach nicht, wie ich mich wehren soll.
„Bitte Taylor. Ich mache was du willst – wirklich. Aber lass mich für Madison einen Arzt rufen. Ich verspreche dir auch, nie wieder abzuhauen.“
Er stößt ein ungläubiges Grunzen aus.
„Deine Versprechen sind nichts wert, Angel. Du hast unser Ehegelübde gebrochen. Was soll ich dir noch glauben?“
Das Schlimmste an der Sache ist, dass Taylor wirklich denkt, dass er im Recht ist. Er ist fest davon überzeugt, ein guter Ehemann gewesen zu sein und dass alle Fehler bei mir liegen. So langsam kapiere ich, dass er irgendeine Psycho-Störung haben muss.
Ich habe keine andere Chance. Es muss mir irgendwie gelingen, ihn davon zu überzeugen, dass ich endlich verstanden habe, dass alles meine Schuld ist und dass ich mich bessern werde. Sobald mir das gelungen ist, kann ich mir Gedanken darüber machen, wie ich hier rauskomme und Hilfe organisieren kann.
Meinen Ekel und meine Angst überwindend strecke ich meine Finger vorsichtig nach ihm aus und berühre Taylor sanft an der Schulter.
„Du hast recht. Es tut mir so leid. Bitte lass es mich wiedergutmachen...“
Seine Pupillen weiten sich überrascht.
„... bitte Taylor. Das bin ich dir wirklich schuldig.“
Auch wenn er nichts sagt, nimmt er zumindest die spitze Glasflasche etwas weiter von meinem Gesicht weg.
Mit rasendem Puls, von Angstschweiß überzogener Haut und Bauchkrämpfen zwinge ich mich zu einem reumütigen Lächeln.
„Komm schon, Taylor, bitte.“

Gerade als ich denke, dass er auf meine Lüge eingeht, schüttelt er fluchend den Kopf und wendet sich von mir ab.

Ich will aufstehen und zu ihm gehen, da ertönt plötzlich ein lautes Krachen. Es klingt nach zersplitterndem Holz.

Ein lautes Brüllen erfüllt das Haus. Taylor rennt mit der zerbrochenen Glasflasche in der Hand zur Hintertüre.

Stimmen werden laut. Ich höre wie Tick Taylor dazu auffordert, die Flasche fallen zu lassen. Der wiederum fordert Tick auf, sich sofort zu verpissen. Plötzlich ertönt ein lauter Knall - ein Schuss.

Kreischend springe ich auf, stolpere Richtung Flur und starre in die weit aufgerissenen Augen meines psychopatischen Ehemanns.

Aus dem Einschussloch, das sich in seiner linken Brust befindet, rinnt Blut. Innerhalb weniger Atemzüge bildet sich eine große, rote Pfütze. Der rostige Geruch erfüllt die Luft, um mich herum beginnt sich alles zu drehen.

Ist es arg verrückt, wenn ich jetzt, wo mein Mann tot ist, nichts als Erleichterung verspüre?

„Angel?“

Tick ruft mich, kommt mit wenigen Schritten auf mich zu und zieht mich in eine so feste Umarmung, dass ich kaum noch Luft bekomme.

„Oh Mädchen, was machst du nur für Sachen?“

Am ganzen Körper zitternd bringe ich kein Wort über die Lippen.

Mehrmals tief durchatmend zwinge ich mich dazu ruhig zu bleiben und nicht in Hysterie auszubrechen.

„Madison.“

Ich löse mich aus Ticks Umarmung und gehe zu meiner am Boden liegenden Freundin. Kaum dass ich ihr sanft über die Stirn streiche, gibt sie ein leises Wimmern von sich und öffnet ihre Augen.

Im Augenwinkel sehe ich, wie sich Shadow neben mich stellt.

Jetzt weiß ich, mit wem Tick sich unterhalten hat.

„Wer ist das?“

„Madison, meine Freundin, sie wohnt nebenan und wollte mir helfen. Taylor hat sie k.o. geschlagen.“

„Dieser Wichser kann froh sein, dass Tick ihm schon eine Kugel verpasst hat.“

Auch wenn Shadow neu bei den Dead Riders ist, passt er perfekt zum MC. Bevor er sich dazu entschieden hat beizutreten, war er genau wie Ace und Slide bei der Army.

Ich höre, wie Tick mit jemandem telefoniert, doch ich bin so auf Madison konzentriert, dass ich nicht verstehe, was er sagt.

Vorsichtig helfe ich Shadow dabei Madison aufzurichten. Ihr Gesicht ist schneeweiß. An ihrer Stirn befindet sich eine dicke Beule und ein etwa zwei Zentimeter langer Riss, der leicht blutet.
„Wie geht es dir?“
Ohne meine Frage zu beantworten, sucht Madison mit einem ängstlichen Blick die Umgebung nach Taylor ab. Als sie ihn etwa einen Meter neben sich auf dem Boden liegen sieht, schnappt sie japsend nach Luft.
„Ist er tot?“
Unsicher, ob ich ihr die Wahrheit sagen soll, sehe ich fragend zu Shadow.
Typisch Rocker zögert er nicht, sondern sagt einfach, was Sache ist.
„Ja. Er kann euch beiden nichts mehr antun.“
Keine Ahnung, mit welcher Reaktion ich gerechnet habe, aber als Madison laut zu lachen anfängt, starre ich sie verwundert an.
„Dieser Drecksack hat nichts anderes verdient. Keine Ahnung, wer ihr zwei seid...“,
sie lässt ihre Augen kurz über Ticks und Shadows Kutten gleiten, ehe sie weiterspricht. „Aber ihr hättet schon viel eher hier auftauchen und dieses Arschloch umlegen sollen. Er hat unserer Angel viel zu lange ungestraft wehgetan.“
Entweder habe ich Madison unterschätzt oder aber sie hat einen Schock, der dafür sorgt, dass sie so ruhig bleibt.
Shadow grinst Madison zufrieden an.
„Keine Sorge. Wir Riders werden nicht zulassen, dass irgendein Arschloch Ghosts Lady jemals wieder weh tut. Das verspreche ich.“
Madisons und mein Blick treffen sich.
„Keine Ahnung, wo du diese Typen her hast, Angel. Aber sie gefallen mir.“
Ich kann mich nicht länger zurückhalten und ziehe sie in meine Arme.
„Es tut mir so leid, dass er dir das angetan hat. Du hättest nicht rüberkommen dürfen. Das war verrückt.“
Für ein paar Sekunden liegen wir uns in den Armen. Tick stellt sich neben mich, legt mir seine Hand auf die Schulter und lenkt so meine Aufmerksamkeit auf sich.
„Es dauert noch etwas, bis Ghost und die anderen hier auftauchen. Keine Ahnung, ob jemand von den Nachbarn wegen des Schusses die Bullen gerufen hat. Aber wir sollten von hier verschwinden.“
Als ich Ghosts Namen höre, zieht sich mein Magen schmerzhaft zusammen.
„Auf einer Skala von 1-100, wie wütend ist er?“

„1000, Angel, wenn nicht mehr. Er ist vor Sorge um dich völlig verrückt."

„Scheiße!"

Tick schnalzt mit der Zunge.

„Das kannst du laut sagen, Kleines."

Tief durchatmend sehe ich wieder zu Madison.

„Wie geht es dir? Brauchst du einen Arzt? Sollen wir dich in ein Krankenhaus bringen?"

„Bis auf Kopfschmerzen geht es mir gut. Ich brauche keinen Arzt. Und wegen der Cops: Kommt doch einfach mit zu mir rüber."

Irgendwie kann ich immer noch nicht glauben, dass sie so verdammt cool bleibt.

Ich an ihrer Stelle wäre wahrscheinlich längst ausgeflippt.

Tick scheint sich nicht sicher zu sein, ob er Madisons Angebot annehmen kann.

„Vertraust du ihr, Angel?"

„Ja."

Er denkt nach, wägt alle Möglichkeiten ab und gibt schließlich seine Zustimmung.

„Okay, dann machen wir es so. Ace wird die Sache hier gar nicht gefallen. Aber darum kümmern wir uns, wenn er da ist."

Auf wackeligen Beinen stehe ich auf. Shadow bemerkt, dass mich meine Kräfte verlassen und stützt mich, bis ich sicher stehe. Tick hilft Madison. Bevor ich jedoch bereit bin, das Haus meiner Albträume zu verlassen, bleibe ich stehen und sehe zu Taylor.

Die Emotionen in meinem Inneren sind völlig durcheinander. Ich habe keine Ahnung, was ich bei diesem Anblick fühlen soll. Trauer? Angst? Oder Erleichterung?

„Es ist vorbei, Angel. Dieses Schwein wird dich nie mehr anrühren."

Madisons Worte hallen wie ein Echo durch meinen völlig überforderten Verstand.

Shadow legt mir seinen Arm um die Schulter und führt mich hinaus in den Vorgarten. Tick schaltet alle Lichter aus, zieht die Eingangstüre zu und sorgt so dafür, dass von außen nicht zu erkennen ist, was im Inneren des Hauses passiert ist.

Falls also wirklich die Polizei anrückt, sieht alles absolut unverdächtig aus.

Ohne dass ich es verhindern kann, steigt ein trostloses Lachen in meiner Kehle hoch.

Sofort ruhen drei verwunderte Augenpaare auf mir. Da ich das Gefühl habe, mich rechtfertigen zu müssen, bleibe ich kurz stehen und erkläre es ihnen.

„Taylor war all die Jahre stets darauf bedacht, einen normalen, glücklichen Eindruck zu erwecken. Er hat immer darauf geachtet, mich so zu schlagen und zu verletztzten, dass es keiner sehen konnte. Die Nachbarn und die restliche Welt sollten immer denken, dass wir die perfekte Vorzeige-Ehe führen. Wahrscheinlich würde es ihm sogar gefallen, dass wir jetzt genau dasselbe machen wie er und den Schein wahren."

Shadow stößt einen lauten Fluch aus. Madison sieht mich an, als ob ich nicht mehr alle Tassen im Schrank hätte und Tick murmelt vor sich hin, dass er Taylor am besten schon vor Jahren umbringen hätte sollen. Da kann ich ihm nur zustimmen.

In Madisons Haus angekommen, befiehlt Tick Shadow, dass er die Motorräder in Madisons Garage verstecken soll. Anschließend setzt er mich auf einen der Küchenstühle und sieht mich eindringlich an.

„Wie schwer bist du verletzt?"

Seine Augen glühen. Es ist nicht schwer zu erkennen, dass er meinen Mann am liebsten wiederbeleben würde, nur um ihm dann erneut die Lichter ausblasen zu können.

„Es ist nicht so schlimm. Ihr seid gerade noch rechtzeitig gekommen. Madison hat er besonders hart erwischt."

Als Shadow wenige Minuten später wieder da ist, holt Tick sein Handy aus der Tasche und informiert Ace darüber, wo wir uns aufhalten und dass sie sich vor den Bullen in Acht nehmen sollen.

Anstatt wie befohlen sitzen zu bleiben, steht Madison auf, verlässt die Küche und kommt wenige Augenblicke mit einer Flasche Whisky und vier Gläsern wieder. Als sie meinen erstaunten Blick sieht, verzieht sie den Mund und erklärt mir kurz, dass sie den jetzt dringend nötig hat. In Anbetracht des Erlebten und der Tatsache, dass ich mich noch mit einem extrem wütenden Ghost auseinandersetzen muss, gönne ich mir ebenfalls ein großes Glas. Etwas Alkohol kann in so einer Situation bestimmt nicht schaden.

Zwanzig Minuten später haben sie und ich die Flasche halb geleert. Ich bin ordentlich beschwipst und genieße die Leichtigkeit, die der Whisky mir geschenkt hat.

Es ist leicht zu erkennen, dass Tick und Shadow nicht gerade glücklich darüber sind, dass wir uns gerade betrinken, aber das macht nichts.

Madison beginnt zu lachen.

„Da liegt eine Leiche nebenan im Haus."

Unsere Blicke treffen sich.

„Shit. Jetzt realisiere ich das erst. Ich bin ja ab sofort Witwe."

Ihr Lachen wird lauter, ich steige darauf ein und es dauert nicht lange, bis wir uns beide am Tisch festhalten müssen, um nicht von den Küchenstühlen zu fallen.

„Verrätst du mir, wo du diese Typen her hast?"

Sie deutet mit dem Kopf auf Tick und Shadow.

„Das ist eine lange Geschichte."

Die Antwort scheint ihr erst mal zu reichen.

„Wie viele kommen da noch?"

Ich zucke mit den Schultern.

„Keine Ahnung, aber ich schätze mal viele. Wenn es um uns Old Ladys geht, verstehen die Riders keinen Spaß."

Madison sieht mich irritiert an.

„Old Ladys? Riders? Sorry, Angel, aber ich verstehe kein Wort."

Ja, das kann ich verstehen. Mir ging es am Anfang auch nicht anders.

Gerade als ich ihr alles erklären will, ertönt das laute Brummen von mehreren sich nähernden Harleys.

Sofort ist meine Heiterkeit wie weggeblasen. Ghost ist da, und er wird keine Gnade mit mir kennen.

16. Kapitel

Ghost

Die Fahrt hat eine Ewigkeit gedauert. Die Sorge um mein Mädchen hat mich innerlich aufgefressen. Selbst Ticks Anruf, in welchem er uns mitgeteilt hat, dass sie Angel gefunden haben, dass ihr Mann tot ist und dass sie in Sicherheit ist, hat es nicht geschafft, mich zu beruhigen.

Ich brauche ihren Geruch in meiner Nase, ihren Geschmack auf meinen Lippen und das Gefühl ihres kleinen, weichen Körpers in meinen Armen.

Angel – diese Frau ist meine Medizin, meine Droge und zugleich mein Untergang.

An der Adresse, die Tick uns gegeben hat, angekommen, stelle ich mein Motorrad ab, ziehe mir den Helm vom Kopf und eile auf das Haus zu.

Noch bevor ich anklopfen muss, öffnet sich die Türe.

Tick steht vor mir.

„Wo ist mein Mädchen?“

„Die erste Türe links.“

Ich stürme an ihm vorbei und finde meine Süße mit einer anderen Frau an einem Küchentisch vor.

Ohne auf die Unsicherheit, die in ihrem Blick liegt, zu achten, packe ich sie mir, ziehe sie in meine Arme und vergrabe meine Nase in ihren weichen, weißen Haaren.

Bei allen Göttern, bei allen Teufeln und allen Dämonen. Ich schwöre bei meinem Leben, dass ich nie mehr zulassen werde, dass Angel so eine verrückte Scheiße macht!

Ich höre, wie Tick Ace und die anderen begrüßt und sie auf den neuesten Stand bringt.

Es ist mir scheißegal, wie viele Leichen darauf warten, beseitigt zu werden.

Was auch immer getan werden muss, ich werde es ohne zu zögern erledigen.

Anschließend werde ich mir meinen Engel packen, sie zurück nach Tacoma verfrachten und in mein verdammtes Bett sperren. Auch wenn ich ihr für den Mist, den sie gemacht hat, am liebsten sofort den Arsch versohlen würde, werde ich ihr heute keine Strafpredigt mehr halten. So wie ich das sehe, waren die letzten Stunden anstrengend genug für sie.

Holy Fuck!

Im Grunde genommen läuft alles genau so wie es sein soll.

Mein Mädchen baut Scheiße und meine Brüder und ich hauen sie da wieder raus.

So soll es verdammt noch mal sein. Das ist der Lauf der Dinge.

Wir Dead Riders lieben unsere Frauen und sind jederzeit bereit, sie zu beschützen, zu retten und uns um alle Leichen zu kümmern, die im Laufe eines Lebens nun mal so anfallen.

Ich spüre, wie meine Süße sich so fest es geht an mich drückt. Angel schlingt mir ihre Arme um den Nacken und birgt ihr Gesicht an meinem Hals. Ihr warmer Atem streift über meine Haut, der Eispanzer, der sich während der Zeit, die wir voneinander getrennt waren, um mein Herz gelegt hat, beginnt zu schmelzen.

Für die Frau in meinen Armen würde ich mit Freuden durch die Hölle gehen.

Kein Weg ist zu weit, kein Schmerz zu stark – die Liebe, die ich für sie empfinde, ist unzerstörbar.

17. Kapitel

Madison

Fassungslos sitze ich auf dem hölzernen Stuhl in meiner Küche und starre die vielen breitschultrigen und äußerst gefährlich wirkenden Männer an, die sich in den letzten Minuten in meinem kleinen Haus eingefunden haben.

Heilige Scheiße!

Angel hat mir zwar erzählt, dass sie in einem Motorcycle-Club lebt und mit einem Rocker namens Ghost zusammen ist, aber irgendwie habe ich mir darunter etwas völlig anderes vorgestellt.

In meiner Fantasie war sie mit einem Harley liebenden, langhaarigen und eher gemütlichen Kerl zusammen, mit dem sie am Wochenende immer wieder mal eine Ausfahrt übers Land macht.

Noch falscher hätte ich gar nicht liegen können.

Denn der Mann, der wie ein Verrückter in die Küche gestürmt kommt und Angel besitzergreifend in seine Arme zieht, sieht wirklich alles, aber ganz bestimmt nicht gemütlich aus - keiner dieser Kerle sieht gemütlich aus.

Von den beiden Männern, die Taylor erschossen haben, kenne ich die Namen. Der eine, ich schätze ihn auf Anfang dreißig, wird Shadow genannt, der andere, der mit den blauen Augen und den etwas längeren grau-schwarzen Haaren, heißt Tick. Seine gerade Nase in Kombination mit dem Vollbart, den er trägt und den hohen Wangenknochen lassen ihn nicht nur verwegen, sondern auch auf eine düstere Art sexy aussehen.

Herrgott, ich muss total verrückt sein, denn obwohl es nicht schwer zu erkennen ist, dass jeder dieser Rocker bewaffnet ist und, wie die Leiche im Haus nebenan beweist, auch kein Problem damit hat, seine Pistole einzusetzen, fürchte ich mich nicht vor ihnen. Im Gegenteil: Tick hat sich mehrmals danach erkundigt, wie es mir geht, er kümmert sich liebevoll um Angel und scheint auch sonst kein schießwütiger Massenmörder zu sein. Taylor war ein gewalttätiges Arschloch, er hat es verdient zu sterben. Das Einzige, was mich stört, ist, dass es so viele Jahre gedauert hat, bis Taylor endlich bekommen hat, was er verdient hat.

Ein Mann mit schulterlangen schwarzen Haaren, zeitlos wirkenden Augen und der obligatorischen Lederkutte, die hier alle tragen, kommt auf mich zu, bleibt direkt vor mir stehen und streckt mir seine große Hand entgegen. Perplex starre ich seine langen Finger an. Mein Zögern macht ihn nicht etwa wütend, oh nein, der Mann, der aussieht wie ein leibhaftiger Dämon, sieht mich geduldig und mit einem gelassenen Gesichtsausdruck an.

Unsicher, was ich jetzt machen soll, suche ich den Raum nach Tick ab. Unsere Blicke treffen sich. Das Wissen, dass er in der Nähe ist, gibt mir den nötigen Mut, um mit meinen Fingern die Hand des Dämons zu ergreifen.

„Mein Name ist Ace. Ich bin der Präsident der Dead Riders und ich danke dir, dass du Angel geholfen hast."

Ace, wieder so ein merkwürdiger Name. Er hat eine dunkle, beinahe samtige Stimme, einen festen Händedruck und etwas Faszinierendes an sich.

Instinktiv weiß ich, dass Ace der gefährlichste von allen hier im Raum anwesenden Männern ist.

Dank der Whiskyflasche, die ich zusammen mit Angel in der vergangenen Stunde geleert habe, gelingt es mir, einigermaßen cool zu bleiben.

„Angel war nicht nur jahrelang meine Nachbarin, sie ist auch meine Freundin. Es ist selbstverständlich, dass ich ihr helfe."

Etwas wie Anerkennung blitzt in den Tiefen seiner Augen auf.

Er gibt meine Hand wieder frei und streicht mit seiner rauen Daumenkuppe über die Beule an meiner Stirn.

„Du bist verletzt. Brauchst du einen Arzt?"

Ich schüttle verneinend den Kopf.

„Danke, aber es geht mir gut."

Und das ist nicht gelogen. Der Alkohol und die zwei Aspirin, die ich darin aufgelöst habe, haben wahre Wunder bewirkt. Wahrscheinlich werde ich morgen völlig im Arsch sein, doch im Moment fühle ich mich den Umständen entsprechend gut.

„Wenn sich das ändert, gib einem meiner Riders Bescheid, sie kümmern sich um dich."

So nett sein Angebot auch gemeint sein mag, aber das werde ich bestimmt nicht tun.

Im wahren Leben würde ich wahrscheinlich die Straßenseite wechseln, wenn mir einer seiner Riders, wie Ace sie nennt, entgegenkommen würde.

Ich bin wirklich kein oberflächlicher Mensch. Aber ich lebe alleine, habe weder einen Mann noch eine Familie. Seit Jahren habe ich aus nächster Nähe beobachten können, wie Taylor mit Angel umgegangen ist. Nein, ich bin wirklich nicht oberflächlich, sondern einfach extrem vorsichtig.

„Danke."

Ace wendet sich von mir ab und ruft einen Slide und einen Razzor zu sich, um ins Nachbarhaus zu gehen. Ich schließe für einen Augenblick die Augen und atme tief durch.

Bis jetzt fehlt von der Polizei jede Spur. So wie ich das sehe, haben die Nachbarn den Schuss entweder nicht gehört oder aber sie gehen davon aus, dass die alte Mrs. Wilson mal wieder auf eine von Nachbars Katzen geschossen hat.

Angel ist eine wunderbare Frau, und nach der schrecklichen Ehe mit Taylor hat sie es wirklich verdient glücklich zu sein. Doch ich wage wirklich zu bezweifeln, dass diese Horde wilder Rocker der richtige Umgang für sie ist.

Über mich selbst verärgert stehe ich vom Stuhl auf und räume die leere Whiskyflasche weg. Was ist nur los mit mir? Ich habe kein Recht, über diese Männer zu urteilen. Man darf nicht nach dem Äußeren gehen: Taylor war ein angesehener Anwalt. Mit seinen frisch gebügelten Anzügen, dem schwarzen Aktenkoffer und seiner ganzen Art ist es ihm gelungen, die Welt darüber hinwegzutäuschen, dass er eine miese Ratte war.

Vielleicht macht Angel ja auch alles richtig und hat jetzt endlich einen Kerl gefunden, dem es scheißegal ist, was die restliche Welt von ihm denkt und für den nur sie wichtig ist. Wenn es so etwas wie Gerechtigkeit auf dieser Welt gibt, dann ist dieser Rider, der sie immer noch nicht losgelassen hat, tatsächlich der Richtige für sie.

Ohne dass ich es will, schweifen meine Gedanken ab und ich stelle mir die Frage, ob es da draußen auch irgendwo einen Mann für mich gibt. Es ist nicht so, dass ich in den letzten Jahren nach einem gesucht habe, aber um ehrlich zu sein, habe ich es langsam satt, immer nur alleine zu sein.

Ich bin jetzt 32 Jahre alt. Wenn ich nicht bald den Richtigen finde, kann ich meine Familienplanung an den viel zu schnell tickenden Zeiger meiner inneren Uhr hängen.

Müde und erschöpft gehe ich raus, setze mich auf die Stufe vor der Haustüre und lasse meinen Blick über die beeindruckenden Harleys gleiten, die in meiner Auffahrt stehen.

Die schwarzen Motorräder werden fast von der nächtlichen Dunkelheit verschluckt, doch die zwei silbernen Bikes funkeln im kalten Licht des Mondes.

Wie es sich wohl anfühlt, hinter einem dieser Rocker zu sitzen, sich an seinen breiten Rücken zu schmiegen und den Fahrtwind zu spüren, der einem durch die Haare weht?

Es muss ein unglaubliches Gefühl von Freiheit sein....

Ich höre wie sich mir jemand nähert, ehe sich Tick neben mich setzt.

Ohne mich anzusehen zieht er eine Zigarettenschachtel aus der Innentasche seiner Kutte, reißt die Folienverpackung ab und klappt den Pappdeckel auf. Schweigend hält er mir die Zigaretten entgegen.

Gerade als ich dankend den Kopf schütteln und ihm mitteilen will, dass ich Nichtraucherin bin, beiße ich mir auf die Zunge.

Warum sollte ich heute Nacht nicht mal eine Ausnahme machen?

Es mag sein, dass ich für gewöhnlich nicht rauche, aber für gewöhnlich habe ich auch keine fremden, bewaffneten Rocker in meinem Haus, für gewöhnlich trinke ich nicht mehr als zwei Schluck Whisky und für gewöhnlich werden meine Nachbarn nicht erschossen - scheiß auf gewöhnlich!

Entschlossen, heute mal gegen alle Regeln zu verstoßen, nehme ich mir eine Zigarette.

„Danke."

Tick nimmt sich ebenfalls eine, klemmt sie sich zwischen die Lippen und holt ein Feuerzeug aus seiner Hosentasche.

Der kühle Wind bläst mir ins Gesicht. Gänsehaut breitet sich auf meinen Armen aus, ich erschaudere. Der Rider neben mir zögert nicht, zieht sich seine Lederjacke aus und legt sie mir über die Schultern.

Die Jacke hat seine Körperwärme gespeichert. Es fühlt sich unheimlich intim an, diese nun auf meiner Haut zu spüren. Der unverkennbare Geruch von Leder, Schweiß und Motoröl steigt mir in die Nase.

Ein angenehmes Prickeln breitet sich in mir aus.

Erstaunlicherweise gefällt es mir, wie Tick riecht, es gefällt mir auch, dass er so dicht neben mir sitzt, dass sich unsere Beine berühren.

Ganz gentlemanlike hält er mir das Feuerzeug entgegen, ich halte die Spitze der Marlboro in die Flamme und nehme einen tiefen Zug.

Der warme, bittere Rauch füllt meinen Mund, rutscht mir in den Hals und landet in meinen Lungenflügeln. Mein Körper wehrt sich gegen das Nikotin und den Tabak, ein heftiger Hustenanfall schüttelt mich durch. Tränen steigen mir in die Augen, es fühlt sich so an als würde ich ersticken.

Ticks Mundwinkel zucken. Er klopft mit auf den Rücken, nimmt mir die Zigarette ab, schnippt sie in den Vorgarten und sieht mich amüsiert an.

„Lass mich raten, du hast noch nie zuvor geraucht?"

Gott wie peinlich. Am liebsten würde ich vor Scham im Erdboden versinken.

„Ist das so offensichtlich?"

Anstatt meine Frage zu beantworten streckt er seine Hand nach der Jacke aus und klappt den Kragen nach oben, so dass mir der kalte Wind nicht in den Nacken fährt.

„Dass du in die Scheiße heute reingezogen wurdest, tut mir leid."
„Nicht so schlimm. Jetzt kann Taylor Angel zumindest nichts mehr antun."
Er zieht so fest an seiner Marlboro, dass die Spitze orange aufglüht. Geräuschvoll saugt er den Zug tief in seine Lunge und atmet den Rauch wenige Sekunden später durch Mund und Nase wieder aus.
„Wohl wahr. Trotzdem hätte ich besser auf Angel aufpassen müssen. Wir haben alle gespürt, dass sie seit Wochen unruhig war."
Seine Worte klingen so, als wären sie eine Gemeinschaft, in der jeder auf den anderen aufpasst. Vielleicht habe ich diese Kutten tragenden Rocker falsch eingeschätzt.

Neugierig nutze ich den Augenblick und sauge jedes Detail des Mannes neben mir auf.

Das schwarze Leder seiner Kutte sieht alt und verwittert aus.

Auf ihrer linken Seite befindet sich in Höhe der Brust ein viereckiger

Aufnäher mit der Aufschrift: SGT AT ARMS. Was das wohl zu bedeuten hat? Direkt darunter steht Dead Riders Tacoma. Rechts auf Brusthöhe befinden sich ein 1%-Abzeichen und ein weiterer Aufnäher, auf dem die vier Buchstaben *GBNF* stehen.

Obwohl ich mir ziemlich sicher bin, dass jeder dieser Aufnäher eine Bedeutung hat, kapiere ich nicht, was sie bedeuten sollen.

Unsere Blicke begegnen sich, erneut fällt mir auf, wie verdammt attraktiv Tick ist.

Ob er eine Frau und eine eigene Familie hat?

Angels Freund Ghost geht an uns vorbei und macht sich auf den Weg rüber zu dem Haus, in dem Taylors Leiche liegt.

So wie ich die Situation einschätze, haben diese Dead Riders nicht vor, die Bullen zu rufen und den Mord zu melden. Wahrscheinlich werden sie Taylor auf höchst kriminelle Art und Weise einfach verschwinden lassen. Mir soll es recht sein. Dieses Schwein hat keine anständige Beerdigung verdient.

„Ist er ein guter Mann? Behandelt er Angel anständig?"
Tick schnalzt mir der Zunge, zieht ein letztes Mal an seiner Zigarette, ehe er sie neben sich auf den Boden wirft und mit der Spitze seines Stiefels austritt.

„Ghost ist ein loyaler Rider. Er liebt Angel auf seine ganz eigene Art und Weise. Er wird ohne zu zögern jeden töten, der ihr schaden will und alles in seiner Macht Stehende tun, um ihr ein gutes Leben zu ermöglichen. Sei versichert, Madison, deiner Freundin wird es nie an etwas mangeln."

Ticks Worte lösen eine tiefe Sehnsucht in mir aus.

Angel ist mir wichtig. Es freut mich also, dass sie endlich ihr Glück gefunden hat. Und dennoch kann ich nicht umhin, sie auch etwas zu beneiden.

Es muss schön sein, seine passende Hälfte gefunden zu haben...

„Gut. Wenn es jemand verdient hat, glücklich zu sein, dann sie."

Tick nickt, er wendet sich von mir ab und starrt genau wie ich vorhin auf die Motorräder. Mit seinem Geruch in der Nase bleibe ich einfach sitzen, genieße die Nähe dieses mir völlig fremden Mannes und versuche, das Chaos in meinem Kopf zu sortieren.

Als ich Angel damals am Telefon gesagt habe, dass es zu gefährlich ist und dass sie nicht alleine zurück nach Richland kommen soll, hatte ich schon so ein ungutes Gefühl im Bauch.

Ace, der Präsident, kommt zusammen mit Ghost auf uns zu.

„Tick, wir brauchen dich."

Sofort steht dieser auf, dreht sich jedoch noch einmal zu mir um, ehe er losgeht, um zusammen mit seinen Brüdern die Überreste von Angels Ehemann zu beseitigen.

„Kannst du bitte nach Angel sehen, während wir uns um Taylor kümmern?"

„Klar."

„Danke."

Die Rocker verschwinden, ich stehe auf und begebe mich zurück in meine Küche.

Dieser Abend wird in der Geschichte meines Lebens definitiv als der verrückteste eingetragen.

Angel sitzt telefonierend in der Küche. Jetzt, wo sich alle Männer im Nachbarhaus aufhalten, hatte ich gehofft, dass wir uns über die Ereignisse des Abends unterhalten könnten.

„... ich weiß Nora... Natürlich! Hör zu, es tut mir wirklich leid. Und ich verspreche dir auch, dass das nie wieder vorkommen wird."

Als sie mich sieht, gibt sie mir mit einem Handzeichen zu verstehen, dass das Telefonat nicht mehr lange dauert.

„Ich werde dir so viele Windeln, Chips und Schokolade mitbringen, dass du keine Sekunde länger auf mich wütend sein kannst."

Gerade als sie sich von ihrer Gesprächspartnerin verabschiedet, kommt ein Mann, der mir vorhin schon mal aufgefallen ist, ins Haus. Auf seinen Glatzkopf hat er sich einen großen schwarzen Skorpion tätowieren lassen, dessen Stachel sich um seinen Hals windet. Alles an ihm wirkt hart und furchteinflößend.

Seufzend reicht Angel im das Handy.

„Sieh mich nicht so an, Skorpion. Ich weiß selber, dass ich Scheiße gebaut habe.“

Angel wirkt nicht so, als ob sie Angst vor diesem Rider hätte. Im Gegenteil, bis jetzt hatte ich eher den Eindruck, dass sie jeden dieser harten Rocker wirklich gerne hat.

„Oh ja, das hast du.“

Er geht auf sie zu, zieht sie in eine brüderliche Umarmung und drückt ihr einen Kuss ins Haar.

„Jag uns nie wieder so einen Schrecken ein, Kleines.“

„Werde ich nicht. Versprochen.“

„Na, dann ist es ja gut.“

Er verwuschelt Angel die Haare und zwinkert ihr zu.

Noch bevor er sie wieder losgelassen hat, beginnt das Mobiltelefon in seiner linken Hand zu klingeln.

Nach einem prüfenden Blick auf das Display nimmt er das Gespräch an und verschwindet aus unserer Sichtweite.

18. Kapitel

Angel

Was für ein Tag....

Seit ich vor gefühlt 100 Stunden in Tacoma losgefahren bin ist so unendlich viel passiert, dass ich nicht weiß, ob meine Kopfschmerzen von Taylors Schlag, der Aufregung oder dem Alkohol kommen. Alles, was ich weiß, ist, dass sich mein Schädel so anfühlt, als würde er gleich explodieren.

Bis auf eine lange und innige Umarmung habe ich Ghost seit seiner Ankunft kaum zu Gesicht bekommen. Er und seine Brüder sind damit beschäftigt, den leblosen Körper meines Mannes von der Bildfläche verschwinden zu lassen.

So makaber das jetzt auch klingen mag, aber Taylors Tod ist das Beste, was mir passieren konnte. Dieser Mann hätte mich nie in Ruhe gelassen. Er hätte alles in seiner Macht Stehende getan, um die Scheidung hinauszuzögern. Als Anwalt hat er bestimmt viele Tricks draufgehabt, die mir das Leben schwer gemacht hätten.

Seit meiner ersten Begegnung mit Ghost säumen Leichen unseren Weg. Ich kann nur hoffen, dass das nicht zur Gewohnheit wird, das ist sicherlich schlecht fürs Karma.

Jetzt, wo ich mich bei Nora entschuldigt und auch kurz mit Skorpion gesprochen habe, realisiere ich erst, was für Auswirkungen meine Entscheidung auf den Club hatte.

Ein Dead Rider hat für mich getötet, Ace und die anderen sind wegen mir früher von Kanada zurückgefahren und nun müssen sie auch noch einen Mord vertuschen.

Ich habe so richtig Scheiße gebaut!

So wie ich die Sache sehe, werde ich mir nicht nur von Ghost einiges anhören müssen. Auch Ace und Slide werden mir den Kopf waschen.

Doch es ist nicht nur der MC, bei dem ich mich entschuldigen muss.

Tief durchatmend sehe ich zu Madison. Wie soll ich nur jemals wieder gutmachen, was sie in den vergangenen Stunden wegen mir erlebt hat?

„Auf einer Skala von 1 bis 10, wie wütend bist du auf mich?"

Sie schüttelt lachend den Kopf.

„Null, meine Süße, ich bin überhaupt nicht wütend. Irgendwie kam alles wie es kommen musste."

Überrascht sehe ich sie an.

„Wie meinst du das?"

Madison zuckt mit den Schultern.

„Na ja. Du bist in einer Nacht- und Nebelaktion abgehauen. Hast einen Mann gefunden, der stark genug ist, dich zu beschützen und hast dich, stur wie du nun mal bist, trotzdem dazu entschieden, Taylor alleine gegenüberzutreten. Die Katastrophe war vorprogrammiert."

„Wow! Dem kann ich nichts hinzufügen. Du warst eben schon immer die Klügere von uns beiden, Madison."

Sie öffnet den Kühlschrank, holt zwei Dosen kalte Cola raus und setzt sich zu mir an den Esstisch.

„Nein, das stimmt nicht. Tief in meinem Inneren bewundere ich dich für deinen Mut, Angel. Im Gegensatz zu mir hast du dich für das volle Risiko entschieden und ganz offensichtlich deinen Weg gefunden. Dass du dich ausgerechnet in einen Dead Rider verlieben musstest, ist schon außergewöhnlich. Aber das passt zu dir, du warst noch nie der durchschnittliche Typ Frau."

Ich schnappe mir meine Dose und drücke den kleinen Bügel nach unten. Zischend entweicht etwas Kohlensäure. Der süße, künstliche Geruch steigt mir in die Nase.

„Soll ich das als Kompliment verstehen?"

Madison nickt.

„Ja. Es mag zwar sein, dass die Ehe mit Taylor nicht gerade die beste Idee deines Lebens war. Aber du hast dich zumindest getraut, das Risiko einzugehen. Und nicht nur das. Viele Frauen wären an so einem Mann zerbrochen. Du hattest genug Mut, dich erneut auf die Liebe einzulassen. Das ist alles, was zählt. Und wer hätte gedacht, dass sich der Engel in einen Geist verliebt? Das klingt doch mal nach einer richtig guten Lovestory."

Von meinen Emotionen überwältigt, stehe ich auf und ziehe meine Freundin in eine feste Umarmung.

„Ich merke erst jetzt, wie sehr ich unsere Gespräche in den vergangenen Monaten vermisst habe. Wenn wir das alles durchgestanden haben, würde ich mich freuen, wenn du mich mal in Tacoma besuchen kommen würdest. Vielleicht ist ja unter all den Rockern auch einer für dich dabei."

Ein trauriger Ausdruck huscht über Madisons Gesicht.

„Ach Angel. Du bist eine hoffnungslose Romantikerin. Nach all den Jahren habe ich irgendwie die Hoffnung auf meinen Mister Perfect aufgegeben."

„Aber wieso?"

Eine leichte Röte breitet sich auf ihren Wangen aus.

„Weil Männer nun mal leider nicht perfekt sind. Sie sind laut, anstrengend, machen Ärger und sorgen für Probleme. Und wofür das alles?"

Wie kann man so über Beziehungen denken?
„Na, für die Zweisamkeit und für die Liebe."
So wie ich das sehe, hat irgendein Arschloch in der Vergangenheit Madisons Herz gebrochen und sie hat daraufhin beschlossen, es hinter einer dicken Mauer aus Einsamkeit zu verstecken.
„Die wahre Liebe ist ein Wunder. Versteh mich bitte nicht falsch. Wenn du sie in diesem Ghost gefunden hast, ist das toll. Doch für mich gibt es sie nicht."
Kaum dass sie fertig gesprochen hat, taucht Tick im Türrahmen auf.
Keine Ahnung, wie viel er von unserer Unterhaltung belauscht hat, aber der Blick, mit dem er Madison ansieht, geht mir unter die Haut.
„Ladys..."
Er schenkt Madison das berühmte Dead-Rider-Bad-Boy-Herzensbrecher-Lächeln, ehe er zu mir sieht.
„Wir machen jetzt eine kleine Ausfahrt mit Taylor. Es wird nicht lange dauern. Sobald wir wieder da sind, brechen wir nach Tacoma auf. Also, falls du noch mal in Ruhe in euer altes Haus willst, dann ist das jetzt die perfekte Möglichkeit."
Eine kleine Ausfahrt? So kann man es natürlich auch nennen, wenn man losfährt, um eine Leiche zu beseitigen.
Allein bei der Vorstellung, das Haus noch mal betreten zu müssen, läuft mir ein kalter Schauer über den Rücken. Tick bemerkt es und sieht mich nachsichtig an.
„Keine Sorge, Angel. Skorpion und Shadow bleiben bei euch. Ach, und was ich dich noch fragen wollte. Hast du irgendwo Bleichmittel oder chlorhaltiges Reinigungsmittel? Wir müssen die DNA-Spuren unbrauchbar machen und auch sonst alles beseitigen, was auf uns zurückführen könnte. Früher oder später wird jemand das Arschloch vermissen und dann werden die Cops euer Haus nach Spuren absuchen."
Oh Gott! Irgendwie komme ich mir gerade vor wie in einem schlechten Film.
„Da ich seit einem Jahr nicht mehr hier war, kann ich dir nicht sagen, was an Putzmittel vorhanden ist. Aber sag Shadow, dass er in der Küche im Schrank unter der Spüle nachsehen soll."
Gerade als Tick wieder gehen will, ruft Madison ihn zurück.
„Warte kurz. Ich habe, was ihr braucht."
Sie verschwindet im Keller und kommt wenige Minuten später mit einem Eimer, mehreren Putzlappen und drei Flaschen Reinigungsmittel zurück.
„Das sollte reichen. Danke, Madison."
Als Tick aus der Küche verschwunden ist, sieht Madison mich merkwürdig an.

„Sollten wir ihm nicht unsere Hilfe anbieten? Ich meine, na ja, immerhin..."

Sie spricht den Satz nicht zu Ende.

„Nein. Ich weiß, wie du dich fühlst. Aber glaube mir, Skorpion würde nie zulassen, dass ich die Reste meines Ehemannes aufwische und außerdem ist das die Aufgabe des Prospects."

Jetzt sieht sie mich fragend an.

„Was ist ein Prospect?"

Nach all der Zeit bei den Dead Riders sind mir so viele Regeln und Begriffe vertraut geworden, dass ich manchmal vergesse, dass Außenstehende wie meine Freundin keine Ahnung vom Leben in einem Motorcycle-Club haben.

„Ein Prospect ist ein Anwärter. Also ein Mann, der gerne zum Club gehören würde. Doch so leicht ist das nicht. Er muss sich mindestens ein Jahr lang beweisen, ehe er ein Member, also ein Mitglied werden kann."

Sie setzt sich wieder zu mir.

Ihr Mienenspiel verrät mir, dass sie nicht wirklich verstanden hat, was ich ihr gerade erklärt habe.

„Danke, Madison. Danke, dass du für mich da bist und danke, dass du jetzt nicht völlig ausflippst."

Ich schnappe mir ihre Hand und verschlinge meine Finger mit den ihren.

„Das ist selbstverständlich. Aber eines ist dir hoffentlich klar. Sollte ich jemals in der Klemme stecken, erwarte ich, dass du dasselbe für mich tust."

Ohne zu zögern lege ich mir die rechte Handfläche auf die Brust.

„Ich schwöre dir feierlich, dass ich immer da sein und dir den Rücken decken werde."

Und so kitschig und lustig das in diesem Augenblick auch wirken mag, ich meine es absolut todernst!

Eine gute Stunde später kommen Ghost und seine Brüder zurück. Taylor und sein Auto sind verschwunden und obwohl ich vor Neugierde beinahe umkomme, schlucke ich all meine Fragen runter. In all der Zeit habe ich gelernt, dass nicht jede Antwort, die ich erhalte, mich gut schlafen lässt. Hin und wieder ist es definitiv besser, einfach nur in einer seligen Unwissenheit zu schwelgen.

19. Kapitel

Ghost

Fuck off!

Was für ein verdammt beschissener Tag.

Erst das Geficke mit Evan und jetzt die Scheiße, in die sich Angel reingeritten hat.

Dass Taylor tot ist, ist die einzig gute Sache der vergangenen zwölf Stunden. Dennoch stört es mich, dass nicht ich derjenige war, der den Abzug betätigt hat. Angel ist meine Frau, es war meine Aufgabe, den dunklen Schatten ihrer Vergangenheit auszulöschen.

Der widerliche Geruch von verbranntem Fleisch und schmelzendem Plastik hängt mir in der Nase. Dank des Benzin Kanisters, den Ace in der Garage entdeckt hat, hat es nicht lange gedauert bis das Feuer die Überreste von Angels Mann verschlungen hat.

Mit ein bisschen Glück ist die örtliche Polizei dumm genug, Taylors Tod als Verkehrsunfall einzustufen. Und falls nicht, haben wir alle Spuren so gründlich beseitigt, dass die Cops niemals auf die Idee kommen werden, einem von uns den Mord anzuhängen. Die einzige Schwachstelle ist Madison, die Nachbarin, doch ich bin mir sicher, dass sie die Klappe halten und uns nicht verpfeifen wird.

Erschöpft lenke ich mein Bike in die Auffahrt von Angels Nachbarin, steige ab und ziehe mir den Helm vom Kopf.

Im Grunde genommen ist es allein meine Schuld, dass Angel allein nach Richland gefahren ist. Ich hätte es verdammt noch mal ahnen sollen.

So ungern ich es auch zugebe, aber meine widerspenstige Lady hat das nervenaufreibende Talent, sich in Schwierigkeiten zu bringen. Müde reibe ich mir die Augen und zünde mir eine Kippe an. Meinem Gestell hat es nicht gut getan, den ganzen Tag im Sattel zu sitzen. Sobald ich diese Zigarette geraucht habe, werde ich mir mein Mädchen schnappen, sie auf meine Maschine setzen und nachhause bringen.

Nicht zum ersten Mal spiele ich mit dem Gedanken, sie mit Handschellen an mir festzubinden. So hätte ich sie immer Blick und könnte sicherstellen, dass sie nicht wieder irgendeinen Bockmist baut. Shadow kommt mit einem Eimer voller Putzzeug aus dem Haus, in dem Angel gelebt hat, direkt auf mich zu.

Ace und Slide haben auf der Straße geparkt. Nachdem sich mein Präsident kurz mit Tick unterhalten hat, bleibt er neben mir stehen.

„Alles klar, Ghost?“
„Aye Ace. Alles bestens.“
Er nickt und lässt seinen Blick über die Umgebung schweifen.
„Diese Aktion hier geht auf meine Kappe, Ace. Ich hätte ahnen müssen, was Angel vorhat. Sorry, dass der Club da mit reingezogen wurde.“
Ace sieht mich kopfschüttelnd an.
„Zerbrich dir nicht den Kopf. Wir haben die Sache geregelt und damit ist es gut. Glaube mir, Ghost. Aus Erfahrung weiß ich, dass es nahezu unmöglich ist, in die Köpfe unserer Ladys zu sehen. Frauen sind unberechenbar.“
Slide gesellt sich zu uns.
„Shadow ist fertig. Ich habe es geprüft, alles ist sauber. Wir können aufbrechen, wenn ihr so weit seid.“
Endlich mal eine gute Nachricht.
Tick hört Slides Worte.
„Bevor wir aufbrechen, werde ich noch mal mit Madison reden. Nur um sicher zu gehen, dass sie auch ja schweigt, wenn die Bullen bei ihr vor der Türe stehen.“
Ace und ich tauschen einen bedeutungsvollen Blick. Keinem von uns ist Ticks gesteigertes Interesse an Angels Freundin entgangen.
„Mach das, Bro.“
In Aces Stimme klingt pure Erheiterung mit.
Im Augenwinkel sehe ich Angel auf mich zukommen. Seit meiner Ankunft in Richland hatte ich noch keine Möglichkeit, mich mit meiner Lady zu unterhalten. Bis auf eine Umarmung zur Begrüßung blieb uns keine Zeit.
Ich brauche nur einen Blick, um festzustellen, dass sie völlig k.o. ist.
Der lange Tag, der Alkohol und die Aufregung fordern ihren Tribut. Als sie die Stufe herabsteigt und zu schwanken beginnt, eile ich fluchend zu ihr und ziehe sie an meine Seite.
„Hey Baby.“
„Hey Ghost.“
Ace geht auf Angel zu, legt ihr seine Hand auf die Schulter und drückt leicht zu.
„Du hast uns einen ganz schönen Schrecken eingejagt, Kleines.“
Angel sieht beschämt zu Boden, eine leichte Röte überzieht ihre Wangen.
„Ich weiß. Es tut mir leid.“
„Jeder von uns wäre bereit gewesen, dich zu begleiten und dir Rückendeckung zu geben. Du hättest nicht alleine fahren dürfen. Das war dumm und gefährlich.“

Eine Träne rinnt ihr aus dem Augenwinkel, Ace flucht leise, legt ihr zwei Finger unter das Kinn und zwingt sie so, seinen Blick zu erwidern.

„Ghost ist nicht der Einzige, der sich Sorgen um dich gemacht hat. Vergiss nicht, dass du eine Familie hast, die immer für dich da ist.“

Jetzt ist es endgültig um Angel geschehen. Schluchzend wirft sie sich in meine Arme, versteckt ihr tränenüberströmtes Gesicht an meinem Hals und weint so laut, dass sich mein Herz schmerzhaft zusammenzieht.

Das heftige Schluchzen lässt ihren Körper erbeben.

Ace streicht ihr ein letztes Mal über den Rücken, ehe er uns alleine lässt.

Slide und Tick teilen sich ebenfalls auf, organisieren unsere Abfahrt.

„*Schhhh...* Beruhig dich, Baby. Alles ist gut.“

Obwohl mich die Tatsache, dass Angel mir nicht genug vertraut hat, um mich zu bitten, sie nach Richland zu begleiten und zu schützen, vor Wut beinahe platzen lässt, versuche ich, meine Stimme ruhig klingen zu lassen. Keinem von uns ist geholfen, wenn ich Angel jetzt und hier eine Standpauke halte. Das hat Zeit bis wir zurück in Tacoma sind.

Schniefend hebt sie ihren Kopf und sieht mich unsicher an.

„Du bist also nicht schrecklich böse auf mich?“

Ich werde sie nicht anlügen.

„Doch.“

„Und trotzdem sagst du zu mir, dass alles gut ist?“

„Ja. Denn es ist alles gut. Und dass ich auf dich böse bin, ist nichts Ungewöhnliches. Also beruhig dich, damit wir endlich nachhause fahren können.“

Süchtig nach ihrer Nähe beuge ich mich zu ihr hinunter, vergrabe meine Nase in ihren Haaren und inhaliere ihren unverkennbaren Duft.

Dieses Mädchen wird eines Tages mein Untergang sein, doch das macht nichts, denn bis dahin ist sie meine Rettung.

Knapp zwanzig Minuten später ist - bis auf die Frage wie wir Noras Auto zurück nach Tacoma bringen sollen - alles geklärt. Angel ist körperlich viel zu erschöpft, um selbst zu fahren. Ganz davon abgesehen will ich sie die nächsten Stunden in meiner direkten Nähe wissen. Ich muss einfach ihre Wärme spüren, sonst verliere ich noch den Verstand.

Tick und Madison stehen Seite an Seite direkt neben meiner Harley.

Als mir der entrückte Gesichtsausdruck von Angels Freundin, ihre geschwollenen Lippen und ihre durcheinandergeratene Frisur auffallen, sehe ich Tick fragend an.

Dieser zwinkert mir nur zu und setzt sich ebenfalls auf sein Motorrad.

So wie es aussieht, hat der Sergeant-at-Arms unseres Clubs ernsthaftes Interesse an Madison. Die Zeit wird zeigen, wie sich die Sache zwischen den beiden entwickelt.

„Okay. Dann steht die Sache. Shadow fährt Noras Wagen und muss nächste Woche sein Bike holen.“

Unserem Prospect ist deutlich anzusehen, wie beschissen er diese Idee findet. Ich kann verstehen, dass er mit dieser Lösung nicht einverstanden ist, aber etwas anderes bleibt uns nun mal nicht übrig. Während unserer Diskussion telefoniert Skorpion mit Nora und teilt ihr mit, dass wir uns jetzt auf den Rückweg machen. Razzor sitzt rauchend auf seinem Sattel und wartet nur darauf, dass es endlich Richtung Heimat und somit Richtung Bett geht. Jedem meiner Brüder ist anzusehen, dass er hundemüde und total erledigt ist. Die Strecke nach Kanada und zurück steckt uns allen in den Knochen.

„Und was ist, wenn ich morgen das Auto nach Tacoma fahre und mich dann einfach einer von euch zurückbringt? Dann muss keiner von euch seine Harley hier stehen lassen.“

Ace sieht Madison überrascht an. Tick hebt ebenfalls seinen Kopf. Als seiner und Madisons Blicke sich treffen, beginnt Angels Freundin nervös ihre Finger zu kneten.

So nett ihr Angebot auch sein mag, ich schätze, dass es ihr darum geht, einen bestimmten Dead Rider möglichst bald wiederzusehen.

Ace spuckt neben seinem Stiefel auf den Boden.

„Du kennst die Strecke nach Tacoma? Du weißt, dass eine lange Fahrt auf dich wartet?“

Madison beantwortet die Frage unseres Präsidenten mit einem Nicken.

„Ja. Aber das macht nichts. Ich wollte schon lange mal sehen, wo Angel jetzt lebt.“

Ace scheint kurz nachzudenken.

„Abgemacht. Angel soll dir eine SMS mit der Adresse schreiben.“

Shadows finstere Miene hellt sich auf. Auch ohne dass Tick etwas gesagt hat, weiß ich jetzt schon, dass er die Aufgabe übernehmen und Madison in ein paar Tagen zurück nach Richland fahren wird.

Im Grunde genommen spielt uns das alles in die Hände. Denn solange Madison bei uns ist, kann sie nicht von den Bullen verhört werden.

Bevor Angel auf mein Bike steigt, verabschiedet sie sich mit einer Umarmung von ihrer Freundin.

„Danke für alles, Süße. Ich freue mich, dass du morgen zu mir kommst.“

„Ja, es wird mir auch mal guttun, hier rauszukommen. Wir sehen uns morgen.“

Madison sieht noch mal zu Tick, ehe sie Angel loslässt und sich von ihr die Autoschlüssel geben lässt.

Endlich sind wir alle bereit. Das Bollern der Motoren dröhnt durch die Straße, ich kann es kaum erwarten, endlich von hier abzuhauen.

Auch wenn Taylor ein brutales Arschloch war, hat mir der Trip hierher gezeigt, was ich Angel niemals bieten kann.

Dieser Anwalt hat ihr ein Haus mit einem Garten gekauft und ihr ein Leben geboten, das sich zu 100% von dem unterscheidet, was ich ihr geben kann.

Ich kann nur hoffen, dass sich mein Mädchen niemals nach diesem Vorstadtleben sehnt, sonst habe ich ein echtes Problem. Heirat, Kinder, Ringe und ein weißes Kleid sind kein Problem, aber bei dem Rest muss ich passen.

Nachdem ich Angel einen langen Kuss auf den Mund gepresst und ihr meinen Helm angezogen habe, schwinge ich mich auf mein Motorrad und warte, dass sich meine Lady hinter mich setzt.

Als sie ihre Arme um meine Mitte geschlungen hat, gebe ich Gas und nehme meinen Platz in dem Korso ein.

Als Back Marker bildet Shadow unser Schlusslicht.

Im Osten vertreiben bereits die ersten Sonnenstrahlen die Dunkelheit der Nacht.

Meile für Meile fressen die Reifen meiner Harley die Strecke, bis auf einen kurzen Zwischenstopp an einer Tankstelle in Ellensburg halten wir nicht an.

Als wir knapp vier Stunden später das Ortsschild von Tacoma passieren, brennen meine Schultern höllisch, mein Rücken ist steif und ein heftiger Krampf zuckt durch meinen rechten Schenkel. Die vergangenen 24 Stunden waren wirklich beschissen anstrengend.

Das Gelände ist wie leergefegt.

Aufgrund der Uhrzeit ist es kein Wunder, dass unser Begrüßungskomitee ausfällt.

Spider, der zum Schutz der Ladys von Kanada aus direkt zum Club gefahren ist, kommt uns als Einziger entgegen.

„Hi, Bro. Alles ruhig?“

„Aye, hier war alles cool.“

Angel ist so erschöpft, dass Spider ihr beim Absteigen hilft.

Kaum dass ihre Füße den Boden berühren, zieht er sie in eine kurze Umarmung. Unter anderen Bedingungen würde mich das stören, so aber ist es okay.

„Fuck, Kleines. Das war ja mal ne richtig beschissene Idee!“

Ihr müdes „Ja, ich weiß“, ist alles, was sie kräftetechnisch noch zustande bekommt.

In der Sekunde, in der Spider seine Hände von ihr nimmt, ziehe ich sie besitzergreifend an mich und führe sie in den Club.

„Komm schon, Baby. Ich bring dich ins Bett."

Als sie nach ein paar Stufen seufzend stehen bleibt, hebe ich sie kurzerhand hoch und trage sie bis zu unserer Wohnung.

Das Letzte, was ich gebrauchen kann, ist, dass sie stürzt und sich dabei verletzt.

Nachdem ich die Türe mit einem Tritt hinter uns geschlossen habe, bringe ich meine Lady direkt ins Bett.

Obwohl wir dringend duschen müssten, schaffe ich es gerade noch, uns beiden die Schuhe von den Füßen zu streifen, sie in meine Arme zu ziehen und mich an ihren Rücken zu pressen, ehe ich innerhalb von Sekunden einschlafe.

Holy Fuck! Ich glaube, ich war noch nie so erschöpft wie in diesem Moment.

Der letzte Gedanke, der mir durch den Kopf schießt, gefällt mir außerordentlich gut – Angel ist seit mehreren Stunden nicht mehr die Ehefrau eines anderen Mannes, sondern Witwe. Sie ist endlich frei. Jetzt hat sie keinen Grund mehr, sich gegen mein Leder zu sträuben.

20. Kapitel

Angel

Mir ist heiß, schrecklich heiß. Aus irgendeinem Grund kann ich mich nicht bewegen. Es liegt etwas hartes Schweres auf mir, das mich beinahe zu erdrücken droht. Eine instinktive Panik breitet sich in mir aus, ich reiße die Augen auf und werde von den viel zu grellen Sonnenstrahlen, die durch das Fenster hereinscheinen, geblendet.

Gerade als ich laut schreien will, bewegt sich das Gewicht, das mich tief in die Matratze drückt. Ghosts Bartstoppeln kratzen über die empfindliche Haut hinter meinem Ohr, sein Atem streift über meinen Hals.

Tief durchatmend inhaliere ich seinen vertrauten Geruch. Die Welle der Angst, dic mich überrollen wollte, löst sich in Luft auf.

„Morgen, mein Engel."

Seine raue, heisere Stimme klingt verführerisch. Als er bemerkt, dass er mich beinahe zerdrückt, rollt er von mir herunter und lockert seine Arme etwas, so dass ich wieder etwas mehr Bewegungsfreiraum habe. Erst jetzt bemerke ich, dass wir uns beim ins Bett gehen nicht mal die Mühe gemacht haben, uns auszuziehen.

Tausende Erinnerungen stürmen auf mich ein. Plötzlich schlägt die Erkenntnis, dass Taylor mir nie wieder etwas antun kann, wie eine Bombe ein - ich bin nicht länger verheiratet.

Als ich nach Richland aufgebrochen bin, habe ich nicht geahnt, dass meine Aktion solche Auswirkungen haben würde.

Nachdenklich sehe ich meinen Geist an. Seine Iris ist voller Farbe. Seine Augen sind wunderschön. Stürmisch und graublau wie der Ozean. Von der Liebe, die ich für ihn empfinde, überwältigt, umfasse ich sein Gesicht, ziehe ihn zu mir heran und küsse ihn erst sanft dann immer leidenschaftlicher.

Dieser Mann ist alles, was ich will und allcs, was ich jemals brauchen werde.

Das Wissen, dass er nicht gezögert hat und sich aus Sorge um mich sofort von Kanada nach Richland aufgemacht hat, verstärkt meine Gefühle für ihn noch. Wenn Ghost mir nicht Tick und Shadow hinterhergeschickt hätte, weiß ich nicht, was passiert wäre. Die beiden haben Madison und mich gerettet. Keine Ahnung, wie weit Taylor noch gegangen wäre – wahrscheinlich zu weit....

Tränen bilden sich in meinen Augenwinkeln. Wenn mich jetzt jemand fragen würde, warum ich weine, ich könnte ihm keine Antwort geben.

Das Emotionschaos in meinem Inneren ist so groß, dass ich nicht damit klarkomme.

Es gibt Momente im Leben, in denen man einfach von seinen Gefühlen überrollt wird.

Einerseits bin ich mega glücklich, aber andererseits?

Wieder wurde ein Mensch getötet, wieder haben die Dead Riders eine Leiche verschwinden lassen. Wird das zur Gewohnheit? Ich hoffe nicht!

Der Tod gehört zum Leben, er ist unausweichlich. Trotzdem hoffe ich, dass er jetzt aus meinem Leben verschwindet. Mein Bedarf an Leichen ist für die nächsten Jahrzehnte gedeckt. Entschlossen, diesen Tag als einen absoluten Neuanfang zu sehen, verdränge ich all die verwirrenden Gedanken, konzentriere mich nicht mehr auf meinen Kopf, sondern auf mein Herz.

„Guten Morgen, mein Rocker. Hast du gut geschlafen?“

Ghost gibt ein mürrisches Brummen von sich.

„Schlafen? Du hast deinen Arsch die letzten Stunden an meinen Schwanz gepresst. Du solltest mich für heilig erklären lassen, weil es mir gelungen ist, dich schlafen zu lassen, anstatt mich bis zum Anschlag in deine enge, süße Pussy zu schieben.“

Lachend presse ich meinen Mund erneut auf den seinen, ehe ich meine Hand an seinem Pullover nach unten und in seine Hose gleiten lasse.

Ghost hat nicht gelogen. Sein Penis ist dick und hart und mehr als bereit endlich loszulegen.

„Ach, und was ist, wenn ich viel lieber von ihm hier hätte aufgeweckt werden wollen?“

Ich streiche mit dem Daumen über seine Eichel und verteile die cremigen Tropfen, die sich darauf gebildet haben.

Ghosts Nasenflügel blähen sich, ich spüre, wie seine Erektion ungeduldig zwischen meinen Fingern zu zucken beginnt.

„Shit, Baby! Du willst ihn? Du kriegst ihn! Ich werde dich jetzt so lange ficken, bis du nicht mehr in der Lage bist, dieses Bett zu verlassen und dich in Gefahr zu bringen.“

Mein Ghost, der König der Rockerromantik....

Seine rechte Hand umfasst mein Handgelenk. Zwei Sekunden später hat er sie aus seiner Hose gezogen, steigt aus dem Bett und beginnt damit sich auszuziehen.

Wie so oft in den letzten Monaten genieße ich die Show. Das sexy Spiel seiner Muskeln in Kombination mit den vielen Tattoos und Narben, die seinen Körper zu einem einzigartigen Kunstwerk machen. Von diesem Anblick werde ich nie, nie, niemals genug bekommen.

Kaum dass er sich seiner Kleidung entledigt hat, steht er groß und kraftvoll vor mir. Sein Glied ist so hart und dick, dass es sich zu seinem Bauchnabel nach oben wölbt.

Zufrieden lecke ich mir mit der Zunge über die Unterlippe, robbe an den Rand der Matratze, umfasse mit der rechten Hand seinen prachtvollen Penis und ziehe ihn näher zu mir ran. Die Muskeln in seinen Oberschenkeln zucken unkontrolliert, Ghost gibt ein lautes Grunzen von sich.

„Oh Baby! Ich weiß nicht, ob das eine gute Idee ist. Ich kann jetzt wirklich nicht sanft sein."

Trotz seiner Worte legt er mir seine große Handfläche auf den Hinterkopf und dirigiert mein Gesicht näher zu seinem Unterleib. Sein köstlicher Geruch steigt mir in die Nase, lässt mir das Wasser im Mund zusammenlaufen. Hungrig lasse ich meine Zunge vorschnellen und lecke über den kleinen Schlitz an der prall geschwollenen Spitze. Ghosts herber Geschmack explodiert in meinem Mund – ich will mehr.

Um ihn zu necken, sauge ich erst an seiner Eichel, ehe ich ihn sanft meine Zähne spüren lasse. Stöhnend vergräbt er seine Finger in meinen Haaren, zieht mich unnachgiebig zu

sich. Mir bleibt nichts anderes übrig, als meinen Mund komplett für ihn zu öffnen und seinen Schwanz tief und tiefer in meiner Kehle aufzunehmen. Er reibt sich an meinem Gaumen, liegt dick und schwer auf meiner Unterlippe.

„Yes, Baby."

Ich zwinge mich dazu locker zu bleiben, meine Atmung stockt und ich lasse zu, dass er sich auch die letzten Zentimeter in meinen Hals schiebt.

Ghosts krause Schamhaare reiben über mein Kinn, ich spüre die weiche Haut seines Bauches an meiner Nasenspitze.

Er spürt, dass ich mich etwas zurückziehen will, festigt seinen Griff und hält mich so in Position.

„Na, na, na, Kleines. Ich will, dass du schluckst. Saug ihn tiefer in dich. Saug, so fest du kannst."

Ich tue, was er mir befiehlt. Während ich mich mit der rechten Hand an seinem Bein abstütze, umfasse ich mit der linken seine Hoden. Kraulend und massierend ziehe ich sie in die Länge, streiche über seinen Damm und verwöhne ihn, so gut ich kann.

Erneut erfüllt der Geschmack seines Spermas meinen Mundfv.

Mit einem kraftvollen Ruck stößt er sich in meinen Hals. Ich unterdrücke den Würgereiz und sauge erleichtert frische Luft in meine Lunge, als er sich ein paar Sekunden später etwas zurückzieht.

Ghost verfällt in einen langsamen und tiefen Rhythmus.

Speichel rinnt mir über das Kinn. Er zieht mich an den Haaren, dirigiert mich immer wieder vor und zurück und verliert sich völlig in seiner Lust.

„Ja, Baby, lass dich von mir in den Mund ficken, so dass du meinen Geschmack nie wieder vergessen wirst.“

Sein Dirty Talk stachelt mich an. Immer schneller und schneller wippe ich vor und zurück. An Ghosts Atem erkenne ich, dass er kurz davor ist abzuspritzen. Gerade als ich mich darauf vorbereite, seinen Samen zu schlucken, zieht er meinen Kopf zurück und reibt mit seinem Penis über meine weit offenstehenden Lippen.

„So geil dieser Blow Job auch sein mag, aber jetzt will ich in deine enge Muschi.“

Ghost umfasst meine Schulter, drückt mich rücklings aufs Bett und beginnt damit, mich auszuziehen. Erst als ich nackt, zutiefst erregt und mit leicht gespreizten Beinen vor ihm liege, kommt er zu mir zurück ins Bett.

Seufzend fahre ich mit meiner Nase an seinem Hals entlang und knabbere an seinem Ohrläppchen. Es spielt keine Rolle, dass wir schon unzählige Male Sex hatten. Jedes Mal, wenn ich mich diesem Rocker hingebe, ist es wie eine emotionale Achterbahnfahrt. Von meinem Geist werde ich niemals genug haben...

Selbst nach dem Chaos von gestern kann ich in seiner Nähe an nichts anderes denken, als daran, ihn tief und hart in mir zu spüren.

Ich bin süchtig nach dem unbezahlbaren Gefühl der Geborgenheit, das ich immer dann verspüre, wenn Ghost mich in seine Arme nimmt und seine Lippen auf die meinen legt.

Seine rauen Hände streichen erkundend über meine Schultern, hinab zu meinem Armen, über meine Taille bis zu meinen Oberschenkeln.

Federleicht lässt Ghost seine Fingerspitzen über meinen Venushügel gleiten. Automatisch spreize ich meine Beine etwas weiter, gewähre ihm so besseren Zugang zu meinen empfindlichen Falten.

Viel zu zärtlich streicht er über meinen Kitzler, teilt mit seinen Fingern meine Schamlippen und dringt mit seinem Mittelfinger tief in mich ein.

Ohhhh Gottt jaaaaaa....

Mein leises Stöhnen durchbricht die Stille, hilflos suche ich seinen Blick. Sämtliche Farbe ist aus seiner Iris gewichen, ich ertrinke in den farblosen Tiefen seiner Augen.

Tief in meinem Inneren spüre ich, dass sich seit letzter Nacht etwas in ihm verändert hat, dass seine Besitzgier seit Taylors Tod um einiges stärker geworden ist.

Endlich bin ich frei und kann mich meinem Dead Rider ohne den bitteren Beigeschmack des Ehebruchs hingeben.

Am ganzen Leib erzitternd schließe ich die Augen. Ghosts weiche Lippen streifen über mein Schlüsselbein bis hinauf zu meinen Lippen.

Immer wieder umkreist er mit seinen Fingern geschickt meine Klitoris, heiße Blitze zucken durch meinen Unterleib.

Wild, keuchend und von einem unstillbaren Hunger getrieben erwidere ich seinen leidenschaftlichen Zungenkuss.

Erst als ich mich atemlos von ihm löse, richtet er sich zu seiner vollen Größe auf und sieht gebannt zu mir herab.

Seine harten Muskeln, die sich unter seiner braunen Haut abzeichnen, sorgen dafür, dass es zwischen meinen Schenkeln noch etwas feuchter wird.

Ich will diesen Mann auf mir spüren, Haut an Haut. Ich sehne mich danach, von ihm gepackt und bis zur absoluten Erschöpfung gefickt zu werden.

„Oh, Baby....“

Ungeduldig strecke ich meine Hände nach ihm aus und streiche über die Rillen seines Sickpacks. Ein paar Herzschläge lang lässt er mich gewähren, ehe er meine Hände einfängt und über mir in das Kopfkissen presst.

„Stopp, Angel. Wenn du so weitermachst, verliere ich die Kontrolle. Und dieses Mal will ich das nicht, dieses Mal soll etwas ganz Besonderes werden.“

Noch bevor ich etwas erwidern kann, saugt er meine linke Brustwarze zwischen seine Zähne, liebkost sie mit seiner Zungenspitze und beißt sachte zu.

Bittersüßer Lustschmerz rast wie flüssige Lava durch meine Adern.

Dick und schwer presst sich sein Schwanz an die Innenseite meines Schenkels. Ich kann es kaum erwarten, ihn endlich bis zum Anschlag in mir aufzunehmen.

Ghost packt mich an der Hüfte und zieht mich noch näher zu sich heran.

Unsere Münder treffen sich erneut, von meinen Küssen scheint er nie genug zu bekommen. Feucht und wild duellieren sich unsere Zungen, saugen und fordern immer mehr von dem anderen.

Kaum dass er meine Hände wieder frei gegeben hat, umfasse ich gierig sein hartes Glied und massiere es pumpend.

Ghosts Körper wird stahlhart. Seine angespannten Oberarme und das deutliche Zucken seiner Wangenmuskulatur verraten mir, dass sich seine letzte Selbstbeherrschung gerade in Luft auflöst. Es wird nicht mehr lange dauern bis er mir endlich gibt, was ich so sehr brauche.

Um ihn noch etwas mehr zu reizen, führe ich seinen Penis an meine Öffnung und reibe meine feuchte Mitte an seiner Härte.

„Arhhhhh Baby..."
Mein Puls donnert mir durch die Nervenbahnen und meinem Verstand sind längst die Sicherungen durchgebrannt.
„... du bist meine Rettung und zugleich mein Untergang!"
Wild knurrend vergräbt er seine Hände in meinen Haaren, packt meinen Kopf und schiebt seine Zunge tief in meinen Hals.
Erst als ich beinahe wahnsinnig werde, beendet er unseren Kuss. Quälend langsam lässt er seine Finger wieder zwischen meine Beine und durch meine geschwollenen Schamlippen gleiten. Er umkreist meinen Kitzler, zupft leicht an ihm und entlockt mir so einen lauten Schrei.
Zutiefst erregt presse ich mich seiner Hand entgegen. Mein Schoß beginnt zu pulsieren und meine Pussy wird immer feuchter.
Wenn er sich nicht bald in mich rammt, verliere ich noch den Verstand.
Mich an ihm windend vergrabe ich meine Fingernägel in seinen Schultern und hinterlasse rote Striemen auf seiner Haut.
Erneut widmet er sich meinen empfindlichen Brustwarzen.
„Die hier", seine große Hand legt sich besitzergreifend auf meine Scheide, „gehört für den Rest meines Lebens nur mir! Und ich werde jeden Mann, der sich dir nähert, ohne zu zögern umbringen. Du hättest gestern schwer verletzt werden können. Tu so etwas nie wieder. Ich war kurz davor, vor Sorge um dich durchzudrehen!"
Ich kenne Ghost gut genug, um zu wissen, dass das keine leeren Worte sind.
Von meiner Liebe zu diesem Rocker überwältigt, ziehe ihn zu mir herunter und küsse ihn stürmisch. Mit jedem Atemzug, jedem Herzschlag und jedem geteilten Kuss wird unsere Bindung stärker.
Er und ich – für immer!
„Nimm mich, Ghost. Bitte."
Am ganzen Körper zitternd warte ich darauf, dass er mich endlich ausfüllt und das schmerzliche Gefühl der Leere vertreibt.
Atemlos beobachte ich Ghost dabei, wie er seinen Blick über meine durchnässte Spalte gleiten lässt. Mit einem kraftvollen Ruck öffnet er meine Schenkel etwas weiter, so dass ihm nichts von mir verborgen bleibt.
Seufzend presse ich mich seinen Fingern entgegen.
Schweißperlen bilden sich in meinem Nacken. Er dringt immer tiefer in mich ein. Wimmernd winde ich mich unter ihm, nehme alles und fordere noch mehr.
Knurrend beugt er sich über mich, seine Zunge umkreist meinen Nippel, ehe er ihn langsam zwischen seine Zähne nimmt.
„Sieh mich an, mein Engel."

Rhythmisch stößt er immer tiefer vor, massiert meine inneren Scheidenwände, krümmt tief in mir seine Finger und schickt mich beinahe über die Klippe.
Zuckend zieht sich mein Unterleib zusammen, meine Zehenspitzen krümmen sich, jeder noch so kleine Muskel meines Körpers ist angespannt.
Der Druck wird immer stärker, es fühlt sich so an, als würde ich gleich in tausend kleine Stücke zerspringen.
Ich sehe meinem Geist ein letztes Mal in die Augen, ehe ich von einem gigantischen Orgasmus hinfortgerissen werde.
„Aaahhhhh....“
Sprühende Funken setzen meine Nervenbahnen in Flammen. Ich verliere den Bezug zur Realität, es fühlt sich an, als würde ich schweben. Meine Scheide zieht sich krampfend um seine Finger zusammen, entlockt Ghost ein dunkles Knurren.
Dieser Rocker lässt meine Synapsen durchbrennen und bringt das Blut in meinen Adern zum Kochen.
„Fuck, Baby, ich liebe es, dir dabei zuzusehen, wie du für mich kommst.“
Das dunkle Timbre seiner Stimme dringt wie durch einen dichten Nebel zu mir durch.
Kraftlos versuche ich meinen Arm zu bewegen, ich will ihn berühren, doch mein Körper gehorcht mir nicht. Er gehört nicht mehr mir, er gehört Ghost.
Endlich kniet er sich zwischen meine Beine, stöhnt laut und leckt mit seiner rauen Zunge über meine geschwollene Mitte.
Ghost leckt mich, beißt sachte in meine Perle und bläst über mein empfindliches Fleisch.
Bei Gott!
Wenn er so weitermacht, überrollt mich gleich der nächste Höhepunkt.
Bevor er seine Zunge tief in meine Muschi schiebt, saugt er sich an meinem Kitzler fest.
„Deine saftige kleine Pussy ist das Beste, was ich jemals gekostet habe.“
Ghost verwöhnt mich so lange, bis ich erneut an der Schwelle des Erträglichen stehe.
Ich bin so kurz davor erneut zu kommen, dass ich beinahe in Tränen ausbreche, als er sein Zungenspiel plötzlich unterbricht.
„Bitte.... Ghost. Bitte....“
Langsam legt er sich auf mich, bedeckt meinen kleinen Körper mit seinem viel größeren. Das Gefühl seiner Haut, die über die meine streicht, lässt mich erschaudern.

Seine dicke Eichel gleitet durch meine pulsierende Mitte, ehe sie sich in mich schiebt.
„Nicht spielen – ficken! Jetzt.“
Ghost lacht über meine Ungeduld.
Stöhnend halte ich mich an ihm fest, kralle meine Nägel in seinen Rücken und presse meinen Unterleib seinem harten Schwanz entgegen.
Zentimeter für Zentimeter gleitet er tiefer in mich. Das Gefühl der Dehnung ist absolut unbeschreiblich.
Unsere Körper verschmelzen miteinander, werden zu einem und verbinden sich auf ewig.
„Du willst es hart?“
Gerade als ich ihm darauf antworten will, rammt er sich mit einem kraftvollen Stoß bis zur Wurzel in mich.
Mein lauter Schrei hallt von den Wänden wieder.
Ghosts Stöße werden immer härter, er vergräbt sich so tief in mir, dass ein angenehmer Schmerz entsteht. Er nimmt mich gnadenlos. Benutzt all seine Kraft und gibt mir so, was ich brauche.
„Ja, das ist es, Baby.“
Er verändert den Winkel, mit dem er ich mich eindringt, und trifft so bei jedem tiefen Vorstoß auf meinen G-Punkt.
Erst versuche ich, ihm etwas auszuweichen, nur um mich ihm dann doch wieder entgegenzupressen.
„Mehr. Gib mir mehr. Gib mir alles.“
Unter halb gesenkten Liedern beobachtet er jede meiner Regungen.
Seine Finger legen sich um meine Kehle, drücken leicht zu.
Die Sehnen an seinem Hals treten deutlich hervor, ich kann ihm ansehen, dass er noch immer versucht, sich zu beherrschen.
Bestimmend nimmt er mich mit jedem erneuten Eindringen etwas mehr in Besitz.
Ein Zucken geht durch seinen Körper.
Ghosts Bauch wird steinhart und sein dunkles Stöhnen verwandelt sich in ein animalisches Brüllen.
Der über ihn hereinbrechende Orgasmus reißt mich mit sich.
Meine Lippen öffnen sich zu einem lauten Schrei, doch heraus kommt nur ein leises Wimmern. Das Letzte, was ich mitbekomme, bevor ich mich erneut im meiner Lust verliere und innerlich in tausend kleine Teile zerspringe, ist das Pulsieren seines Gliedes und das heiße Sperma, das Ghost tief in mich spritzt.
Atemlos, erschöpft und zutiefst befriedigt, schlinge ich Ghost meine Beine um die Taille und seufze zufrieden auf, als er sich ein letztes Mal tief in mich schiebt. So bleiben wir, keiner von uns bewegt sich. Ich liebe diesen Moment. Wenn der Druck sich langsam abbaut, die Endorphine

wie winzig kleine Fische durch meinen Kreislauf schwimmen und wir uns so nah wie nur irgend möglich sind. Physisch und psychisch sind wir eins.

Mit seinem Geschmack auf den Lippen und in seinem Blick gefangen, seufze ich leise.

„Ich liebe dich, Ghost."

Meine gewisperten Worte schweben wie Nebel in der Luft.

In Ghosts Augen wütet ein wilder Sturm, ein Tornado, in dessen Zentrum ich für den Rest meines Lebens glücklich sein werde.

„Ich liebe dich, mein Engel."

Für eine kleine Ewigkeit verharren wir bewegungslos in dieser Position, ehe Ghost sich langsam aus mir zurückzieht und sich neben mich auf den Rücken rollen lässt.

Sein Arm schlingt sich um meine Taille, er zieht mich zu sich, so dass ich halb auf seinem Brustkorb liege.

„Am liebsten würde ich den ganzen Tag mit dir in diesem Bett bleiben. Ich will, dass die Erde für heute aufhört sich zu drehen und dass die Zeit stillsteht."

„Hmmmm, das wäre schön."

Federleicht zeichne ich mit meiner Fingerspitze unsichtbare Herzen auf seinen Bauch. Ziehe Kreise um seinen Nabel und bewundere seinen noch immer halb erigierten Penis.

Mehr als glücklich sehe ich meinem Geist in die Augen.

„Also, was ist? Erfüllst du mir meinen Wunsch?"

Seine Mundwinkel zucken.

„Sorry, Baby, aber nicht ein mal ein Dead Rider ist in der Lage, die Zeit anzuhalten."

Ich verziehe meine Lippen zu einem Schmollmund.

„Und was können Dead Riders dann? Ich meine, außer ihre Harleys polieren und wild um sich schießen?"

Ghost streicht mir sanft über den Kopf, haucht mir einen nassen Kuss auf die Stirn und schließt zufrieden seine Augen.

„Oh, Angel ..."

Sein Atem wird gleichmäßig, eine knappe Minute später ist er wieder eingeschlafen.

Ich ziehe die Bettdecke über uns, streiche mit meinen Fingern über seine schwarzen Bartstoppeln und lasse meinen Gedanken ihren Lauf.

Ist es grotesk, dass ich einen Tag, nachdem mein Ehemann erschossen worden ist, im Bett eines anderen Mannes liege und so wahnsinnig glücklich bin, dass ich es nicht in Worte fassen kann?

Völlig egal, was das Schicksal für Ghost und mich bereithält, zusammen werden wir es schaffen. Wenn ich eines gelernt habe, dann, dass dieser Rider und ich mit absolut allem fertig werden können. Gestern ist mir eines erst so richtig klar geworden:

In Richland habe ich mich nie wirklich zuhause gefühlt. Aber als wir im Morgengrauen endlich wieder in Tacoma angekommen sind und das Tor zum Clubgelände passiert haben, hat es sich wie Heimkommen angefühlt.

Dieser MC ist jetzt mein Leben, und ich werde nie wieder so dumm sein und seine Mitglieder in Gefahr bringen.

Als Ghost anfängt zu schnarchen und ich immer unruhiger werde, löse ich mich von ihm und steige aus dem Bett.

Nach einer heißen Dusche ziehe ich mich an und gehe runter in den Club.

Skorpion ist der Erste, dem ich über den Weg laufe. Als er mich alleine sieht, zieht er fragend seine Augenbrauen nach oben.

„Wo ist dein Kerl?“

„Der schläft noch.“

„Ahhh... Ja, das sollte er auch, solange ihr noch keine Kinder habt. Wenn erst mal der Nachwuchs da ist, hat sich das mit dem Schlafen erledigt.“

Das klingt so, als ob er sich sicher wäre, dass Ghost und ich irgendwann mal eigene Kinder haben werden.

„Oh. Wir haben es nicht eilig. Genau genommen haben wir bisher nicht über unsere Familienplanung geredet. Sie ist quasi nicht existent.“

Skorpions Blick ruht auf mir, er scheint wohl herausfinden zu wollen wie ich das finde.

Plötzlich hypernervös beginne ich sinnlos vor mich hin zu plappern.

„Aber glaube mir, das ist auch gut so. Na ja, weil Kinder machen echt viel Arbeit. Aber das muss ich dir ja nicht sagen, schließlich ist deine Lady gerade mit Kind Nummer vier schwanger. So viele kleine Skorpione....“

Ich wedle kichernd mit der Hand vor meinem Gesicht herum.

„... ich glaube nicht, dass Ghost überhaupt Vater werden will. Und es ist echt fraglich, ob ich eine gute Mutter wäre. Aber das ist ja auch völlig egal, weil wir ja, wie gesagt, noch nicht über Babys und so weiter geredet haben. Kinder gehören nicht in unsere Planung. Zumindest denke ich das, oder? Ach, keine Ahnung. Ist ja auch nicht wichtig.“

Skorpion, der mich mittlerweile nachsichtig dabei beobachtet, wie ich mich völlig zum Affen mache, wartet, bis ich eine kurze Redepause einlege, ehe er sich wieder zu Wort meldet.

„Du und Ghost, ihr habt alle Zeit der Welt, Angel. Und falls dich meine Meinung interessiert, ich denke, du wärst eine fabelhafte Mutter. Ich habe dich beobachtet, während du auf meine Jungs aufgepasst hast, und das hast du toll hinbekommen. Lass dir Zeit, Kleines. Überleg dir, was du willst und sprich mit deinem Mann darüber. Ghost liebt dich. Wahrscheinlich bis du der einzige Mensch, der jemals zu ihm durchgedrungen ist. Wenn du Kinder haben willst, dann wird er dir welche machen und alles tun, um ein guter Vater zu sein."

Wow – meint er das ernst?

All die Worte, die gerade wie in einem Topf mit zu viel Buchstabensuppe durch meinen Kopf geschwappt sind, sind schlagartig verschwunden.

„Glaubst du wirklich, dass ich eine gute Mutter wäre?"

Noch bevor ich mir sicher bin, ob ich diese Frage laut aussprechen will, habe ich es auch schon getan.

„Natürlich, Angel."

Impulsiv wie ich bin, schlinge ich dem furchteinflößendsten aller Dead Riders die Arme um den Hals und hauche ihm ein *„danke"* ins Ohr.

Skorpion reibt mir über den Rücken und hält mich einen Moment lang fest.

Als ich mich ein paar Atemzüge später wieder von ihm löse, ist mir mein Gefühlsausbruch ziemlich peinlich.

Amy, die samt Kinderwagen in das Clubhaus kommt, rettet mich, indem sie, kaum dass sie mich sieht, anfängt zu schimpfen.

„Verdammt, Angel! Was zur Hölle hast du dir nur dabei gedacht, alleine zu diesem Arschloch zu fahren?"

Ganz offensichtlich erwartet sie keine Antwort von mir, denn sie redet einfach weiter.

„Dieser Drecksack hätte dir weiß Gott was antun können. Und dann wäre Ellen ausgeflippt, hätte sich bis an die Zähne bewaffnet und wäre zu einer nicht mehr aufzuhaltenden Rachefee mutiert."

Als sie bei mir ankommt, boxt sie mir erst gegen die Schulter, ehe sie mich in eine freundschaftliche Umarmung zieht. Die First Lady des Motorcycle-Clubs ist mir im letzten halben Jahr zu einer treuen Freundin geworden. Ich kann verstehen, dass sie wütend auf mich ist, im Nachhinein sehe ich ja selber ein, dass meine Idee scheiße war.

Skorpion lässt uns alleine, doch das rettet mich nicht wirklich, denn jetzt kommen auch noch Abigail und Nicki auf uns zu.

Nachdem mich alle mit dutzenden von Vorwürfen bombardiert haben, halte ich nur noch mit Mühe und Not meine Tränen zurück. Sophie, Amys kleine Tochter, beginnt zu jammern. Ohne lange zu überlegen hebe ich sie aus dem Kinderwagen und nehme sie in die Arme. Tief einatmend inhaliere ich ihren süßen Babygeruch.

Nicki, die bemerkt, dass ich gerade völlig durch den Wind bin, sieht mich voller Mitgefühl an.

„Jetzt, wo wir dich alle rundgemacht haben - erzählst du uns, was passiert ist?“

Nicht bereit, Sophie zurück in den Wagen zu legen, gehe ich zusammen mit meinen Freundinnen raus in den Hof.

Der kleine, warme Körper des Babys beruhigt mich.

Vielleicht hat Skorpion ja doch recht und ich werde eines Tages eine gute Mutter sein.

Mit dem Zeigefinger über die samtweiche Wange von Amys bildhübscher Tochter streichend lasse ich meinen Blick über den Hof wandern und entdecke Shadow im Wachhäuschen neben dem Tor.

Sophie greift nach meinem Finger und schließt ihre Hand darum.

Mimi, eine der netteren Clubschlampen, bringt uns unaufgefordert ein Tablett, voll beladen mit dampfenden Kaffeetassen und einem Teller voller Kekse.

Abigail, die sich in den Stuhl mir gegenüber gesetzt hat, sieht mich ungeduldig an.

Da mir klar ist, dass mich die drei erst in Ruhe lassen werden, wenn ich ihnen alles erzählt habe, hole ich tief Luft und fange an der Stelle an zu erzählen, an die ich eigentlich gar nicht mehr denken will. Nämlich an den Moment, in dem ich Nora angelogen und mit ihrem Auto vom Hof gefahren bin....

21. Kapitel

Ghost

Mir brummt der Schädel, Angel hat sich lange vor mir aus dem Bett geschlichen und Ace ist wütend, weil ich die Besprechung zur Hälfte verschlafen habe.

Seit zehn Minuten weiß ich, dass sich Razzor und Skorpion um den Frachter kümmern, mit dem wir in vier Tagen die Waffen und die Munition aus Kanada holen.

Da sich unerwarteter Besuch aus Pleasant Hill, einer kleinen Stadt nicht weit von Springfield, angekündigt hat, wird heute Nacht eine fette Party steigen. Der Motorcycle-Club Crazy Devils ist seit Jahren mit den Dead Riders befreundet. Die Devils sind ein wilder Haufen, bei denen es immer etwas verrückt zugeht. Sam, der Präsident des Clubs, ist ein guter Kämpfer, ein fähiger Anführer und ein gefürchteter Rocker. Von hier bis Nevada gibt es keinen Cop, der bei seinem Namen nicht sofort den Schwanz einzieht.

Keine Ahnung, warum Sam und seine Männer den langen Weg von knapp 300 Meilen auf sich genommen haben, aber es wird bestimmt einen Grund geben. Jetzt, wo die Scheiße mit den Chinesen, den Russen und Taylor endlich ausgestanden ist, hoffe ich, dass uns da nicht neuer Ärger ins Haus steht. Das Letzte, worauf ich Lust habe, ist, mir aus reiner Brüderlichkeit den Devils gegenüber eine Kugel einzufangen.

Im Grunde genommen kann ich Slide nur zustimmen. Etwas Ruhe und Frieden wären wirklich nicht zu verachten.

Das Einzige, worum ich mich die nächsten Tage und Wochen kümmern will, ist Angels süße Pussy und darum, dass sie endlich mein Leder trägt und offiziell zu meiner Old Lady wird.

„Ghost....“, Ace reißt mich aus meinen Überlegungen, „...schick eine der Bitches einkaufen. Und sorg dafür, dass die Gästezimmer im ersten Stock hergerichtet werden. So wie ich Sam verstanden habe, bleiben die Devils bis morgen...“ Gerade als ich denke, dass er sich nun einem meiner Brüder zuwendet, kneift er die Augen zusammen und schüttelt fluchend den Kopf.

„Ach, und Ghost - pass auf Angel auf. Die Crazy Devils sind unsere Freunde, dennoch kenne ich sie gut genug, um zu wissen, dass wir während ihrer Anwesenheit gut auf unsere Ladys aufpassen müssen. Angel trägt kein Leder, das könnte ihr zum Verhängnis werden. Dasselbe gilt für ihre Freundin Madison. Diese Frau gehört nicht zum Club und kennt somit auch nicht unsere Regeln... “

Ich kenne Sam und weiß daher, dass Ace recht hat. Am besten sperre ich mein Mädchen heute Nacht in unser Apartment ein, oder noch besser, ich fessle sie gleich ans Bett. Was Madison angeht, bin ich mir ziemlich sicher, dass Tick sich, sobald sie das Tor passiert, um Angels Nachbarin kümmern wird.

„Kein Thema, Präs. Ich werde ein Auge auf die zwei Mädels haben."

Ace nickt zufrieden und wendet sich Slide zu.

Die nächste Stunde besprechen wir alle anstehenden Themen und diskutieren über die Aufnahme eines weiteren Prospects.

Slide schlägt mit der Faust auf den Tisch.

„Fuck, Leute. Ihr wisst genau, dass unsere Anwärter keine lange Lebenserwartung haben. Denkt an Loco und Fire..."

Skorpion zündet sich eine Kippe an, während sich Razzor den neongrünen Totenkopfstecker seines Zungenpiercings zwischen die Lippen klemmt.

Lachend tue ich es Skorpion nach, inhaliere den ersten Zug und sehe Slide an.

„Also, ich habe überlebt."

Jetzt sieht er in meine Richtung.

„Stimmt. Aber dafür hast du deinen ehemaligen Präsidenten mit über 40 Messerstichen hingerichtet. Ich würde sagen, das gleicht die Sache irgendwie wieder aus."

„Aye, das mag stimmen, aber der Wichser hatte es verdient. Präsident oder Prospect. Ich werde nicht zusehen, wenn ein Rider eine Old Lady vergewaltigt."

Razzor beginnt zu lachen. Er streckt mir seine Faust für einen Fist Bump entgegen, ich tue es ihm nach.

Ace atmet tief durch – es ist nicht immer einfach, der Boss zu sein.

„Lasst uns doch einfach darüber abstimmen."

Ticks Vorschlag klingt gar nicht so schlecht. Wenige Sekunden später steht fest, dass die Tacoma Dead Riders ab nächsten Monat einen weiteren Prospect aufnehmen.

„Mal sehen, wie lange er es schafft, am Leben zu bleiben."

Razzor gibt ein Grunzen von sich, ehe er laut anfängt zu lachen.

Skorpion hält vier Finger in die Luft.

„Ich gebe ihm vier Monate."

Slide lehnt sich in seinem Stuhl zurück.

„Scheiße, Bro. Sei nicht so hart, er schafft mindestens ein halbes Jahr."

Gerade als ich auf sieben Monate erhöhen will, stößt Ace einen lauten Pfiff aus – sofort herrscht Stille.

„Okay, ihr Säcke. Jetzt, wo jeder weiß, was er zu tun hat, macht euch gefälligst an die Arbeit."

Mit dieser Ansage beendet Ace die Besprechung. Skorpion und ich rauchen erst noch unsere Kippe fertig, ehe wir genau wie die anderen das Büro unseres Präsidenten verlassen.
Keine zehn Minuten später habe ich Lilly, einer brünetten, ziemlich hübschen Clubschlampe 200 Dollar in die Hand gedrückt und sie zum Einkaufen geschickt. Anna und Mia, zwei weitere Bitches, sind bereits im ersten Stock und richten die Schlafzimmer für unsere Gäste her.

Da ich heute noch keine zehn Minuten mit meiner Lady verbracht habe, mache ich mich als Nächstes auf die Suche nach Angel.

Sam und seine Männer sind gern gesehene Gäste. Dennoch hat Ace mit seiner Warnung absolut recht. Solange Angel sich weigert, mein Leder zu tragen, ist sie Freiwild.

Es wird Zeit, dass ich dieses störrische Weib davon überzeuge, endlich meine Kutte anzuziehen und somit für jeden sichtbar zu meinem Eigentum zu werden.

Es mag sein, dass ich erst vor einem Jahr mein Member-Patch erhalten habe, dennoch habe ich mir in der kurzen Zeit einen passablen Ruf erarbeitet.

Jeder, der das *Property of Ghost* auf Angels Rücken sehen wird, weiß, was Sache ist.

Es ist allgemein bekannt, dass ich nicht zögere, wenn es ums Blutvergießen geht.

Nur ein Idiot mit Todeswunsch wird so lebensmüde sein und seine Hand an mein Mädchen legen.

Ich finde Angel in der Clubküche auf einem der Barhocker sitzend vor, während sie mit Abigail zusammen eine Flasche Rotwein leert.

„Hey, Baby."

Als sie meine Stimme hört, wirft sie mir einen verführerischen Blick über die Schulter zu. Ihre schneeweißen Haare reichen ihr bis in die Mitte des Rückens. Die blauen Strähnen in Kombination mit ihren faszinierend blauen Augen, den mystischen Sternentattoos auf ihrer Schläfe und ihren kirschroten Lippen bezaubern mich immer wieder. Damals, als ich sie kennengelernt habe, hatte sie noch einen silbernen Ring in ihrer Unterlippe, doch den hat sie vor einiger Zeit rausgenommen. Es ist nicht nur ihr Äußeres, das mich wie magisch anzieht, es sind auch ihre grazilen Bewegungen, ihr unverkennbarer Duft und ihre einzigartige Persönlichkeit.

Zum Teufel!

Angel ist die absolut perfekte Frau für mich.

Mit zwei großen Schritten überwinde ich die Distanz zwischen uns, stelle mich direkt hinter meine Frau und umfasse besitzergreifend ihre Schultern.

Am liebsten würde ich sie packen und zu Tick bringen, damit er ihr in dicken, schwarzen Lettern meinen Namen auf die Stirn tätowiert. Ich will, dass jeder Mann auf diesem Planeten sofort weiß, dass Angel zu mir gehört.

„Wie ich sehe, amüsiert ihr euch?"

„Eine Flasche Rotwein, eine Tüte Chips und etwas Käse, mehr braucht Frau nicht, um glücklich zu sein."

Abis Antwort bringt mich zum Lachen.

„Oh Scheiße! Wenn das so ist, dann hat Spider es völlig verkackt."

Wie immer, wenn ich Abi sehe, ziehe ich sie in eine kurze Umarmung.

Neben Angel ist sie der einzige Mensch, der einigermaßen verstehen kann, wie es in meinem Inneren aussieht.

Anstatt mir zu antworten, verpasst sie mir einen erstaunlich harten Schlag gegen den Brustkorb.

„Sei kein Arschloch, Ghost!"

„Na, na, na Kleines. Wer hat dir denn so böse Schimpfwörter beigebracht?"

Abi streckt mir die Zunge raus und hält mir ihren Mittelfinger ins Gesicht.

„Fick dich Ghost."

Angel, die gerade an ihrem Weinglas nippt verschluckt sich vor lauter Lachen.

„Oh ich werde jetzt gleich jemanden ficken. Aber ganz bestimmt nicht mich."

Mit diesen Worten nehme ich meinem Mädchen das Glas ab, stelle es auf die Arbeitsplatte, hebe sie vom Hocker und werfe sie mir über die Schulter.

Sie quietscht laut auf, ich verpasse ihrem Po einen leichten Klaps.

„Hey Ghost, was soll das?"

„Also wenn du das echt fragen musst, Baby, dann wird es Zeit, dass ich dir zeige, was ich so alles draufhabe."

Kichernd krallt sie ihre Hände in meiner Kutte fest.

„Glaube mir, du musst es mir nicht zeigen. Ich habe bereits alles, was du mir bieten kannst, gesehen."

„Lass dich überraschen, Baby."

„Okay. Aber mach bitte schnell. Madison müsste jetzt jeden Augenblick ankommen."

Immer zwei Stufen auf einmal nehmend, trage ich sie die Treppe nach oben und sperre die Türe zu unserer Wohnung auf.

„Keine Sorge, ich bin mir sicher, dass Tick sich gut um deine Freundin kümmern wird."

Ich mache mir erst gar nicht die Mühe, das Licht einzuschalten, sondern bringe Angel direkt ins Schlafzimmer.

Jetzt werde ich sie ausziehen, dann werde ich sie ficken und anschließend werde ich ihr meine Kutte anziehen.

Bei allen Heiligen! Wenn Angel sich dieses Mal wieder weigert, mein Leder zu tragen, kann ich für nichts mehr garantieren. Irgendwann kommt jeder Mann an den Punkt, an dem er keine Widerworte mehr verkraften kann...

22. Kapitel

Angel

„Ich will dich, Frau!"

Das hätte er mir nicht sagen müssen, denn das ist mir in dem Moment aufgefallen, in dem er in die Küche gekommen ist und mich wie ein Steinzeitmensch seine Beute über seine Schulter geworfen hat.

Es kommt mir so vor, als hätte jemand auf vorspulen gedrückt. Denn noch bevor ich überhaupt kapiert habe, wo er mich hinbringt, befinden wir uns im Schlafzimmer und Ghost wirft mich mittig in unser Bett. Die Matratze gibt unter meinem Gewicht nach und der Lattenrost quietscht protestierend.

Mit erschreckender Effizienz zieht er mich aus und leckt mit seiner rauen Zunge quer über meinen Bauch.

Trotz der Gier, die ich in seinen Geisteraugen erkennen kann, lässt er seine Finger erstaunlich zärtlich über die Innenseite meiner Schenkel streichen. Leicht angeheitert wegen des Weins, schließe ich seufzend die Augen

Geschickt teilt er meine Schamlippen, legt meinen Kitzler frei und reibt kreisend über den empfindlichen Knubbel. Seufzend spreize ich meine Beine etwas weiter und presse mich seinen Fingern entgegen.

„Du wollüstiges kleines Luder."

„Wenn du mich schon aus der Küche entführst, kannst du mich mindestens zweimal kommen lassen. Verstanden, Rider?"

Aus seiner Kehle löst sich ein dunkles Lachen. Er dringt mit zwei seiner Finger in mich ein, reibt über das weiche Fleisch in meinem Inneren und penetriert geschickt meinen G-Punkt.

„Zweimal? Soll das eine Herausforderung sein?"

Wieder lässt er seine Daumenkuppe über meine Klit kreisen – ich vergesse zu atmen.

Zuckend und stöhnend liege ich unter meinem Rocker. Seine Zähne graben sich in meine Brustwarze, beißen leicht zu, geben mir den Rest.

Der erste meiner geforderten Höhepunkte brandet in glühenden Wellen durch meine Nervenbahnen. Ein wildes Prickeln breitet sich in meinem Unterleib aus, während ich so nass werde, dass meine Feuchtigkeit an meinen Schenkeln hinabrinnt.

„Ghoooossst...."

Mein langgezogenes Seufzen wird von seinem animalischen Brummen begleitet.

Als er mir seine Finger entzieht, gebe ich ein protestierendes Grunzen von mir.

„Schhhh, immer mit der Ruhe, Süße."
Unter halb gesenkten Lidern beobachte ich, wie sich mein Kerl auszieht.
Hungrig lasse ich meinen Blick über seinen großen Körper gleiten.
Muskeln, Narben, Tattoos und dunkle Haare – männlicher Perfektionismus so weit das Auge reicht.
Wenige Atemzüge später legt er sich auf mich, legt seine Hand auf meine Scheide und wühlt sich durch die weichen Falten.
„Diese Pussy gehört nur mir! Du gehörst nur mir! Bis zu meinem letzten Atemzug werde ich für dich und um dich kämpfen. Für dich gibt es kein Entkommen, mein Engel ..."
Eigentlich sollte mir seine Drohung Angst machen, doch eher das Gegenteil ist der Fall. Seine Worte schleichen sich in mein Herz, füllen es mit Liebe und Wärme.
Ghost war seit unserer ersten Begegnung ein sehr besitzergreifender und bestimmender Mann.
In der Sekunde, in der er erneut in mich eintaucht, wird mir vor Lust schwindelig. Meine Synapsen sprühen Funken, kleine Schweißtropfen bilden sich in meinem Nacken, während er immer tiefer in mich eindringt.
Er beugt sich über mich, seine Zunge umrundet träge kreisend meinen linken Nippel.
Verzweifelt versuche ich nach seinem Schwanz zu fassen, doch Ghost lässt es nicht zu. Jede Zelle meines Körpers schreit nach ihm und wenn er mir nicht bald gibt, was ich will, sterbe ich...
„Bitte, hör auf mich zu quälen und fick mich endlich!"
Meine Worte verlieren ihre Bedeutung, als er mir seine Finger entzieht und mir seinen Daumen in den Po schiebt.
Keuchend kralle ich mich an seinen Schultern fest.
„Öffne deine Augen, ich will sie sehen, während du für mich kommst!"
Blinzelnd komme ich seinem Befehl nach, rhythmisch fickt er mich mit seinen Fingern, und ich spüre, wie sich mein Innerstes bebend zusammenzieht. Der Druck, der sich in mir aufbaut, ist zu stark, flehend sehe ich ihn an und dann passiert es...
Meine Zehenspitzen krümmen sich, meine Atmung stockt und mein ganzer Körper fängt an zu zittern. Heiser und atemlos erfüllt mein erlösender Schrei die Stille unserer Wohnung. Und während mich ein unglaublich intensiver Orgasmus überrollt, grinst mein Rocker mich nur siegessicher an.
„Das war Nummer zwei, Baby."
Grelle Blitze zucken vor meinen geschlossenen Augen hin und her, mein Nervensystem steht kurz vor einem Blackout.

Atemlos spüre ich, wie er seine Finger aus meinem Körper zieht, meine Knie etwas weiter spreizt und sich vor meiner zuckenden Scheide in Position bringt.

Endlich!

Ghosts Schwanz ist einfach perfekt. Dick, lang und steinhart wartet er nur darauf, endlich in mich einzudringen.

Stöhnend reibt er mit seiner Eichel durch meinen Spalt, dringt ein kleines Stückchen in mich ein und zieht sich dann doch wieder zurück.

„Bist du bereit für Nummer drei mein Engel?"

Anstatt auf meine Antwort zu warten, schiebt er sich langsam in mich. Zentimeter für Zentimeter bahnt sich sein dickes Glied seinen Weg in mein Inneres.

„Ohhh meeeeeiiiiin Gooootttttt!"

„Du sagst es, Baby."

Erst als er bis zum Anschlag in mir steckt und seine Lippen auf die meinen presst, beginnt er in einen gnadenlosen Rhythmus zu verfallen.

Wild, tabulos und mit perfekt dosierter Kraft vögelt er mich Richtung Walhalla.

Das hier ist kein normaler Sex, sondern eine animalische Paarung.

Ghost nimmt mich nicht einfach nur, er beweist mir auf eindrucksvolle und primitivste Art und Weise, dass wir zusammengehören – dass wir füreinander geschaffen worden sind. Das klatschende Geräusch unserer aufeinandertreffenden Körper ist der Takt unserer Verschmelzung. Während ich mich ihm keuchend entgegenpresse, stößt mein Rider ein wildes Brummen aus.

Durch das gekippte Fenster höre ich das dunkle Grollen mehrerer Motorräder, die auf den Hof fahren.

Ghosts Iris hat all ihre Farbe verloren, aus weißen Augen sieht er auf mich herab.

In dem Moment, in dem er sich zu mir herunterbeugt, sich an meinem Hals festsaugt und zubeißt, ist es um mich geschehen.

Zuckend und zitternd werde ich erneut aus dem Hier und Jetzt gerissen. Alles, was ich noch spüre, sind seine scharfen Zähne, die sich schmerzhaft in meine Haut graben.

Ich versuche ihn von mir zu stoßen, doch Ghost fängt meine Hände ein und rammt sich ein letztes Mal tief in meinen glühenden Unterleib.

Als er meinen Hals endlich wieder frei gibt, brüllt er laut auf. Seiner Erlösung nachjagend, fickt er mich mit all seiner Kraft, bis ich das heiße Pochen seines Schwanzes spüre. Schub für Schub pumpt er sein Sperma in mich, markiert mich so von innen heraus als seine Old Lady.

Das Wissen, dass dieser Rocker alles in seiner Macht Stehende tun würde, um mich zu beschützen und zu behalten, zaubert mir ein Lächeln auf das Gesicht.

Das nächste Mal, wenn er mich darum bittet, seine Kutte anzuziehen, werde ich nicht mehr nein sagen müssen. Taylor ist tot und ich bin frei.....

Ghost presst mir einen nassen Kuss auf die Stirn und lässt sich neben mir ins Bett fallen.

„Fuck, Baby! Genau das hab ich jetzt gebraucht."

Glücklich drehe ich mich zu ihm auf die Seite.

„Also, wenn ich die Wahl zwischen einer Flasche Rotwein und deinem Schwanz habe... hmmm.... irgendwie fällt es mir schwer, mich zu entscheiden."

Er schnalzt mit der Zunge, packt mich an den Schultern, zieht mich quer über seinen Bauch und verpasst meinem Hintern einen harten Klaps.

„Du kleines Miststück."

Ich höre die Erheiterung, die in seiner Stimme mitschwingt, und weiß, dass er mich durchschaut hat.

Mein Lachen verstummt, für eine Weile schweigen wir.

Als Ghost mich etwas zurechtrückt, so dass wir uns in die Augen sehen können, beginnt mein Herz zu rasen. Oh Gott, ich liebe diesen Dead Rider so sehr, dass ich mir ein Leben ohne ihn nicht mehr vorstellen kann.

„Hör mal, Baby. Heute Nacht haben wir Besuch von einem befreundeten MC aus Pleasant Hill. Die Devils werden über Nacht hierbleiben und es wird eine Party steigen. Ich will, dass du die ganze Zeit über bei mir bist. Trink nur, was ich oder ein anderer Rider dir gibt und treib dich nicht allein in dunklen Ecken herum. Die Crazy Devils sind unsere Freunde, dennoch werde ich nicht zögern und jedem, der dir zu nahe kommt, sämtliche Knochen brechen. Also, wenn du ein Blutbad verhindern willst, sei ein braves Mädchen und bleibe bei mir. Verstanden?"

Hat er das gerade wirklich gesagt?

„Ein braves Mädchen?"

Ich boxe ihm gegen die Schulter.

„Du weißt aber schon, dass sich brave Mädchen keinen Finger in den Arsch stecken lassen und dass sie nur im Dunkeln und in der Missionarsstellung Sex haben? Also, wenn du ein *braves* Mädchen willst...."

Das *brav* betone ich ganz besonders.

„...Dann kannst du das haben. Aber dann stell dich schon mal auf ein paar Veränderungen ein!“

Fluchend rollt er mich von sich herunter. Einen Atemzug später liege ich plötzlich unter ihm. Jetzt ist er mir so nah, dass sich unsere Nasen berühren. Mit geblähten Nasenflügeln sieht er mich wütend an. In seiner Mimik fehlt jede Spur von Erheiterung. Ghost ist sauer.

„Scheiße, Weib. Kannst du eigentlich einmal tun, um was ich dich bitte? Nur ein verdammtes Mal?“

Gerade als ich ihm antworten will, legt er mir seine große Hand auf den Mund und bringt mich so zum Schweigen.

„Wir klären das jetzt ein für alle Mal. Ich liebe dich, Angel. Du bist meine Seele. Wenn dir noch mal etwas Ähnliches passiert wie mit Fire, verliere ich endgültig den Verstand. Also mach, verfickte Scheiße noch mal, was ich von dir will und hör auf rumzuzicken!“

Ghost atmet geräuschvoll ein. Noch immer bedeckt seine Hand meinen Mund.

„Dein Arsch gehört mir. Was bedeutet, dass ich ihn beschütze. Und wenn ich meinen Finger oder meinen Schwanz in ihn reinschieben will, dann werde ich das tun. Wenn das Schicksal gnädig ist, haben wir noch viele gemeinsame Jahre, in denen ich dich berühren, küssen und ficken kann, wie und so oft ich will! Fuck, Angel! Fuck! Fuck! Fuck! Irgendwann ist es so weit und deine Widerspenstigkeit wird mich in den Wahnsinn treiben.“

Obwohl mein Rider gerade immer wütender wird, kann ich nichts gegen das Grinsen tun, zu dem sich meine Lippen verziehen.

Ich treibe den großen bösen Rocker also in den Wahnsinn? So so ....

Als er die Erheiterung in meinen Augen sieht, nimmt er seine Hand von meinem Mund und sieht mich aus zusammengekniffenen Augen an. Auf seiner Stirn haben sich zwei tiefe Falten gebildet, irgendwie habe ich ja schon ein bisschen Mitleid mit ihm.

„Zum Teufel, Weib! Was gibt es da zu lachen? Hast du mir eigentlich zugehört?“

In dem verzweifelten Versuch ernst zu bleiben, beiße ich mir auf die Unterlippe. Doch dank des vielen Rotweins und der beim Sex ausgeschütteten Endorphine gelingt es mir einfach nicht.

„Wusstest du, dass du echt süß bist, wenn du dich in einen bösen Badass Biker verwandelst?“

Schnaubend lässt er mich abrupt los, steigt aus dem Bett, zieht sich seine Jeans an und verschwindet fluchend aus dem Schlafzimmer.

Oh oh ...

Gerade als ich aus dem Bett steigen und ihm folgen will, taucht er wieder im Türrahmen auf. Von seinem Anblick wie gefesselt lasse ich meine Augen über seinen muskulösen Brustkorb, die schwarzen Spuren seiner Tattoos bis hinab zu der offen stehenden Hose gleiten. Der dünne Streifen schwarzer Haare, der auf seinem Oberkörper beginnt und unten in der Jeans verschwindet, lässt mir das Wasser im Mund zusammenlaufen.

Hot as Hell....

Der Muskel an seinem Kiefer zuckt unheilvoll. Offensichtlich habe ich es zu weit getrieben, Ghost ist kurz davor völlig durchzudrehen. In seiner linken Hand hält er seine Kutte, seine rechte ist zur Faust geballt.

Obwohl ich mir sicher bin, dass Ghost mir nie etwas antun würde, verschwindet meine Erheiterung schlagartig und weicht einer unangenehmen Unsicherheit.

Während er groß und stark ist, sitze ich nackt und schutzlos auf dem Bett. Sein Sperma läuft aus mir heraus und trocknet an den Innenseiten meiner Oberschenkel. Plötzlich fühle ich fühle mich schutzlos und einsam. Eine Gänsehaut überzieht meine Arme, mir ist kalt.

„Das ist deine letzte Chance. Wenn du mich jetzt wieder abweist, werde ich dich nicht erneut fragen."

Zitternd bleibe ich abwartend sitzen.

Mit wenigen Schritten durchquert er den Raum, bleibt direkt vor mir stehen und sieht aus weißen Augen zu mir herab.

Erst aus der Nähe erkenne ich, dass er nicht seine eigene Kutte in der Hand hält, sondern das Leder, das er extra für mich hat anfertigen lassen.

„Dein Mann ist tot. Du bist eine freie Frau."

Für die Dauer eines Herzschlags schließt er die Augen und fährt sich mit der Hand über den Kopf. Als sich seine Lider wieder öffnen, sind seine Pupillen von einem tiefen Graublau umgeben.

„Du weißt, wie sehr ich dich will. Du weißt, dass ich dich liebe und dass ich dich für immer an meiner Seite, auf meinem Bike und in meinem Bett will. Du bist der Inhalt meines Lebens, der Grund meiner Existenz. Doch ich kann so nicht weitermachen. Dass du dich seit Monaten weigerst, meine Old Lady zu werden, zerfrisst mich innerlich. Es fühlt sich so an, als hätte ich eine Flasche voller Salzsäure geext." Ghosts Stimme bricht, ehe er verstummt.

Tränen steigen mir in die Augen, ich bekomme kaum noch Luft.

Er zögert kurz, atmet tief ein und legt mir das kühle Leder auf die Beine, bedeckt so meine nackte Scham.

Mit dieser Geste hat er nur noch mehr verdeutlicht, wofür diese Kutte steht. Sie ist nicht einfach nur irgendein Kleidungsstück, sie bedeutet Schutz, Geborgenheit, Intimität und eine Bindung, so stark, dass viele Menschen sie nicht verstehen können.

„Bitte, Baby, schenk dich mir. Sag ja und gib mir so das elementare Recht, dich zu behalten und zu beschützen.“
Das hier ist der bedeutungsvollste Moment meines Lebens.

Dieser Dead Rider hat mir gerade sein Herz überreicht, er hat es sich aus der Brust gerissen und in meine Hände gelegt.

Wenn ich jetzt nein sagen würde, würde es wahrscheinlich in tausend kleine Stücke zerspringen. Ich weiß, wie schwer es für Ghost ist, Emotionen zuzulassen und Gefühle zu zeigen.

Ich bemerke erst, dass ich zu weinen angefangen habe, als sich mein Rocker zu mir herunterbeugt und mit seiner rauen Daumenkuppe eine Träne von meiner Wange streicht.

Meine Kehle ist wie zugeschnürt und mein Puls rast.

Obwohl es eine kleine Ewigkeit dauert, bis ich ihm endlich antworte, liegt es nicht daran, dass ich zögere oder nachdenken muss, sondern daran, dass ich von diesem Augenblick so überwältigt bin.

„Für immer?“
Ich sehe ihn fragend an.

„Für immer, Baby.“
Schluchzend stehe ich auf, strecke die Arme nach ihm aus und bedecke seinen Mund mit dem meinen.

„Ich kann mir nichts Schöneres vorstellen, als endlich deine Old Lady zu werden.“

Ein dunkles Grollen löst sich aus seiner Kehle, er umarmt mich fest, vergräbt seine Finger in meinem Fleisch und hebt mich hoch.

Vor Glück wirbelt er mich durch die Luft, dreht sich im Kreis und küsst mich so stürmisch, dass mein armes Herz Rhythmusstörungen bekommt.

Ohne mich loszulassen, hebt er die Kutte, die auf den Boden gefallen ist, auf, setzt sich auf die Matratze und platziert mich auf seinem Schoß.

Langsam und andächtig zieht er mir das kühle Leder an.

Diese Geste hat etwas Bedeutungsvolles, sie kommt einer Hochzeitszeremonie gleich.

Unsere Blicke treffen sich, Ghost verschränkt seine Finger mit den meinen.

„Jetzt ist es offiziell – jetzt kannst du mir nicht mehr entkommen.“

Der Stolz und die Zufriedenheit, die in seiner Stimme mitschwingen, verraten mir, wie wichtig ihm das ist.

So glücklich wie noch nie zuvor in meinem Leben, schlinge ich ihm die Beine um die Taille, bette meinen Kopf an seiner Halsbeuge und schließe die Augen.

So bleiben wir für eine kleine Ewigkeit sitzen.

Die Stimmen und die Geräusche, die durch das Fenster zu uns durchdringen, nehme ich gar nicht richtig wahr. Alles, was in diesem Moment für mich zählt, ist der Mann, dessen Geschmack noch immer auf meinen Lippen liegt und dessen Geruch mir in die Nase steigt.

Ghosts Finger streichen federleicht über meine Arme, sein Penis drückt sich hart und bereit gegen meinen Po.

„Du willst mich?“

Er schiebt seine Hand unter die Kutte und umfasst besitzergreifend meinen nackten Po.

„Immer.“

Seufzend reibe ich mich an dem rauen Stoff seiner Jeans, lasse zu, dass er mich erneut verführt und versinke in meiner Lust.

Und während er mich auf den Rücken legt, seine Hose auszieht und tief in mich eindringt, ist mir nur allzu deutlich bewusst, dass ich für den Rest meines Lebens und voller Stolz den Schriftzug *Property of Ghost* auf meinem Rücken tragen werde....

23. Kapitel

Madison

Vier Stunden ist es jetzt her, dass ich in den Wagen von Angels Freundin gestiegen bin und mich auf den Weg Richtung Tacoma gemacht habe. Viele würden sagen, dass die Fahrt von Richland nach Tacoma wirklich lange dauert, mir war sie zu kurz.

Mittlerweile ist es 21:24 Uhr und die Dunkelheit hat sich über die Häuser gelegt.

Nervös starre ich auf die asphaltierte Straße vor mir.

Ich müsste einfach nur den Blinker setzen, das Lenkrad drehen und Gas geben, dann würde ich die Stadtgrenze von Tacoma passieren und wäre nach wenigen Meilen an meinem Ziel...

Doch anstatt endlich weiterzufahren, bleibe ich am Straßenrand stehen und spreche mir Mut zu.

Ein kleiner Teil meiner Angst rührt daher, dass ich die nächsten paar Tage im Clubhaus der Dead Riders verbringen werde. Kurz nachdem die Rocker letzte Nacht aufgebrochen sind, habe ich mich an den Computer gesetzt und diesen Motorcycle-Club gegoogelt. Und heilige Scheiße! Das, was ich da im Internet gelesen habe, hat mir die Haare zu Berge stehen lassen. Dieser MC ist alles andere als eine harmlose Motorradvereinigung. Wenn man den vielen Artikeln Glauben schenken kann, sind Tick und seine Clubbrüder in regelmäßigen Abständen in Schießereien verwickelt, verdienen ihr Geld mit Prostitution, Glücksspiel und angeblich auch mit illegalem Waffenhandel. Wobei es der Polizei noch nicht gelungen ist, das dem Club nachzuweisen. In einem Zeitungsartikel stand sogar, dass der MC verdächtigt wird, Polizisten, FBI-Agenten und Zeugen getötet zu haben – nach letzter Nacht glaube ich das sofort.

Diese Rocker haben Angels Mann erschossen und anschließend seine Leiche beseitigt. Es hat auf mich nicht so gewirkt, als ob das das erste Mal gewesen ist. Im Gegenteil, die Effizienz und die Routine, mit der sie vorgegangen sind, haben mich beeindruckt.

So wie ich das sehe, hat Angel sich in einen höchst kriminellen, sehr gefährlichen Mann verliebt.

Wenn ich eine gute Freundin wäre, würde ich die nächsten Tage dazu nutzen, ihr diesen Rocker auszureden. Doch dazu habe ich nicht das Recht.

Im Gegenteil, die wenigen Stunden, die ich letzte Nacht geschlafen habe, habe ich von einem dieser Dead Riders geträumt. Tick ist der faszinierendste Mann, der mir jemals begegnet ist. Zum Teil mag das an der Gefahr liegen, die er ausstrahlt, doch es ist das Gesamtpaket, das mich fesselt.

Alles an diesem Mann wirkt kraftvoll und bedrohlich. Die Selbstsicherheit, die von ihm ausgeht, beweist, dass er ganz genau weiß, dass ihm keiner etwas antun kann.

Laut Angels Erzählungen gelten in diesem Motorcycle-Club ganz eigene Regeln.

Zum Teufel, ich habe keine Ahnung, was mich die nächsten Tage erwartet, aber ich spüre tief in meinem Inneren, dass sie nicht spurlos an mir vorbeigehen werden.

Wenn ich der Anziehungskraft, die zwischen Tick und mir herrscht, tatsächlich nachgeben sollte, dann wäre das ein großer Fehler. Männer wie er brechen Frauen wie mir das Herz. Und das werde ich zu verhindern wissen.

Tief durchatmend schalte ich das Autoradio an und lausche der rauchigen Frauenstimme des Country Songs, der das Wageninnere erfüllt.

Mit bleiben jetzt genau zwei Möglichkeiten. Entweder kratze ich all meinen Mut zusammen und fahre weiter. Oder aber ich drehe wieder um und fahre zurück nachhause.

Mein ganzes Leben habe ich stets darauf geachtet, dass ich Männern wie Tick aus dem Weg gegangen bin und was hat es mir gebracht?

Die meiste Zeit meines Lebens war ich allein. So langsam beschleicht mich das Gefühl, dass ich immer zu vorsichtig war. Vielleicht hätte ich einfach mal mehr riskieren sollen? Selbst Angel hat nach ihrer schlimmen Ehe nicht die Hoffnung aufgegeben.

Völlig egal, ob Ghost jetzt einer von den Guten oder einer von den Bösen ist. Alles, was zählt, ist, dass er *gut* zu ihr ist, der Rest ist absolut nicht wichtig.

Entschlossen schiebe ich alle Bedenken beiseite, setze den Blinker und fahre endlich weiter. Jetzt mal ehrlich: Was kann im schlimmsten Fall schon passieren?

Die Antwort auf diese Frage erhalte ich keine sechs Meilen später.

Ach du Scheiße! Was in drei Teufels Namen ist denn hier los?

Der gut drei Meter hohe Zaun, dessen oberes Ende von einem eingerollten Stacheldraht bedeckt wird, lässt mir einen guten Blick auf das wilde Treiben, das auf dem Hof herrscht. Trotz der geschlossenen Autoscheiben und des Radios, das läuft, höre ich die dunklen Bässe und das laute Gebrülle der Rockmusik, die über den Hof schallt.

Perplex lasse ich meinen Blick über unzählige Männer - alle tragen lederne Kutten - und Dutzende von Frauen - sie tragen fast nichts-, gleiten.

In alten verrosteten Ölfässern lodern orangefarbene Flammen, dunkle Schatten tanzen über die hohe Wand der alten Fabrikhalle, die ganz offensichtlich das Clubhaus darstellt.

Die einzige Möglichkeit, auf das Gelände zu fahren, scheint das geschlossene Tor zu sein, vor dem zwei Männer sitzen. Jeder von ihnen hält eine Zigarette in der einen und eine Bierflasche in der anderen Hand.

Obwohl jede Faser meines Körpers nach Flucht schreit, beiße ich die Zähne zusammen und fahre zum Tor.

In meiner weißen Stoffhose und dem schwarzen Top komme ich mir zwar absolut underdresst vor, aber lieber wirke ich zu spießig, als dass ich genauso halb nackt herumrenne, wie die vielen Frauen auf der anderen Seite des Zauns.

Noch bevor ich das Fenster heruntergelassen habe, steht auch schon einer der Wächter neben meiner Fahrertüre und klopft mit dem Lauf einer Pistole gegen die Scheibe. Erschrocken zucke ich zurück, mein Fuß rutscht vom Gas und der Motor stirbt ab.

Rückwärtsgang und schnell weg hier...

Anstatt meinen Fluchtinstinkt auszuleben, bleibe ich mutig und öffne die Seitenscheibe zur Hälfte.

„Hey you, Baby, bist du Madison? Angels Freundin?"

„Ja. Würdest du Angel bitte Bescheid geben, dass ich hier bin und auf sie warte?"

Lachend dreht sich der Kerl kurz um und ruft etwas in die Dunkelheit hinter ihm. Eine Minute später erscheint Shadow neben dem Auto.

„Madison." Er nickt mir begrüßend zu.

„Kannst du mich zu Angel bringen?"

Er zieht an der selbstgedrehten Zigarette, die er in der linken Hand hält und sieht mich amüsiert an. Der süße, unverkennbare Geruch von Marihuana steigt mir in die Nase.

Na toll, kiffende Rocker....

„Nope. Ich habe keine Ahnung, wo Ghosts Old Lady steckt. Aber ich habe die Anweisung, dich direkt zu Tick zu bringen."

Tick? *Oh nein...* eigentlich hatte ich gehofft, dass mir noch etwas mehr Zeit bleibt, ehe ich ihm wieder gegenüberstehe. Warum auch immer, aber Tick geht mir unter die Haut, er verwirrt mich, bringt mich durcheinander und lässt meinen Herzschlag völlig aus dem Takt geraten. In der Nähe dieses Riders komme ich mir vor wie ein unerfahrenes achtzehnjähriges Mädchen. Einerseits kann ich es kaum erwarten, ihn wiederzusehen, um herauszufinden, ob er heute, ohne dass ich eine halbe Flasche Whisky getrunken habe, immer noch diese Wirkung auf mich hat. Andererseits wäre es wohl besser, wenn ich diesem Kerl aus dem Weg ginge. Dieser Rocker passt so gar nicht in mein Leben.

„Ähm, mir wäre es wirklich lieber, wenn du mich zu Angel bringst. Ehrlich, Shadow.“

Der Prospect sieht mich prüfend an. Ich schätze, dass er im selben Alter ist wie ich, Anfang bis Mitte dreißig. Doch das ist schwer einzuschätzen, denn genau wie die meisten Rocker hat er etwas Hartes, Unnahbares an sich. Shadow strahlt diese Unerschütterlichkeit aus, die nur Menschen haben, die schon viel zu viel Leid und Tod gesehen haben.

„Hör mal, Madi. Bleib cool. Tick wird auf dich Acht geben. Bei ihm bist du in Sicherheit!“

Prima. Warum sagt er mir das?

Ist mir etwa anzusehen, dass ich gerade etwas panisch werde?

„Gut, dann bring mich zu ihm.“

Shadow grinst breit, zeigt mir seine weißen Zähne, zieht erneut an dem Joint, ehe er ihn durch die halb heruntergelassene Fensterscheibe hält.

„Hier, Kleines. Nimm ein paar Züge. Dann wirst du etwas locker.“

Als ich zögere, zieht er herausfordernd eine Augenbraue in die Höhe.

„Feig?“

„Arschloch!“

Keine Ahnung, was mich dazu bewegt, mich von diesem Rider provozieren zu lassen, aber ich nehme ihm das qualmende Ding ab, klemme es mir zwischen die Lippen und sauge daran. Wegen des Hustenanfalls, den ich gestern von Ticks Zigarette bekommen habe, atme ich den Rauch nicht in die Lunge ein, sondern behalte ihn nur im Mund.

„Gut. Der wird dir helfen, cool zu bleiben. Eine Rider-Party mag für eine Frau wie dich vielleicht etwas heftig wirken. Aber keine Sorge, keiner wird dich beißen.“

Es mag sein, dass er mich nur beruhigen will, er hat allerdings das Gegenteil damit bewirkt. Vor meinem geistigen Auge flackert ein verführerisches Bild auf.

Tick und ich, nackt auf dem Boden, sein Penis, der tief in mir steckt und seine Zähne, die sich in meine Haut graben – oh oh oh...

Verwirrt sehe ich den Joint an und gebe ihn Shadow zurück.

Der Abend hat ja schon super angefangen. Ich bin noch nicht mal ausgestiegen und schon habe ich die ersten Drogen konsumiert.

Mit einem Handzeichen gibt Shadow den beiden Wachen zu verstehen, dass sie das Tor öffnen sollen. Dann reißt er die Fahrertüre auf und gibt mir mit einem Handzeichen zu verstehen, dass ich auf den Beifahrersitz rutschen soll.

„Okay, Süße, mach Platz. Es wird Zeit, dass ich dich zu Tick bringe, ehe ich mir eine der Bitches kralle und mir die Seele aus dem Leib ficke.“

Oh Gott! Was?

„Hast du das gerade wirklich gesagt?“

Irgendwie ist diese skurrile Situation zu viel für meinen Verstand. Und während ich über die Handbremse klettere, um Shadow Platz zu machen, fühlt es sich so an, als würde ich neben mir stehen und mich dabei beobachten, wie ich in mein Unglück renne.

„Komm schon, sei nicht so prüde, Madi. Sieh dich um. Heute Nacht geht es ums Feiern, Trinken und ums Bumsen.“

Shadow startet den Motor, gibt etwas Gas und rollt in Schrittgeschwindigkeit auf das überfüllte Gelände. Ich befolge seinen Rat und sehe mich genauer um. Bis jetzt habe ich ein ruhiges Leben geführt, doch bis zu diesem Augenblick habe ich mich nie für prüde gehalten. Erst jetzt aus der Nähe erkenne ich, dass manche Frauen oben ohne herumlaufen. Sie tragen High Heels, die so hoch sind, dass ich keine Sekunde darin stehen könnte, geschweige denn durch die Gegend rennen. Manche von ihnen wanken, andere lachen übertrieben laut. Auf einer Holzbank direkt vor einem der in den Ölfässern brennenden Feuer sitzt ein Kerl, an sich nichts Außergewöhnliches. Aber dann entdecke ich die kleine Blondine, die vor ihm kniet und seinen Schwanz immer tiefer in ihren viel zu pink geschminkten Mund nimmt.

Je genauer ich mich umsehe, desto mehr sexuelle Aktivitäten entdecke ich.

Shadow parkt das Auto etwas abseits. Gerade als ich aussteigen will sehe ich eine Frau, die bäuchlings auf der Motorhaube des Fords, neben dem wir geparkt haben, liegt. Dem Mann dahinter hängt die Hose in den Kniekehlen, während er sich in einem schnellen, ziemlich groben Rhythmus immer wieder in sie rammt.

„Bei allem, was recht ist, aber das ist doch nicht normal!“

Erst als Shadow zu lachen anfängt, bemerke ich, dass ich das gerade laut gesagt habe.

„Hat es sich jemals rentiert *normal* zu sein?“

Seine Frage irritiert mich.

„Aber es ist doch normal, normal zu sein. Oder?“

Obwohl mir klar ist, dass es nicht richtig ist, die beiden beim Sex zu beobachten, schaffe ich es einfach nicht, den Blick abzuwenden.

Instinktiv reagiert mein Körper auf den Live-Porno, zwischen meinen Schenkeln beginnt es verräterisch zu pulsieren.

„Hier. Ich würde sagen, den hast du heute nötiger als ich.“

Shadow hält mir den Joint direkt vor die Nase. Ich nehme ihn und gönne mir einen weiteren Zug, dieses Mal sauge ich den süß schmeckenden Rauch vorsichtig in meine Lunge, behalte ihn da ein paar Sekunden lang und atme ihn langsam wieder aus.

Bei Gott, ich bin noch keine zehn Minuten da und völlig durch den Wind.

Was soll ich nur von all dem halten?

Wie soll ich mit Tick umgehen und wo zur Hölle steckt Angel?

„Scheiße!"

Wieder gibt der Prospect neben mir ein raues Lachen von sich. Im Gegensatz zu mir scheint er sich köstlich zu amüsieren.

„Komm schon, Süße. So wie ich Tick kenne, wartet er schon ungeduldig auf dich."

Mit dem Joint in der Hand und dem Blick noch immer auf dem vögelnden Pärchen, steige ich aus.

Es gibt ein berühmtes Sprichwort: Was in Las Vegas passiert, bleibt auch in Las Vegas.

Vielleicht sollte ich das einfach auf meine Situation umändern? Was in Tacoma passiert, bleibt auch in Tacoma.

Das lustvolle Stöhnen der Tussi, deren pralle Brüste auf die Motorhaube gedrückt werden, wird immer lauter. Der Mann hinter ihr verpasst ihrem nackten Po ein paar harte Schläge, ehe er ein ekeliges Grunzen von sich gibt.

Der Rhythmus der beiden wird immer schneller und wilder, meine Kehle wird trocken und mein Slip feucht.

„Härter, Sam! Härter!"

Das lässt sich Sam nicht zweimal sagen. Das Klatschen der aufeinandertreffenden Körper wird immer lauter. Ich bemerke erst, dass ich stehen geblieben bin, um die beiden länger beobachten zu können, als mir plötzlich eine dunkle, raue Stimme ins Ohr flüstert, dass ich es nur sagen muss, wenn ich genauso gefickt werden will. Der heiße Atem, der über meinen Hals streift und die kratzigen Bartstoppeln die über meine Haut streichen, lassen mich erschaudern. Ich muss mich gar nicht erst umdrehen, um zu wissen, wer mir dieses verruchte Angebot gemacht hat. Ticks Stimme würde ich überall und zu jeder Zeit wiedererkennen.

Tick nimmt mir den Joint ab und schnippt ihn dann auf den Boden.

Die orangefarbene Glut zerbröselt. Ohne zu zögern und so, als ob er jedes Recht dazu hat, schlingt er mir von hinten den Arm um die Mitte und platziert seine große Hand auf meinem Bauch.

Erneut verpasst Sam der stöhnenden Frau einen harten Schlag auf den Po. Ihr lustvoller Schrei lässt mich zusammenzucken.

„Schmerz und Lust. Manche Frauen brauchen eine harte Hand, um sich fallen lassen zu können. Wie ist das bei dir, Madison? Willst du hart angepackt werden, oder brauchst du es sanft?"

Meine Kehle ist so zugeschnürt, dass ich als Antwort nur ein unverständliches Krächzen zusammenbringe.

Tick nutzt meine Abgelenktheit aus. Er schiebt seine Fingerspitzen nach unten, so dass sie in meinem Hosenbund verschwinden. Ich spüre, wie sie rau über die empfindliche Haut an meinem Venushügel streichen, meine Knie geben nach.

Er presst mich an seinen harten Brustkorb, hält mich so aufrecht und leckt mit seiner heißen Zunge über meinen Nacken.

Mir ist klar, dass ich ihn von mir stoßen und ihm mitteilen sollte, dass ich nicht zu den Frauen gehöre, die sich einfach so im Dunkeln über eine Motorhaube beugen und ficken lassen, doch ich tue es nicht. Naiv wie ich bin, lasse ich zu, dass er seine Finger noch etwas weiter nach unten schiebt und zwischen meine Schamlippen gleitet.

Als er spürt, wie feucht und geschwollen ich bereits bin, gibt Tick ein gefährliches Knurren von sich.

Das Pärchen kommt zum Finale, die Frau schreit ihren Höhepunkt heraus, während Sam einen gutturalen Laut von sich gibt und sein Sperma in seine Sexpartnerin spritzt.

Heilige Mutter Gottes!

Wo zum Teufel bin ich hier nur gelandet?

Zutiefst erregt und zugleich extrem verwirrt lasse ich zu, dass Tick den Knopf meiner Hose öffnet und damit beginnt, kreisend über meinen Kitzler zu reiben.

Irgendwie kommt es mir so vor, als würde das gerade alles gar nicht passieren. Es ist einfach zu surreal.

„Warum bist du nach Tacoma gekommen, Madison?“

Es dauert ewig bis mein Verstand die Frage versteht und ich in der Lage bin, eine passende Antwort zu formulieren.

Erregt lecke ich mir über die trockenen Lippen.

„Um Angel zu besuchen und um ihr ihre Sachen zu bringen.“

Tick scheint die Antwort nicht zufriedenzustellen.

„Du bist also nicht hier, um herauszufinden, was das zwischen uns ist?“

Wahrheit oder Lüge? Ich entscheide mich für die Lüge.

„Nein.“

„Lügnerin!“

Ticks Finger dringt in mich ein, sein Handballen reibt über meine empfindliche Klitoris.

„Du lässt also jeden Mann einfach so in dein Höschen und in deine Pussy?“

Meiner kognitiven Fähigkeiten beraubt schüttle ich einfach nur verneinend den Kopf.

„Was ist los, Madison? Ich kann dich nicht hören."
Dieser Rocker bringt mich äußerst gekonnt und mit erstaunlicher Geschwindigkeit an den Rand des Erträglichen.

Hilflos umfasse ich sein Handgelenk und versuche, seine Hand aus meiner Hose zu bekommen, vergebens.

„Bitte...."

„Um was bittest du mich? Soll ich aufhören oder soll ich dich kommen lassen?"
Sein unverkennbarer Geruch steigt mir in die Nase. In dem Augenblick, in dem er seinen Finger aus meinem Inneren zieht, gebe ich ein frustriertes Aufstöhnen von mir. Lachend saugt Tick mein Ohrläppchen zwischen die Zähne und beißt sachte zu.

Er nimmt meine Klit zwischen Zeigefinger und Daumen gefangen und zwickt leicht zu - mehr brauche ich nicht.

Der Druck in meinem Unterleib wird unerträglich, meine Knie zittern und meine Atmung stockt.

„Ohhhhh..."

„Lass dich fallen, ich fang dich auf!"
Der Orgasmus, der wie eine Naturgewalt über mich hinwegfegt und meinem Verstand die Lichter ausgehen lässt, ist so stark, dass für einen gefährlich langen Moment alles vor meinen Augen schwarz wird.

Wimmernd kralle ich meine Hände an seinen Oberschenkeln fest und genieße die Zuckungen, die mich durchschütteln.

Atemzug für Atemzug zwinge ich mich dazu, frischen Sauerstoff in meine Lungenflügel zu bekommen.

Ich spüre den harten Beweis seiner Erregung, die sich fordernd gegen meinen Po drückt. Und ich bin Tick äußerst dankbar dafür, dass er sich zurückhält und mich einfach nur an seinen Brustkorb presst und wartet, bis ich wieder Herr meiner Sinne bin. In meiner momentanen Verfassung wäre ich nicht in der Lage, ihn abzuweisen. Dennoch weiß ich, dass ich mir dieses Zwischenspiel hier verzeihen kann, aber wenn ich jetzt auch noch Sex mit ihm hätte, wäre mir das zu viel – viel zu viel!

Eine kleine Ewigkeit später hat sich meine Atmung wieder normalisiert. Tick löst seinen Griff und es gelingt mir, etwas Abstand zwischen uns zu schaffen.

Sam und die Motorhaubenfrau sind längst verschwunden. Eine Welle des Schams überrollt mich.

Was um alles in der Welt habe ich getan?

Wie konnte ich es nur so weit kommen lassen?

Auf wackeligen Beinen gehe ich einen Schritt weg von Tick. Tränen steigen mir in die Augen, ich traue mich nicht, mich zu ihm umzudrehen und ihm in die Augen zu sehen.

Er scheint zu spüren, was los ist. Denn er packt mich am Arm und dreht mich mit einem kraftvollen Ruck zu sich um.

„Sieh mich an, Madison!“

Seine Stimme klingt kalt und befehlsgewohnt.

Ohne nachzudenken hebe ich den Blick und tue, was er von mir verlangt.

„Wage es ja nicht, dich zu schämen. Oder in Frage zu stellen, was gerade zwischen uns passiert ist!“

... *zwischen uns* ... Diese zwei Worte irritieren mich. Seit wann gibt es ein uns?

Wütend auf mich selbst kneife ich die Augen zusammen und reiße mich von ihm los.

„Bring mich zu Angel.“

Tick legt den Kopf schief und sieht mich prüfend an. Keine Ahnung, was er sich gerade denkt, aber ein paar Herzschläge später nickt er.

„Gut, ich bringe dich zu ihr. Aber eines sollte dir klar sein, Madison. Das hier“, er deutet zu mir und wieder zu sich, „ist noch lange nicht geklärt.“

Es fehlt mir der Mut, um ihm zu sagen, dass ich das anders sehe.

Als ich nichts erwidere, stößt er einen derben Fluch aus, packt sich meine Hand und führt mich in Richtung der lodernden Feuer und der lauten Musik.

Die Art, wie die Muskeln in seinen Armen zucken, verrät mir, dass Tick wütend auf mich ist. Aber das macht nichts. Wut ist besser als Leidenschaft, mit Wut kann ich besser umgehen...

Angespannt starre ich auf seinen breiten Rücken, lese immer wieder den Schriftzug auf seiner Kutte und wundere mich über mich selbst. Das, was in den letzten zehn Minuten passiert ist, war dann wohl der weltberühmte Bad-Boy-Effekt, ich kann also gar nichts dafür, dass ich mich in so ein schamloses Geschöpf verwandelt habe.

„Wenn du nicht in der Horizontalen landen willst, bleib in meiner Nähe!“

Tick dreht sich nicht mal zu mir um, während er mit mir spricht. Äußerst unhöflich!

„Ach, und in deiner Nähe besteht nicht die Gefahr, dass ich auf dem Rücken lande?“

Kaum dass ich die Worte ausgesprochen habe, bereue ich sie auch schon. Tick bleibt abrupt stehen und wendet sich zu mir um.

„Du spielst gerade ein gefährliches Spiel, Süße. Ich warne dich, das hier ist mein Revier, hier mache ich die Regeln.“

Mein Mund klappt auf, ohne etwas zu sagen schließe ich ihn wieder.

„Wie ich sehe, hast du verstanden, wie es läuft.“

Er marschiert weiter, bahnt sich einen Weg durch die feiernde Menge und zieht mich so rücksichtslos hinter sich her, dass ich ins Stolpern gerate.

„Verdammt! Mach langsamer!“

Als wir an den Bänken, dem riesigen Grill und den brennenden Ölfässern vorbei sind, stoppt er endlich.

Gerade als ich denke, dass er noch etwas zu mir sagen will, sehe ich Angel und Ghost auf uns zukommen. Tick wechselt ein paar Worte mit Ghost, ehe er ohne einen Blick zurück in der Menschenmenge verschwindet...

24. Kapitel

Tick

Zum Teufel mit dieser Höllenbraut.

Was denkt sich diese Frau eigentlich?

Anstatt dass sie mir einen verfickten Orden überreicht hat, zickt sie mich an und glaubt allen Ernstes, dass ich sie die Regeln aufstellen lasse.

Holy Shit! Während sie auf meinen Fingern und in meinen Armen stöhnend gekommen ist, hat mein Schwanz vor Schmerz geschrien.

Bei jeder anderen hätte ich nicht lange gezögert, sondern mich tief und hart in ihre enge Pussy gerammt. Doch nicht so bei Madison. Wie gesagt, einen verfickten Orden hätte ich verdient, und was habe ich bekommen? Undankbares Gezicke.

Seit zwei Jahrzehnten reicht es mir, einen Clubhasen nach dem anderen zu bumsen und was soll ich sagen? Bis jetzt hat mir das gereicht – bis jetzt.

Vor ein paar Jahren habe ich in Seattle eine schwarze Sportster 1000 stehen sehen. Ich wusste auf den ersten Blick, dass ich sie will.

Gesagt getan, ein Angebot und eine Drohung später war sie meine.

Genauso hat es sich mit Madison angefühlt. Ein Blick und ich wusste, dass ich diese Frau für mich will. Das Problem an der Sache ist nur, dass ich Angels Freundin nicht einfach wie ein Motorrad kaufen kann.

Eines haben die vergangenen zehn Minuten zumindest bewiesen. Die Kleine will mich auch. Sie ist nur zu verklemmt und zu kompliziert, um es einfach zuzugeben.

Um den Druck, der meine Eier beinahe platzen lässt, abzubauen, packe ich mir Nele, eine der Bitches, ziehe sie auf die westliche Seite des Clubhauses und schiebe ihr ohne ein Wort zu sagen meine Zunge in den Mund.

Erst als sie den Kuss erwidert und sich an meiner silbernen Gürtelschnalle zu schaffen macht, gebe ich ihren Mund wieder frei.

Als es ihr gelungen ist, meine Hose zu öffnen, lege ich ihr eine Hand auf die Schulter und drücke sie runter auf den Boden.

Kniend sieht sie zu mir hoch, leckt sich die Lippen und beginnt damit, mir einen runterzuholen. Genauso mag ich das.

„Brave Bitch!“

„Es ist lange her, dass ich an deinem Schwanz gelutscht habe.“

„Ich bin mir sicher, dass meine Brüder dafür gesorgt haben, dass du es nicht verlernt hast.“

Ihre Augen funkeln vergnügt. Nele geht seit Jahren bei den Riders ein und aus. Bei ihr muss ich keine Rücksicht nehmen, sie ist so einiges gewöhnt.

„Wenn du es gut machst, behalte ich dich vielleicht."

Sie gibt ein leises Lachen von sich.

„Scheiße, das haben schon viele gesagt. Und was hat es mir gebracht? Nichts. Ich knie wieder im Dreck und warte darauf, dass du dich bis zu den Eiern in meinen Rachen schiebst. Versprich nichts, was du nichts halten kannst, Tick."

Als das Arschloch, das ich nun mal bin, streiche ich ihr ein paar Mal über den Kopf, ehe ich ihr befehle, den Mund aufzumachen.

„Stütz dich mit den Händen an meinen Beinen ab. Ich werde nicht zärtlich sein."

„Als ob du das jemals gewesen wärst..."

Anstatt mir anzuhören, was sie zu sagen hat, packe ich mir ihre Haare und ramme mich mit einem kraftvollen Stoß in ihre Kehle. Das gurgelnde Geräusch und die Tränen, die ihr in die Augen schießen, lassen mich noch härter werden.

Mir ist klar, was ich mache. Ich lasse Nele für etwas büßen, das Madison getan hat.

Gott bin ich ein Wichser – ein zufriedener Wichser. Denn Nele ist viel zu erfahren, um sich zu beschweren. Züngelnd, lutschend und saugend gibt sie mir, was ich will. Ich lasse sie ein paar Minuten lang gewähren, ehe ich damit beginne, ihren Mund mit kraftvollen, tiefen Stößen zu ficken.

Als sie zu würgen anfängt, beschleunige ich meinen Rhythmus. Es dauert keine drei Minuten, bis ich sie Schub für Schub meinen Saft schlucken lasse.

Eine weiße, cremige Mischung aus Speichel und Wichse läuft ihr aus dem Mundwinkel.

Erst als sie meinen Schwanz brav sauber geleckt hat, ziehe ich mich aus ihrem Mund zurück und stecke ihn in die Hose.

Obwohl der schmerzhafte Druck jetzt weniger geworden ist, fühle ich mich nicht wirklich befriedigt.

„Verdammt!"

Fluchend schlage ich mit der Faust gegen die Wand, genieße den scharfen Schmerz, der mir durch den Arm zuckt und wische die blutigen Knöchel an meinem Hosenbein ab.

So langsam bekomme ich eine Ahnung davon, was Ace, Slide, Skorpion, Razzor und Spider dazu bewogen hat, sich eine Old Lady zu nehmen.

Dieser Wahnsinn muss aufhören, das alles muss aufhören. Ich werde nicht so dumm sein und mich für den Rest meines Lebens an ein und dieselbe Frau binden.

Das wäre, als würde ich die nächsten zwanzig Jahre nur noch ein und dieselbe Strecke fahren – absolut undenkbar.

Schlecht gelaunt mache ich mich auf den Weg zur Bar. Wenn ein Blow Job nicht dabei hilft meine Stimmung zu heben – Alkohol wird es mit Sicherheit tun.

25. Kapitel

Angel

„Und du willst mir sicher nicht sagen, was los ist?“
Madison grinst mich schief an und zuckt mit den Schultern.
„Es ist nichts. Die Fahrt war lang und letzte Nacht habe ich nicht besonders gut geschlafen.“
Auch wenn ich mir sicher bin, dass sie mir etwas verheimlicht, bedränge ich sie nicht weiter.
Ghost begleitet uns rauf in unser Apartment.
Im Clubhaus ist die Hölle los. Alle Members sind da, Dutzende Hangarounds und Bitches haben sich eingefunden, um mit den Crazy Devils zusammen eine wilde Party zu feiern.
Es ist nicht wirklich der perfekte Abend, um Madison zu zeigen, wo ich lebe...
Auch wenn ich es nicht gedacht habe, aber jetzt, wo ich Ghosts Leder trage, sehen mich alle mit ganz anderen Augen an. Die Männer mustern mich mit mehr Respekt und aus den Augen der Bitches spricht purer Neid und Missgunst.
Ace und Slide haben mir gratuliert, ich denke, sie sind erleichtert, dass es endlich offiziell ist. Dieses ganze Eigentumsdings ist ziemlich kompliziert, doch es erleichtert uns allen das Leben. Jeder Rocker auf diesem Planeten weiß, dass eine Old Lady tabu ist und dass sie mir Respekt behandelt werden muss. Nachdem er uns die Türe aufgesperrt hat, zieht Ghost mich in eine kurze Umarmung, haucht mir einen Kuss auf die Stirn und verpasst meinem Po einen leichten Klaps.
„Alles klar, Baby. Viel Spaß mit eurem Mädchenkram und wenn was ist, ruf an. Ich will nicht, dass du und deine Freundin ohne Schutz durch den Club spaziert. Diese ganze Party scheint langsam zu eskalieren, heute Nacht scheint es keine Regeln zu geben.“
Erneut küsst er mich, dann wendet er sich ab. Gerade als ich denke, dass er die Türe hinter sich zuzieht kommt er noch mal zurück.
„Versprich mir, dass du hier drinnen bleibst und mich anrufst, falls du was brauchst.“
Ghost und sein übertriebener Beschützerinstinkt. Amüsiert verdrehe ich die Augen.
Mein Rider sieht mich ernst an.
„Wenn du es nicht versprichst, setze ich Shadow auf dich an. Dann muss unser armer Prospect die ganze Nacht hier vor der Türe stehen und verpasst wegen deines Starrsinns die Feier. Willst du das, Angel?“
Boah…, das ist echt unfair.

„Nein, schon gut, ich ruf dich an, falls was ist."
„Brav. Ace und die anderen haben ihre Old Ladys ebenfalls schon heimgeschickt. Irgendetwas liegt in der Luft."
So langsam macht er mir mit seiner extremen Vorsicht echt Angst.
„Dann versprichst du mir jetzt aber, dass du jede Stunde mal hochkommst und mir einen Kuss gibst."
Lachend schüttelt er den Kopf.
„Oh Baby, das hätte ich sowieso."
Endlich lässt er uns alleine. Madison, die uns beobachtet hat, grinst von einem Ohr zum anderen.
„Du liebst diesen Mann."
An ihrer Stimme erkenne ich, dass das keine Frage war.
„Oh ja. Mehr als das Leben."
Ich führe sie ins Wohnzimmer und hole uns aus der Küche was zu trinken. Mit zwei Gläsern in der einen, einer Chipstüte unterm Arm und einer Flasche Rotwein in der anderen Hand setze ich mich neben sie auf die Couch.
Madison lässt ihren Blick prüfend über die Einrichtung gleiten. Falls ihr missfällt, was sie sieht, sagt sie kein Wort.
„Jetzt, wo wir unter uns sind. Magst du mir sagen, was da zwischen dir und unserem Sergeant-at-Arms läuft? Oder muss ich dich erst abfüllen?"
Passend zu meinen Worten entkorke ich den Wein und fülle unsere Gläser.
„Glaubst du, dass ich verrückt bin?"
Madisons Frage überrascht mich.
„Nein, wieso?"
Unsere Blicke treffen sich, in ihren Augen liegt ein seltsamer Ausdruck.
„Na, weil ich jetzt hier bin, mit dir Rotwein trinke und mich darüber freue, die nächsten Tage mit dir zu verbringen, anstatt mir den Kopf darüber zu zerbrechen, dass ich bei den Mördern meines Nachbarn zu Gast bin."
Obwohl sie Taylors Namen nicht ausgesprochen hat, hängt die Erinnerung an ihn plötzlich wie eine dunkle Gewitterwolke über uns.
„Weißt du, Süße, ich bediene mich jetzt einfach mal an dem Lieblingsspruch meiner Freundin Ellen: Karma ist kein Menü, sondern jeder bekommt, was er verdient! Was ich dir damit sagen will, ist, dass es einfach so kommen musste."
Ich nehme mir eines der Gläser, reiche Madison auch eines und stoße mit ihr an.
„Es wird Zeit für einen neuen Trinkspruch."
Madison nickt zustimmend. Gerade als ich mir einen ausdenken will, zwinkert sie mir verschwörerisch zu.

„Auf das Karma, denn es fickt einfach jeden!"
Vor lauter Schreck, dass Madison das gerade wirklich gesagt hat, fallen mir fast die Augen aus dem Kopf.

Bis jetzt hatte ich immer den Eindruck, dass Madison Schimpfwörter hasst und eher der brave, ruhige Typ Frau ist. Aber ganz offensichtlich habe ich mit dieser Einschätzung danebengelegen.

Wie heißt es so schön? Stille Wasser sind tief...

Lachend stoßen wir an. Ein lautes Klirren erfüllt den Raum und ich spüre, wie ich mich entspanne.

„Okay. Und jetzt los: Was ist mir dir und Tick?"

„Ich sage es dir, wenn du mir anschließend erklärst, warum du eine Kutte trägst, die dich als jemandes Eigentum bezeichnet."
Das ist nur fair.

„Okay, abgemacht."
Plötzlich wirkt sie irgendwie nervös.

„Oh Gott, Angel, du wirst mich für völlig bekloppt halten, wenn ich es dir erzähle."
„Nein, bestimmt nicht. Bleib locker, Liebes. Eines weiß ich ganz genau, die Dead Riders gleichen einer Naturgewalt, der man sich nicht so leicht entziehen kann."
Und während sie tief Luft holt, öffne ich die Chipspackung.

Wer hätte gedacht, dass mein Mann erst sterben muss, damit ich mich richtig frei fühle?

26. Kapitel

Ghost

Ich habe die Frauen in die Wohnung gebracht und bin auf dem Rückweg zur Party, da kommt Ace auf mich zu. An seinem finsteren Gesichtsausdruck erkenne ich sofort, dass irgendwas passiert sein muss.

„Was los, Präs?"

„Ist deine Lady in Sicherheit?"

Seine Frage erstaunt mich.

„Aye, ich habe sie und Madison gerade in unser Apartment gebracht."

Er fährt sich laut fluchend mit den Fingern durch seine schulterlangen schwarzen Haare.

„Wird sie da auch bleiben?"

Okay, so langsam macht mich sein Verhalten nervös.

„Sie hat mir ihr Wort gegeben. Wo liegt das Problem?"

Bevor er meine Frage beantwortet, lässt er seinen Blick durch das Innere des Clubs gleiten.

„Tom, einer unserer Hangarounds, hat sich an Mimi rangemacht. Das hat Mad nicht gepasst...."

Noch bevor Ace zu Ende gesprochen hat, ahne ich, was los ist. Mad hat seit Monaten ein Auge auf die kleine Bitch geworfen, doch bisher konnte er sich nicht überwinden, seine Freiheit an den Nagel zu hängen und die Clubmaus zu seiner Old Lady zu ernennen. Was echt scheiße ist. Denn solange er sie nicht für sich beansprucht hat, ist Mimi Freiwild. Jeder der anwesenden Kerle kann sie sich packen und sie ficken und Mad hätte nicht das Recht einzugreifen.

„... Es kam zum Wortgefecht, als Tom nicht nachgegeben und seine Hand in Mimis Rock geschoben hat, sind Mad sämtliche Sicherungen durchgebrannt. Tom liegt mit einem Loch im Kopf hinter den Garagen."

Holy Fuck!

„Was ist mit Mimi? Geht es ihr gut?"

Ace zündet sich eine Kippe an und stößt den Rauch durch die Nase wieder aus.

„Die Bitch steht unter Schock. Spider hat dafür gesorgt, dass Abigail sich um Mimi kümmert."

Die Zeit, in der ich für Abi verantwortlich war, ist längst vorbei. Ich habe Angel und sie ist nun Spiders Eigentum. Dennoch mache ich mir sofort Sorgen um sie.

„Abi ist hier? Auf der Party? Bullshit! Das ist zu gefährlich. Spider hätte das nie erlauben dürfen."

Lachend klopft Ace mir auf die Schulter.

„Du wirst nie aufhören, dich um das Mädchen zu sorgen, was Bro?“
Natürlich könnte ich es darauf schieben, dass wir es ihrem toten Onkel Catcher schuldig sind. Doch das ist nicht mein wahrer Beweggrund, und das weiß mein Präsident auch.
„Es ist mir in Fleisch und Blut übergegangen. Es fällt schwer, diesen Instinkt wieder abzulegen.“
„Das kann ich verstehen, Alter. Aber keine Sorge, Abigail und Mimi sind in Sicherheit. Lass uns die Leiche loswerden, ehe wir uns zu Sam setzen. So wie ich das sehe, wird uns der Grund für den Besuch der Crazy Devils nicht gefallen. Da steht uns Ärger ins Haus.“
So viel zu meiner Hoffnung, dass die nächsten Wochen und Monate etwas ruhiger werden. Zusammen mit Ace überquere ich den Hof, Skorpion schließt sich uns an. Hinter den Garagen stehen Mad und Slide. Während Slide ziemlich angepisst aussieht, scheint Mad die ganze Situation nicht wirklich zu stören. Mad hat genau wie Spider und Poker viele Jahre als Nomad gelebt. Die Zeit auf der Straße hat ihn abgehärtet. Es braucht mehr als eine ausschweifende Party, eine unter Schock stehende Tussi und einen toten Hangaround, um ihn aus der Fassung zu bringen.
Auch wenn ich nicht gut finde, dass er Tom gleich erschossen hat - meiner Meinung nach hätte ein Schuss ins Bein auch ausgereicht, um seinen Besitzanspruch zu untermauern - kann ich doch verstehen, warum er so gehandelt hat. Allein die Vorstellung, dass ein anderer Mann Hand an Angel legt, reicht aus, um mich erschaudern zu lassen.
„Respekt, Bro. Du hast mal wieder bewiesen, dass du schneller schießen als denken kannst.“
Mads einzige Reaktion auf Skorpions Äußerung ist ein ausgestreckter Mittelfinger.
Skorpion atmet geräuschvoll ein.
„Mag sein, dass du diese Kacke hier lustig findest, ich werde mir morgen wieder was von Nora anhören dürfen. Sie hasst es, wenn ich sie und die Kids die ganze Nacht allein lasse.“
Mad stößt ein trockenes Lachen aus.
„Shit, Bro. Willst du mir sagen, dass du vor deiner Lady kuschst? Echt jetzt? Sei ein Mann. Zeig deinem Mädchen, wer die Eier hat und hör auf rumzujammern.“
Wohlwissend, was jetzt passieren wird, gehe ich einen Schritt zurück und warte ab, bis Skorpion mit Mad fertig ist.
Es dauert keine Minute, bis Mad zusammengekrümmt mit schmerzverzerrtem Gesicht auf dem Asphalt liegt und sich den Sack hält.

„Wenn du noch einmal die Dreistigkeit besitzt und mir sagen willst, wie ich mit meiner Old Lady umgehen soll, werde ich mich nicht damit zufriedengeben, dich nur auf den Boden zu schicken. Verstanden?“

Ace wirkt genervt.

„Kommt schon, Männer. Das hier ist kein Kindergarten. Reißt euch zusammen. Ich für meinen Teil kann es kaum erwarten, mich endlich in meiner Lady zu versenken. Also Beeilung jetzt.“

Slide stößt sich von der Garagenwand ab, an die er sich bis eben gelehnt hatte und geht auf Spider zu, der mit einer großen Plane in der Hand ums Eck kommt.

„Los jetzt. Packt alle mit an. Wir werden ihn darin einwickeln und ins Auto schaffen. Shadow soll sich gleich im Morgengrauen daranmachen, ihn im Wald zu vergraben.“

Slide und Spider rollen die Plane aus. Ich greife mir Toms Füße, während Skorpion oben anpackt. Keine Viertelstunde später ist es geschafft. Der leblose Körper des Hangarounds ist im Van verschwunden und Slide schüttet eine Flasche Chlor auf den rostroten Blutfleck.

„Soweit ich weiß hatte Tom keine Familie. Mit ein bisschen Glück wird er nicht so bald vermisst. Das Letzte, was wir gebrauchen können, ist, dass die Bullen uns mit diesem Mord in Verbindung bringen und auf unserem Gelände herumschnüffeln.“

Um auf Nummer sicher zu gehen, durchsuche ich seine Hosentaschen. In der linken werde ich tatsächlich fündig.

Ich ziehe sein Mobiltelefon heraus, löse den Akku, zerbreche die SIM-Karte und stecke es ein. Die Überreste werde ich schnellstmöglich verschwinden lassen.

„Kommt es mir nur so vor, oder sind unsere Ladys in letzter Zeit der Hauptgrund dafür, dass wir Rider in alarmierend kurzen Abständen irgendwelche Leichen beseitigen müssen?“

Ace und Slide sehen mich nachdenklich an.

„Yes, Bro, mit dieser Einschätzung liegst du absolut richtig.“

Skorpion schnalzt laut mit der Zunge, ehe er sich eine Zigarette anzündet.

„Vorsicht, Brüder. Verallgemeinert das nicht. Vielleicht liegt es nicht an den Old Ladys, sondern an euch. Schon mal daran gedacht, dass ihr eure Weiber nicht im Griff habt? Für Nora musste ich bis jetzt niemanden abknallen.“

Mad, der sich langsam wieder aufgerappelt hat, hält sich aus dieser Diskussion raus. Wahrscheinlich befürchtet er, dass seine Eier einen weiteren Tritt nicht unbeschadet überstehen würden.

Ace atmet tief durch, er wirft einen letzten Blick auf das Blut am Boden, ehe er genervt den Kopf schüttelt.

„Jetzt werde ich unseren Prospect darüber informieren, dass er morgen mal wieder zum Spaten greifen muss, dann gönne ich mir ein kaltes Bier und verpisse mich für heute. Was auch immer Sam noch mit mir besprechen will, das kann sicherlich auch bis morgen warten."

Slide hat genug von der Party, er macht sich direkt auf den Weg zu Ellen, und da Skorpion gerade mit Nora telefoniert und ihr verspricht, sofort heimzukommen, gehe ich davon aus, dass für ihn nicht mal ein kaltes Bier drin sein wird. Seit sie mit ihrem vierten Kind schwanger ist, hat sich seine Old Lady in eine kleine, schlecht gelaunte Diktatorin verwandelt.

Um Angel noch etwas ungestörte Zeit mit ihrer Freundin zu lassen, gehe ich erst zur Bar, organisiere mir ein Bier und suche mir anschließend einen freien Stuhl an einem der Feuer.

Tick taucht neben mir auf, er setzt sich auf die Bank, die rechts von mir steht und starrt nachdenklich ins Feuer.

„Wie ich höre, hatte Mad seinen nervösen Zeigefinger mal wieder nicht im Griff."

Es war ja klar, dass sich der Vorfall bereits herumgesprochen hat.

„Ja. Er braucht wohl noch etwas, bis er sich an das Leben im Chapter gewöhnt hat. Während seiner Zeit als Nomad hat es ihm bestimmt das ein oder andere Mal den Arsch gerettet, dass er schnell mit der Waffe ist."

Für die Dauer einer Zigarette schweigen wir.

„Wo stecken Madison und Angel?"

Seine Frage reißt mich aus meinen Überlegungen.

„Oben in der Wohnung. Sie haben sich viel zu erzählen."

Ticks gemurmeltes „Darauf wette ich" lässt mich hellhörig werden.

Einen Schluck von dem Bier nehmend sehe ich in an.

„Was läuft da, Tick? Muss ich irgendetwas wissen?"

Es spielt keine Rolle, dass ich Madison kaum kenne. Sie ist Angels Freundin und sie befindet sich auf dem Clubgelände. Was bedeutet, dass ich bis zu ihrer Abreise ein wachsames Auge auf sie haben werde.

„Scheiße Ghost, ich habe keine Ahnung."

Die Resignation, die in der Stimme meines Bruders mitschwingt, verrät mir, dass irgendetwas zwischen den beiden gelaufen ist. Aber dass es nicht so geendet hat, wie Tick sich das erhofft hat.

„Tu mir nur einen Gefallen und mach keinen Scheiß mit ihr. Für Angel ist Madison wichtig. Ich will meiner Lady nicht erklären müssen, dass einer meiner Brüder Madison für immer verschreckt hat."

Der Sergeant-at-Arms unseres Clubs spuckt auf den Boden und richtet seinen Blick anschließend wieder auf das Feuer.

„Ich hab gesehen, dass Angel endlich dein Leder trägt. Ich gratuliere dir, Bro. Du hast hart für dieses Mädchen gekämpft."

„Danke. Die Zeit wird zeigen, wie sich das alles entwickelt."

Wieder breitet sich ein einvernehmliches Schweigen zwischen uns aus.

„Wegen Madison. Du hast mein Wort, dass ich der Kleinen nichts tun werde."

Auch wenn *nichts tun* Auslegungssache ist, bin ich froh, dass Tick verstanden hat, dass Madison kein Frischfleisch ist.

Nach dem letzten Schluck Bier stehe ich auf, klopfe Tick auf die Schulter und mache mich auf den Weg zu meiner Lady.

Der Tag war lang und die Nacht anstrengend. So wie ich den Besuch der Crazy Devils einschätze, kommt da erneut Ärger auf uns zu. Es kann also nicht schaden zumindest ein paar Stunden zu schlafen, um morgen einen klaren Kopf zu haben.

27. Kapitel

Angel

Tick und Madison... Wer hätte das gedacht?

Bis jetzt kam mir Tick immer wie der einsame Wolf des Dead-Rider-Rudels vor. Natürlich ist mir nicht entgangen, dass er sich immer wieder eine der vielen Bitches gepackt hat, aber da war nie etwas Festes. Im Grunde genommen hat er keine Frau wirklich an sich rangelassen. Bei Mad weiß ich, dass er ein Auge auf Mimi geworfen hat, doch bei Tick ist mir nie aufgefallen, dass er einen der Clubhasen bevorzugt hätte.

Was ich jetzt davon halten soll, dass er sich an Madison ran gemacht hat, weiß ich nicht genau.

Ihm ist sicherlich bewusst, dass er mit meiner Freundin nicht wie mit irgendeiner billigen Nutte umspringen kann. Doch was sind seine Beweggründe?

Das verräterische Glänzen in Madisons Augen verrät mir, dass sie das alles ziemlich aufregend findet. Natürlich will ich sie nicht desillusionieren, aber das Leben in einem Motorcycle-Club ist kein Zuckerschlecken.

Unsere Männer kennen keine Gnade, sind so gut wie immer bewaffnet und zögern nicht, wenn es darum geht abzudrücken. Die Gesetze der normalen Welt zählen für die Dead Riders nicht. Wir sind wie ein eigener Stamm, mit eigenen Regeln und einem eigenen Kodex. Jeder der Rocker ist Tatverdächtiger, Kläger, Richter und Henker, und das in einer Person. Wenn sich jemand mit einem Rider anlegt, hat er sofort mit dem ganzen MC Ärger. Wir sind eine Gemeinschaft, eine Familie, die ohne zu zögern füreinander durch dick und dünn geht. Das mag jetzt alles wahnsinnig romantisch und toll klingen, aber es ist auch verdammt anstrengend.

„Und du bist dir sicher, dass nach all den Jahren, in denen du alleine gewesen bist, ausgerechnet Tick der Mann ist, den du in dein Leben lassen willst?"

Mittlerweile ist die Weinflasche leer und wir sind auf Erdbeerlimes umgestiegen.

„Sicher? Ich?"

Madison schüttelt sich lachend.

„Verdammt, Angel, ich habe keine Ahnung, was ich von der Sache halten soll. Sicher bin ich mir mit gar nichts. Wenn es um Männer ging, war ich immer sehr vorsichtig. Im Nachhinein vielleicht sogar etwas zu vorsichtig. Die Liebe kennt keine Weisheit. Es gibt keine Garantien, nur jede Menge Risiken. Aber das muss ich dir ja nicht sagen."

Oh nein, ganz gewiss nicht. Auch wenn sofort Taylors Gesicht vor meinem geistigen Auge aufflackert, weigere ich mich, an ihn zu denken. Dieses schmerzhafte, düstere Kapitel meines Lebens ist endgültig abgehakt.

Sie greift in die fast leere Chipstüte und steckt sich eine dünne Kartoffel-Paprika-Scheibe in den Mund.

„Würdest du mir einen Gefallen tun, Angel?"

Da ich ihr nach der letzten Nacht eine ganze Wagenladung Gefallen schulde, kann ich, obwohl ich ahne, worum es geht, schlecht nein sagen.

„Welchen?"

Eine leichte Röte überzieht ihre Wangen, ganz offensichtlich ist es ihr peinlich.

„Erzähl mir von Tick und von dem Leben, das du hier führst. Aber ich will nicht die Standardversion hören, sondern die Wahrheit."

Für einen Moment zögere ich.

„Hör mal, Madison. Ich weiß nicht, ob das so gut wäre. Versteh mich nicht falsch, aber du bist eine Außenstehende. Und na ja, wir reden nicht über Clubangelegenheiten mit Zivilisten."

Verfluchte Scheiße! Erst als ich es ausgesprochen habe, merke ich, dass ich schon fast wie Ellen oder Amy klinge.

Der Dead-Riders-Motorcycle-Club gegen den Rest der Welt...

Madison legt sich in einer dramatischen Geste die rechte Hand auf die Brust und schwört mir im Brustton der Überzeugung, dass sie alles, was ich ihr sage, für sich behalten wird. Obwohl sie mittlerweile leicht lallt, scheint sie es absolut ernst zu meinen.

Ich stecke echt in einer Zwickmühle. Einerseits fühle ich mich dem MC verpflichtet, andererseits ist Madison meine Freundin.

„Okay, gut. Ich erzähle es dir. Aber es kann sein, dass es dein Weltbild zerstören wird."

Plötzlich wird sie ganz ernst.

„Taylor hat mein Weltbild schon zerstört. Glaube mir. So schnell schockt mich nichts mehr."

„Oh weh, wenn du nur wüsstest... In der Nacht, in der ich Ghost kennengelernt habe, wurden wir von chinesischen Auftragskillern angegriffen. Ich war Striptease-Tänzerin in einem Laden namens *Devils Point* und habe einen Mann getötet. Glaube mir, Madison: Taylor war ein brutales Dreckschwein, aber gegen die Riders war er harmlos. Damals hat Ace, der Präsident der Riders - du hast ihn letzte Nacht kennengelernt-, die Überreste der Schlitzaugen mit Handgranaten in die Luft gesprengt."

Madison sieht mich fassungslos an.

„Und das war nur ein Abend von vielen. Also überleg dir gut, ob du wirklich alles wissen willst. Es kann durchaus sein, dass du Dinge über mich und Ghost erfahren wirst, die dir nicht gefallen werden. Und ich will dich nicht verlieren, Süße. Du bist meine Freundin, ich brauche dich."

Madisons Gesichtsfarbe hat von rot auf grünlich gewechselt.

„Du... du hast mir gerade ernsthaft erzählt, dass du jemanden umgebracht hast?"

„Ja."

„Aber warum? Ich meine, aus welchem Grund?"

Es war klar, dass sie mir diese Fragen stellen würde, und es stört mich nicht, sie zu beantworten. Am Anfang hatte ich echt Probleme damit, dass ich eine Mörderin bin, mittlerweile habe ich verstanden, dass ich es tun musste, um zu überleben.

„Dieser Chinese wollte die Dead Riders töten. Er und seine Männer waren professionelle Killer ohne Herz und Mitleid. Sie haben dutzende von Menschen getötet. Es gab nur zwei Möglichkeiten: er oder ich. Also habe ich gehandelt. Ich hatte es so satt, ein Opfer zu sein."

Ungläubigkeit spiegelt sich in ihren Augen.

„Du hast dich verändert. Du bist stärker geworden, Angel."

„Ja, und das verdanke ich alles Ghost, seinen Brüdern und deren Old Ladys."

Wieder nimmt sie sich einen Kartoffelchip.

„Wenn du schon davon anfängst: Warum trägst du diese Lederweste, auf der steht, dass du das Eigentum eines Mannes bist. Taylor hat dich auch immer als seinen Besitz bezeichnet. Du hast es gehasst. Warum lässt du erneut zu, dass ein Mann dich beherrscht?"

Ich kann verstehen, warum Madison dieses Rocker-Verhalten nicht begreift. Auch ich habe lange gebraucht, bis ich erkannt habe, dass es eine Ehre ist, die Old Lady eines Dead Riders zu sein.

„Taylor wollte mich besitzen, um über mich zu bestimmen und mich zu kontrollieren. Er wollte mich klein halten, unterdrücken und verletzen. Bei Ghost und seinen Brüdern ist das etwas anderes. Ghost will, dass ich zu seinem Eigentum werde, damit er das elementare Recht hat, mich zu beschützen. Er will, dass ich sicher bin und bewacht mich mit seinem Leben. Völlig egal, was auch passieren wird, Ghost wird immer an meiner Seite sein und sich im richtigen Moment vor mich stellen, um alle fliegenden Kugeln abzufangen... Ich weiß nicht genau, wie ich es beschreiben soll, damit du es verstehst. Aber Ghost würde sich eher beide Hände abhacken, als dass er mich verletzen würde. Diese Lederkutte zeigt der ganzen Welt, dass ich zu den Dead Riders gehöre und dass ich die Old Lady des Rockers Ghost bin. Sie ist ein Zeichen

des Schutzes und der Stärke, nicht der Unterdrückung."
Ich habe mich so in Rage geredet, dass ich jetzt ganz außer Atem bin.

„Du liebst diesen Mann wirklich, was?"

„Oh ja! Er ist meine zweite Hälfte, wenn er nicht bei mir ist, komme ich mir unvollständig vor. Wir komplettieren uns gegenseitig auf eine Weise, die ich nicht für möglich gehalten hätte.

Madison schlingt sich die Arme um den Körper und sieht mich aus traurigen Augen an.

„Genau das will ich auch. Bei diesem Tick beginnt mein Kreislauf völlig durchzudrehen. Mein Puls schnellt in die Höhe und ich kann meine Augen nicht von ihm lassen. Doch ich will ehrlich zu dir sein, Angel, ich habe keine Ahnung, ob ein Mann wie er wirklich zu mir und in mein Leben passt. Versteh mich bitte nicht falsch. Ich bin froh, dass er und der andere Rider Taylor erschossen haben, dennoch ängstigt es mich, dass der Tod eines Menschen nichts Besonderes für Tick zu sein scheint. Wie kann er so kalt und abgebrüht sein?"

Natürlich verstehe ich Madisons Bedenken, dennoch kann ich nicht zulassen, dass sie Tick abgebrüht und kalt nennt. Denn das ist er nicht.

„Tick hat genau wie alle anderen Dead Riders zwei verschiedene Seiten. Er kann extrem brutal und gewalttätig sein, aber auch sehr liebevoll und fürsorglich. Es kommt darauf an, wer du bist und zu wem du gehörst. Bist du ein MC-Mitglied, dann hast du vor ihm nicht zu befürchten, im Gegenteil, er wird immer loyal zu dir stehen. Bis du aber ein Außenseiter, der ihn oder einen von seiner Familie bedroht, zögert er nicht und bringt dich um - so einfach ist das. Hör zu, Liebes. Sollte das zwischen Tick und dir wirklich ernster werden, dann kannst du dich glücklich schätzen. Du könntest dir keinen besseren Mann aussuchen."

Nachdenklich schenkt sie uns beiden erneut etwas von dem dickflüssigen pinken Limes ein und reicht mir eines der Gläser.

„Auf Männer und andere Katastrophen."

Was für ein cooler Trinkspruch. Ich hebe mein Glas, stoße an und wiederhole ihre Worte.

„Auf Männer und andere Katastrophen."

Der süße Alkohol rinnt durch meine Kehle, ich weiß jetzt schon, dass ich die Kombination aus Wein und Schnaps morgen bereuen werde.

„Würde es dich stören? Ich meine, wenn ich Ticks Annäherungsversuche nicht länger abzuwehren versuche?"

„Nein. Wobei von *abwehren* ja nicht wirklich die Rede sein kann...."

Als ich auf das, was sie mir erzählt hat, anspiele, wird sie rot wie eine Tomate.

„Sei still, Angel. Das war mein erster Orgasmus seit Jahren, den habe ich mir echt verdient."

„Ja, das sehe ich auch so. Am besten machst du dich gleich auf die Suche nach unserem Tickilein und sorgst dafür, dass er dir heute Nacht beweist, was ein Rider so alles draufhat.“

Irgendwie gefällt mir die Vorstellung von Madison und Tick. Wenn das zwischen den beiden wirklich etwas Ernstes sein sollte, würde ich Madison bestimmt öfters sehen.

„Oh nein, keine Chance. Wenn er mich wirklich will, dann muss er dafür kämpfen. Ich werde es ihm nicht leicht machen. So viel steht fest.“

Als ich erneut nach den Chips greifen will, verliere ich das Gleichgewicht. Zwar versuche ich noch, mich an Madison festzuhalten, doch es gelingt mir nicht. Erschrocken kreischend falle ich von der Couch und komme unsanft auf dem Boden auf.

Mit meinen durch die Luft wirbelnden Füßen werfe ich die Limesflasche um, die von dem Tisch rollt und auf dem Boden in tausend kleine Scherben zerspringt.

Mein lautes „Au!“ wird von Madisons „Scheiße!“ begleitet.

Noch bevor ich mich wieder aufrappeln kann, wird die Wohnungstüre aufgerissen und Shadow eilt mir gezogener Waffe ins Wohnzimmer.

Sofort beginnt Madison erschrocken zu kreischen, während ich ihn erst perplex anstarre und dann anfange zu lachen.

Tränen steigen mir in die Augen, ich bekomme kaum noch Luft. Mir ist klar, dass ich gerade aussehe wie eine Robbe mit einem epileptischen Anfall, doch ich kann nicht aufhören. Die Situation ist einfach zu komisch ...

„Scheiße, kann man hier in diesem Club nicht mal lachend vom Sofa fallen, ohne dass irgendwer seine Pistole zieht?“

Madison sieht Shadow fragend an.

„Sorry Mädels. Meine Schuld..., aber da Angel dafür bekannt ist, Probleme magnetisch anzuziehen, gehe ich bei Ghosts Lady kein Risiko ein.“

Seine Worte scheinen meine Freundin zu beruhigen.

„Gut. Jetzt wo du siehst, dass ihr niemand etwas antun will, wärest du dann bitte so nett und steckst deine Waffe wieder ein? Diese Dinger machen mich nervös.“

Shadow zieht seine Augenbrauen nach oben, lässt seine 9-Millimeter jedoch wieder in dem Holster unter seiner Kutte verschwinden. Anschließend lässt er seinen Blick über das Wohnzimmer, die leeren Weinflasche und den umgekippten Erdbeerlimes schweifen

„Geht es dir gut, Angel?“

„Mhmmm....“ Die Sorge in seinen grauen Augen amüsiert mich.

Ich erlaube es mir, diesen Prospect mal genauer anzusehen und stelle fest, dass er ja eigentlich ganz sexy ist.

„Sag mal, Shadow, hast du eigentlich einen Waschbrettbauch?"
Seine Augen verengen sich zu Schlitzen.
„Was?"
„Na, du hast mich schon verstanden. Hast du ein Sixpack? Besteht dein Bauch aus reinen Muskeln, Tälern und Hügeln?"
Anstatt mir eine Antwort zu geben, stößt er einen leisen Fluch aus und murmelt irgendetwas Unverständliches über betrunkene Weiber und zu wenig Nerven.
Mit zwei großen Schritten kommt er auf mich zu, stellt sich hinter mich und schiebt seine Hände unter meine Achseln.
„Komm schon, Süße. Steh auf und dann ab ins Bett."
Madison beobachtet, wie Shadow mich hinstellt. Als sie sich sicher ist, dass er alles im Griff hat, geht sie in die Küche und kommt wenige Sekunden später mit Handfeger, Kehrblech, einem Tuch und einem Eimer zurück. Das Klirren der ersten Scherben, die sie in den Putzeimer wirft, vermischt sich mit der lauten Musik, die noch immer durch die offen stehende Haustüre zu uns hereindringt.
Shadow lässt mich los, ich wanke leicht, ehe meine Beine unter mir nachgeben.
„Fuck, Angel!"
Mit diesen nicht besonders charmanten Worten fängt mich der Prospect auf, bevor ich in den Scherben auf dem Boden lande.
Da taucht Ghost plötzlich in meinem Blickfeld auf. Sein lautes „Was zur Hölle...", erschreckt Madison so, dass sie sich mit einer der Scherben in den Finger schneidet. Blut spritzt aus der knapp vier Zentimeter langen Wunde, sofort beginnt mein Magen zu rebellieren.
„Na endlich, Bro. Es wurde auch Zeit, dass du kommst."
Ohne auf Shadows Worte einzugehen, kommt Ghost auf mich zu, packt mich am Arm und reißt mich an seinen Brustkorb.
„Verdammt, Weib."
Er presst mir einen schnellen, harten Kuss auf die Lippen, sofort breitet sich in meinem Unterleib ein sehnsüchtiges Ziehen aus.
„Hat Ace dir Bescheid gegeben?"
Keine Ahnung, wovon Ghost redet, aber Shadow scheint es zu wissen, denn er nickt ernst.
„Ja, das hat er."
Mein Kerl wirkt zufrieden.
„Gut, du kannst deinen Posten verlassen, Prospect. Tu mir einen Gefallen und verarzte Madisons Schnittwunde."
Shadow sieht nicht begeistert aus, winkt jedoch Madison mit einer Handbewegung zu sich.

„Komm schon, Baby. In der Küche befindet sich ein Erste-Hilfe-Kasten mit Verbandszeug."
Als Madison zögert, sehe ich sie kurz an.
„Stell dich nicht so an. Er wird dich schon nicht fressen. Und vielleicht findest du ja so heraus, ob unser Anwärter ein Sixpack hat."
Ich schaffe es gerade noch, ihr verschwörerisch zuzuzwinkern, ehe ich gepackt, hochgehoben und über eine harte Schulter geworfen werde.
Lachend verpasse ich Ghost einen Schlag auf den Rücken, doch er zuckt nicht mal zusammen.
„Lass mich sofort wieder runter!"
„Ach und wieso sollte ich das tun? Damit du dich mit deiner Freundin über den Körper anderer Männer unterhalten kannst? Bestimmt nicht."
Madison sieht uns beiden noch kurz nach, ehe sie mit Shadow das Wohnzimmer verlässt.
Wenige Atemzüge später verpasst Ghost mir einen Klaps auf den Po und wirft mich in unser Bett.
„Scheiße, Frau! Da lässt man dich mal zwei Stunden lang alleine und schon stellst du nur Mist an."
Über seine schlechte Laune verwundert suche ich seinen Blick.
„Welchen Mist?"
„Du betrinkst dich, liegst in Shadows Armen und spekulierst über die Bäuche anderer Männer." Er macht eine kurze Pause. „Habe ich irgendetwas vergessen?"
Wie bitte?
„Was redest du denn da? Ich habe nicht in Shadows Arm gelegen. Er hat mir nur hoch geholfen, als ich von der verdammten Couch gefallen bin. Und betrunken bin ich auch nicht. Ich bin gerade mal so beschwipst, dass ich all meine Hemmungen verliere und im Bett zur Wildkatze werde.... Willst du denn kein wildes Kätzchen, das so lange an deinem geilen Schwanz lutscht, bis die Sahne rauskommt?"
Aus Ghosts Kehle löst sich ein dunkles Grollen.
„Du treibst mich in den Wahnsinn, Frau!"
An seiner Tonlage kann ich nicht erkennen, ob das jetzt was Gutes oder eher was Schlechtes ist. Schulterzuckend beschließe ich, dass es mir egal ist, rapple mich auf, gehe auf die Knie und krabble quer über das Bett zu meinem finster dreinblickenden Dead Rider.
„Also, Rocker? Willst du streiten oder deinen Schwanz tief in meine Kehle schieben und abspritzen?"
Seine Lippen bilden einen dünnen Strich, der Muskel an seinem Kiefer zuckt unheilvoll.
„Am liebsten würde ich dich über meine Knie legen, meine Finger um deinen Nacken schlingen, dich nach unten drücken und dir den Arsch

versohlen. Aber da ich weiß, dass das ein *Hard Limit* für dich ist, werde ich mich damit zufriedengeben dich so lange zu ficken bis du mich um Gnade anflehst."

Während seiner beeindruckenden Ansprache hat er sich die Weste von den Schultern gestreift und sie ordentlich auf die Kommode gelegt. Mein Blick huscht sofort zu dem ledernen Holster, in dem seine Waffe steckt. Vor ein paar Wochen hätte mich dieser Anblick noch verängstigt, jetzt hingegen macht er mir nichts mehr aus. Ohne seine Augen von meinem Gesicht zu lösen, öffnet er den Knopf seiner Hose, zieht den Schlitten des Reißverschlusses nach unten, kickt sich die Schuhe von den Füßen und steigt aus seiner Jeans.

Muskulöse, leicht behaarte Oberschenkel kommen zum Vorschein. Unter der schwarzen enganliegenden Boxershorts, die meiner Fantasie nicht viel Spielraum überlässt, zeichnen sich die Konturen seines dicken Gliedes ab. Sofort läuft mir das Wasser im Mund zusammen.

Mich auf die Fersen setzend umfasse ich den Saum meines Shirts und ziehe es mir über den Kopf. Ich beobachte Ghost dabei, wie er sich immer weiter entkleidet und lecke mir hungrig über die Lippen.

Es dauert nicht lange bis alle störenden Kleidungsschichten auf dem Boden liegen.

Verflixt, ist dieser Rocker schön... Vielleicht nicht auf die herkömmliche Art. Dennoch finde ich jeden Zentimeter seines harten, vom Leben gezeichneten Körpers anbetungswürdig.

Er kniet sich auf die Matratze, bedeckt meinen Mund mit dem seinen und nagelt mich rücklings auf dem Bett fest. Wie immer, wenn ich mich meinem Rocker hingebe, ist mir seine körperliche Überlegenheit deutlich bewusst.

Ghost schickt seine Hände auf Reisen, gleitet über meine Flanken, liebkost meine Brüste und streicht über meine linke Schulter. Seine Berührungen sind weder grob noch sanft, sondern besitzergreifend. In den Tiefen seiner silbergrauen Augen wütet ein Sturm.

Atemlos wühle ich mich mit der Zunge durch seinen Mund, sauge seinen Geschmack in mich auf und knabbere an seiner Unterlippe.

„Oh Baby... ich will in dir sein."

Ghost drängt meine Knie auseinander, legt sich zwischen meine gespreizten Beine und reibt mit seiner Erektion über meine empfindliche Mitte. In dem Augenblick, in dem er seine Hand über meinen Venushügel und zwischen meine Schenkel gleiten lässt, zieht sich mein Unterleib erwartungsvoll zusammen.

Der Druck, der sich in meinem Inneren aufbaut, erreicht ein neues Level. All meine Gedanken lösen sich in Luft auf und alles, was in diesem Moment noch für mich zählt, ist der Mann, dem ich mein Herz geschenkt habe.

Ein heißer Schauer lässt mich erbeben, meine Haut beginnt zu prickeln. Ghost hält mich schützend, während ich unter ihn zerfließe. Seine Iris ist ausnahmsweise so voller Farbe, dass ich mich nicht daran satt sehen kann.

Er gehört mir und ich gehöre ihm – für immer.

Seine Zähne graben sich in meinen Hals, er beißt zu, während er mit einem seiner Finger tief in mich eindringt. Ich liebe es, wenn Ghost seine wilde und animalische Seite zeigt. Die Kombination aus bittersüßer Pein und reiner Begierde ist unglaublich intensiv.

Das lustvolle Stöhnen, das sich aus meinem Mund löst, durchbricht die Stille.

Ghosts eindringlicher Blick ruht auf mir, er beobachtet mich, saugt jede meiner Regungen regelrecht in sich auf.

Immer wieder entzieht er mir seinen Finger, nur um erneut in mich einzudringen. Schweißperlen bilden sich in meinem Nacken, während seine Finger immer tiefer in mich stoßen.

Ghost beugt sich brummend über mich, seine Zunge umkreist meine linke Brustwarze, ehe er sie langsam zwischen seine Zähne saugt. Züngelnd und knabbernd foltert er sie so lange, bis ich um Gnade flehe.

Hilflos schließe ich die Augen, plötzlich umschließen seine rauen Finger meine Kehle, Ghost drückt leicht zu, lässt mich fühlen, wie wehrlos ich bin. Verzweifelt erwidere ich seinen dunklen Blick, ein Hauch von Angst breitet sich in mir aus.

Immer und immer wieder dringt er mit seinen Fingern in mich ein, stimuliert meinen G-Punkt und bringt mich so immer höher auf den Gipfel der Lust.

„Du gehörst mir, Angel. Du bist der Grund meiner Existenz."

Wimmernd öffne ich die Augen. Rhythmisch taucht er erneut in mich ein, massiert meine angeschwollene Perle und verpasst meinen empfindlichen Schamlippen einen leichten Klaps.

Seine Hand, die noch immer an meiner Kehle ruht, ist mir nur allzu deutlich bewusst.

Zuckend zieht sich meine Scheidenmuskulatur zusammen, meine Zehenspitzen krümmen sich, ich bin kurz davor zu explodieren.

Japsend schnappe ich nach Atem, umfasse sein Handgelenk und versuche, seine Finger von meinem Hals zu lösen – vergeblich. Anstatt mich freizugeben, drückt er noch etwas fester zu. Der Sauerstoffmangel, die exquisite Angst, die mich fest im Griff hat, und mein pulsierender Unterleib, all das katapultiert mich über die Klippe des Erträglichen.

Mein Sichtfeld engt sich ein, alles, was ich noch wahrnehmen kann, ist Ghosts markantes Gesicht.

Heute Nacht gibt sich mein Rider nicht nur mit meiner Lust zufrieden, er fordert meine absolute Hingabe.

Erneut reibt er über meine Schamlippen, zwickt mir in den Kitzler und schiebt zwei seiner Finger in mich.

Heilige Mutter Gottes....

Die Lippen zu einem stummen Schrei geöffnet, lasse ich mich fallen.

Ergeben schließe ich meine Augen und überlasse mich seiner Gnade, ehe ich mich in dem intensivsten Orgasmus aller Zeiten verliere.

Ein Flächenbrand der Lust legt mein Nervenzentrum lahm.

Ghost leckt über meinen Hals, knabbert an meinem Schlüsselbein und massiert meine empfindlichen Brüste.

„Küss mich, Rider."

Unsere Lippen finden sich. Ich kralle mich geradezu verzweifelt an seinen Schultern fest und hinterlasse mit meinen Fingernägeln rote Spuren auf seiner Haut. Süchtig nach mehr reibe ich mich an seinem harten Glied.

„Fick mich, Ghost."

„Das werde ich, mein Engel:"

Hart und verdammt dick presst sich sein Schwanz gegen die Innenseite meines Schenkels.

Es ist immer wieder unglaublich, wie hoch er mich alleine mit seinen geschickten Fingern und seiner talentierten Zunge fliegen lassen kann.

Ghosts Iris wird immer heller, bis ich wieder in seine Geisteraugen blicke.

Seine angespannten Muskeln werden noch härter und seine Finger graben sich besitzergreifend in meinen Po.

Ich erkenne deutlich, dass die Selbstbeherrschung meines Rockers bröckelt. Die dünne Maske der Gelassenheit rutscht von seinem Gesicht und offenbart mir sein wahres Ich.

Unglaublich zärtlich streicht er mit seiner Nasenspitze über meine linke Gesichtshälfte.

Ich spüre bis in den tiefsten Winkel meiner Seele, dass ich zu ihm gehöre.

Ghost fordert nicht einfach nur meine Lust, sondern einfach alles, was ich zu geben habe. Und während unsere Blicke verschmelzen, spreizt er meine Beine und schiebt sich mit seiner dicken Eichel tief in mich.

Jaaaaa!

Ein heftiges Beben lässt mich erzittern. Der dekadente Dehnungsschmerz raubt mir den Atem.

Ghosts Oberschenkel spannen sich an, er rammt sich mit einem gnadenlosen Stoß bis zur Wurzel in mich.

„Fuck, Baby, du bist so unglaublich eng.“

Er umfasst meine Taille, vergräbt seine Finger in meinem Fleisch und zieht mich noch etwas fester auf seine Härte.

Wimmernd beiße ich mir auf die Unterlippe und genieße das Gefühl des Ausgefülltseins. Nur in den viel zu seltenen Momenten, in denen unsere Körper miteinander verbunden sind, fühle ich mich komplett.

Er und ich wir sind wie zwei Puzzleteile – nur zusammen ergeben wir Sinn.

Erregt spanne ich meine inneren Muskeln an und entlocke Ghost ein raues Stöhnen. Dieser Augenblick ist so intim und intensiv, dass sich mein Herzschlag dem seinen anpasst. Geschickt streifen seine Finger über meinen Venushügel, teilen meine Schamlippen und legen sich direkt auf meinen Kitzler.

„Jaaaa!“

Ich spüre, wie sein Penis in mir pulsiert, wie er anschwillt und noch etwas härter wird.

Stöhnend zerkratze ich ihm den Rücken, verzweifelt versuche ich, ihn dazu zu bringen, sich endlich zu bewegen.

„Verdammt, Angel. Du solltest es besser wissen und mich nicht auch noch antreiben. Ich bin kurz davor, dich so hart ranzunehmen, dass du nie wieder laufen kannst.“

Trotz meiner unschönen Vergangenheit zieht mich seine dunkle, gefährliche und unheimlich besitzergreifende Seite mich wie magisch an. Mit geblähten Nasenlöchern, angespannten Muskeln und harten Stößen beginnt er endlich damit, mich zu nehmen.

Grelle Blitze zucken vor meinen Augen, während sich mein Körper seinem harten Rhythmus anpasst.

Süchtig nach mehr drücke ich mich seinen erbarmungslosen Stößen entgegen.

Das göttliche Gefühl der Dehnung, sein heißer Körper und der schnelle Rhythmus - all das bringt mich um den Verstand.

Ghosts wilder Blick ruht auf meinem Gesicht, er benutzt seine schier unerschöpfliche Kraft für eine einzige Sache – mich zu ficken.

Immer wilder, immer besitzergreifender, geradezu verzweifelt bemüht, seine Worte wahr zu machen, rammt er sich in mich. Keuchend winde ich mich unter ihm, während sich mein Unterleib anspannt. Ihm hilflos ausgeliefert verliere ich die Kontrolle. Mein Körper kapituliert, ergibt sich Ghosts Eroberung. Ich spüre, wie ich erneut von einem allumfassenden Orgasmus hinfortgerissen werde.

Jeder Muskel meines Körpers beginnt zu zittern.

„Yeah, Baby, du bist wunderschön, wenn du kommst!"

Mein Dead Rider beschleunigt seinen Rhythmus, er gibt ein animalisches Knurren von sich und dringt ein letztes Mal tief in mich ein, ehe er sich laut brüllend tief in mir ergießt.

Ohne sich aus mir herauszuziehen, löst er seine Finger von meiner Taille, beugt sich zu mir herab und streift unendlich sanft mit seinem Mund über den meinen.

Bei allen Heiligen....

Auch wenn ich es für unmöglich gehalten hätte, aber meine Liebe für diesen Rocker Ghost wird noch intensiver.

„Nur mir!"

Obwohl er sich nicht die Mühe gemacht hat, einen ganzen Satz zu formulieren, weiß ich genau, was diese beiden Worte bedeuten.

„Nur dir!"

Ghost gibt ein dunkles Grollen von sich, er lässt sich neben mir auf die Matratze fallen, zieht mich an seinen verschwitzten Körper und knabbert sanft an meinem Ohr.

So bleiben wir liegen. Es dauert lange, bis mein Verstand endlich wieder richtig funktioniert.

„Verdammt, Madison!"

„Keine Sorge, mein Engel. Shadow passt auf sie auf."

Auch wenn ich ihm das sofort glaube, war der Abend nicht so gedacht. Immerhin ist sie meine Freundin, sie ist da, um ihre Zeit mit mir zu verbringen und nicht, um mit dem Prospect abzuhängen.

„Moment... jetzt, wo du ihn erwähnst. Was hast du damit gemeint, als du gesagt hast, dass Shadow seinen Posten verlassen darf? Und wie konnte er so schnell bei mir sein, als ich von der Couch gefallen bin?"

Seine Arme spannen sich an, plötzlich umgeben mich stahlharte Muskeln. Instinktiv spüre ich, dass etwas vorgefallen sein muss.

Als die Zeit vergeht und Ghost mir nicht sagt, was los ist, versuche ich, mich von ihm zu lösen, doch er lässt es nicht zu.

„Bitte Ghost, sag mir, was los ist. Rede mit mir."

Er atmet geräuschvoll ein und haucht mir dann einen Kuss auf die empfindliche Haut in meinem Nacken. Eine Gänsehaut überzieht meinen Körper.

„Einer unserer Hangarounds hat sich an Mimi rangemacht. Mad ist ausgetickt und hat ihn abgeknallt."

Scheiße!

Auch wenn ich es eigentlich ahne, muss ich trotzdem nachfragen.

„Abgeknallt im Sinne von erschossen?"

„Aye, Baby."

„Oh verdammt."

Ghosts Brustkorb vibriert vor unterdrücktem Lachen.

„Magst du mir verraten, was dich daran amüsiert?"

„Ist das nicht offensichtlich? Mad ist ein Trottel. Anstatt genug Eier zu haben, um Mimi zu seinem Eigentum zu machen, nimmt er in Kauf, dass sich andere Männer an der Frau, die er für sich will, vergreifen. Und wenn es dann so weit ist, flippt er aus und schießt wie ein Irrer um sich. Mad ist im Arsch – er weiß es nur noch nicht."

So ganz will mir Ghosts Männerlogik nicht einleuchten. Aber das macht nichts... Vom Prinzip her weiß ich, was er meint. Lustig finde ich es dennoch nicht.

„Warum ist er im Arsch? Hat er jetzt Ärger mit Ace?"

„Nein. Es braucht mehr, um Ace gegen sich aufzubringen. Mad ist im Arsch, weil er einfach nicht einsehen will, dass seine wilde Zeit vorbei ist. Er kann noch so viele Bitches ficken. Es wird ihm nicht die Befriedigung geben, die er sucht. Das kann nur Mimi. Sie ist das Mädchen, das er eigentlich will. Er sollte das endlich einsehen und Nägel mit Köpfen machen, ehe es Mimi zu blöd wird."

Auch wenn ich Ghost nur zustimmen kann, Mad sollte sich Mimi endlich schnappen und ihr sein Leder anziehen, gefällt mir diese *im-Arsch*-Formulierung nicht.

Ist Ghost echt der Ansicht, dass alle Dead Riders, die sich eine Old Lady nehmen, im Arsch sind?

„Soll das heißen, du bist auch im Arsch?"

„Ja, Baby. Genau das soll es heißen! Du hast mich an den Eiern, mein Engel. Bevor ich dir begegnet bin, war mein Leben bedeutend einfacher und sehr unkompliziert."

In meinem Bauch beginnt es zu brodeln. Aufgebracht versuche ich, seine Hände von mir zu lösen, doch Ghost lässt es wieder nicht zu.

„Lass mich sofort los!"

„Vergiss es, Baby!"

Manchmal ist mein Rocker wirklich ein gefühlloser Idiot.

„Du bist ein Arschloch, Ghost. Und ich würde dir jetzt am liebsten eine reinhauen. Also lass mich los oder ich beiße dich."

Er gibt ein leidgeplagtes Seufzen von sich, hält mich jedoch weiterhin fest.

„Reg dich ab, meine kleine Kämpferin. Oder wir probieren das mit dem *im Arsch* mal wörtlich aus. Seit Wochen will ich meinen Schwanz tief in dein enges Loch schieben. Jetzt wäre ein guter Zeitpunkt, meinst du nicht auch?"

Ist das sein Ernst?

Ich bin wütend und er denkt an Analsex?

Männer...

„Wage es ja nicht..."
Er legt seine Hand auf meinen Mund, bringt mich so zum Verstummen. Sein erneut hart werdendes Glied presst sich von hinten gegen meinen Rücken. Alleine die Vorstellung, mich von hinten zu nehmen, scheint ihn extrem zu erregen.

„Fahr deine Krallen ein, Süße. Du weißt genau, dass ich dich mehr liebe als alles andere auf dieser Welt. Mein Herz schlägt nur für dich. Also hör auf zu zicken und beug dich etwas vor, mein Schwanz ist dick und dein Poloch eng. Es könnt etwas weh tun, aber keine Sorge, ich werde vorsichtig sein.

Trotz meiner Wut rieselt ein heißer Schauer zwischen meinen Schulterblättern meinen Rücken hinab.

„Ja, seit ich dir begegnet bin, bin ich im Arsch. Willst du auch wissen, warum? Weil ich an nichts anderes als an dich denken kann. Bei der letzten Waffenübergabe konnte ich nur an dich denken, bei jeder Ausfahrt, jeder Besprechung und auch bei allem anderen bist du alles, woran ich denken kann. Seit unserem ersten Blickkontakt, unserem ersten Kuss und unserem ersten Sex bin ich abhängig von dir. Du bist der Mittelpunkt meiner verdammten Welt. Es gibt keinen Grund für dich gegen mich anzukämpfen – denn ich werde für dich kämpfen! Immer! Bis zum letzten Atemzug."

Seine Hand gleitet von meinem Mund hinab zwischen meine Beine. Ich spüre, wie zwei seiner Finger in mich eintauchen. In dem Moment, in dem er sein Sperma in mir spürt, zuckt sein Penis ungeduldig und er gibt ein lautes Stöhnen von sich.

„Es gibt nichts Geileres, als zu wissen, dass du meinen Samen in dir hast."

Meine Wut verraucht, ein neugieriges Sehnen flutet meinen Unterleib.

Analsex ist etwas, das viel Vertrauen erfordert. Wenn er mich tatsächlich von hinten nimmt, gibt es keine Grenzen mehr. Dann gehöre ich endgültig und unwiderruflich ihm.

Während des Sex hat Ghost mich schon ein paar Mal mit seinen Fingern anal stimuliert, aber mit seinem Penis? Mein Rider ist gut bestückt, überdurchschnittlich gut, keine Ahnung, wie er in mich reinpassen soll....

Sein Atem kommt laut und stoßweise. Ich spreize meine Schenkel etwas weiter, gewähre ihm so besseren Zugang und lasse zu, dass er meine Mitte mit seinem Sperma einreibt. Es hat etwas primitiv Romantisches, dass er mich auf diese Art und Weise markiert.

„Früher oder später wirst du deine Pille absetzen. Ich will dich mit dem Wissen, dass mein Samen in deinem Bauch zu wachsen beginnt, ficken. Alleine die Vorstellung, deinen Bauch anschwellen zu sehen, bringt mich beinahe um den Verstand. Stell dir das doch nur mal vor, Angel. Du und ich und unser Kind, das unter deinem Herzen heranwächst."

Das Bild, das seine Worte in mir heraufbeschwören, beglückt und verängstigt mich gleichermaßen.

„Du willst eine Familie gründen?"

„Aye, Baby. Das will ich - mit dir will ich einfach alles.

Kreisend reibt er über meinen Kitzler, seufzend schließe ich die Augen lasse mich fallen.

Erst als er damit beginnt, meine Rosette zu massieren, zucke ich leicht zusammen.

„Entspann dich, Kleines. Ich werde dafür sorgen, dass du es genießen wirst."

Wimmernd versuche ich locker zu lassen. In dem Moment, in dem er seinen Daumen in meinen Po schiebt, stockt mir der Atem.

Die Dehnung ist intensiv, meine Scheide zuckt und mein Herz rast.

„Mehr Ghost. Tiefer... bitte...."

„*Schhhhhh*.... Wir werden es langsam angehen lassen."

Das Wissen, dass Ghost selbst jetzt, wo ich vor Lust nicht mehr geradeaus denken kann, an erster Stelle an meine Unversehrtheit denkt, lässt mein Herz vor Liebe beinahe überlaufen.

Ich spüre, wie hart er ist. Sein Schwanz presst sich dick und schwer gegen mein Steißbein. Er entzieht mir seinen Daumen, nur um eine Sekunde später mit zwei Fingern vorzudringen.

Ghost dehnt mich, bereitet meinen Körper für den seinen vor.

Erst als ich zitternd, verschwitzt und keuchend vor ihm liege und mich ihm ungeduldig entgegendrücke, lässt er mich sein Glied spüren.

Um das Eindringen etwas leichter für mich zu machen, schiebt er sich erst einmal in meine feuchte Pussy und benetzt so seinen Penis mit meinen Säften.

„Du bist so weit, Baby."

Ghosts Stimme klingt rau und dunkel. Endlich spüre ich seine dicke Eichel zwischen meinen Pobacken. Dick und hart stupst sie gegen meinen engen Schließmuskel.

„Lass locker, vertrau mir."

Verschwörerisch murmelnd raunt er mir ins Ohr, wie sehr er mich will, wie sehr er mich liebt und dass er es kaum erwarten kann, auch diesen dunklen, verbotenen Ort in Besitz zu nehmen.

Mit vor Anspannung zuckenden Oberschenkeln stößt er vor und dringt ein paar Zentimeter tief in mich ein.

Ein undefinierbarer Laut entweicht mir. Ich habe keine Ahnung, ob ich mich ihm entgegendrücken oder ihm ausweichen will.

Ghost spürt meine innere Zerrissenheit und nimmt mir die Entscheidung ab.

Er legt mir seine Hand mit weit gespreizten Fingern auf den Bauch. Hält mich in Position und schiebt sich immer tiefer in mich.

Ghost füllt mich aus, für einen Augenblick habe ich Angst, dass er zu groß und dick ist und dass ich es nicht schaffe, ihn komplett in mir aufzunehmen, doch mein Rider beweist mir das Gegenteil.

Gerade als die Pein zu viel wird und ich ihn anbetteln will aufzuhören, rammt er sich mit einem gnadenlosen Vorstoß bis zur Wurzel in mich.

Mein Schrei erfüllt den Raum, Ghosts lustvolles Knurren begleitet ihn.

Mit durchgedrückter Wirbelsäule versuche ich, die vielen Empfindungen, die durch meine Adern rauschen, zu verarbeiten.

Einerseits will ich, dass er sich sofort zurückzieht, andererseits kann ich es kaum erwarten, dass er endlich damit anfängt sich zu bewegen.

Doch er tut keines von beidem. Ghost hält still.

Ich erkenne an seiner Atmung und an der Art, wie er mich festhält, dass es ihn all seine Kontrolle kostet, reglos zu verharren und mir die Zeit zu geben, die ich brauche, damit ich mich an dieses ungewohnte Gefühl gewöhnen kann.

Diese Art der Vereinigung hat etwas Dunkles und Verruchtes.

Als der Schmerz etwas abflaut und sich in ein leidenschaftliches Glühen verwandelt, lässt Ghost seine Hüften kreisen.

Wimmernd beiße ich mir auf die Unterlippe und presse mich fester gegen sein Glied.

„Willst du mehr?"

Seine geknurrte Frage reicht aus, um mich beinahe kommen zu lassen.

„Ja."

Quälend langsam zieht er sich aus mir zurück, nur um sich dann wieder in mich zu rammen. Wir finden unseren Rhythmus und ich zerfließe regelrecht.

In unserer Lust gefangen wird das Aufeinandertreffen unserer Körper immer wilder und gnadenloser. Der dekadente Schmerz berauscht mich, danach könnte ich wirklich süchtig werden.

„Oh Ghost... das ist... oh, das ist gut!"

Jetzt, wo er sich sicher ist, dass ich ihm nicht mehr ausweiche, schiebt er seine Hand zwischen meine Beine, reibt über meinen Venushügel und massiert meine weichen Falten.

Stöhnend lasse ich mich fallen, fordere mehr und verliere mich in unserem Akt.

Völlig selbstvergessen überlasse ich mich meinem Rocker, spüre, wie der Druck in meinem Inneren immer stärker wird und schreie laut auf, als ich explodiere.

Zuckend und keuchend erlebe ich einen Orgasmus der Superlative.

Als Ghost spürt, dass ich über die Klippe falle und zu den Sternen fliege, stößt er noch ein letztes Mal zu, ehe er Schub für Schub sein Sperma in mich pumpt.

Vor meinen Augen breiten sich rote Flecken aus, ehe alles Licht verschwindet und ich in ein dunkles Nichts stürze.

28. Kapitel

Madison

Nachdem Shadow meine Hand verarztet, mich zurück in die Wohnung gebracht und zusätzlich die Scherben weggeräumt hat, sitze ich jetzt hier auf der Couch und höre meiner Freundin seit einer kleinen Ewigkeit dabei zu, wie ihr Rocker ihr einen Höhepunkt nach dem anderen beschert. Bis jetzt hatte ich wirklich gedacht, dass multiple Orgasmen eine Erfindung der Film- und Liebesroman-Industrie sind, aber anscheinend hatte ich bisher einfach nur die falschen Männer im Bett.

Es ist wirklich nicht so, dass ich Angel ihr Glück nicht gönne, es ist nur so, dass es nicht gerade angenehm ist, hier zu sitzen und vor Neid grün anzulaufen.

So wie ich das sehe, bleiben mir genau zwei Möglichkeiten. In das Bett gehen, das Angel für mich hergerichtet hat, mir das Kissen über den Kopf ziehen und versuchen, trotz des Gestöhnes zu schlafen, oder aber ich mische mich einfach unter die Leute auf der wilden Party, die gerade im Club stattfindet und lasse zu, dass ich ein Abenteuer erlebe.

Erneut erfüllt Angels lauter Schrei die Wohnung.

Okay, jetzt reicht es....

Ich springe genervt auf und eile zur Türe.

Der Alkohol, den ich intus habe, lässt mich Ghosts Warnung, dass ich mich während der Party nicht alleine im Club herumtreiben soll, vergessen.

Kaum dass ich die Wohnung verlassen habe, bereue ich es auch schon.

Der Lärm ist unglaublich. Lachende Frauen, brüllende Männer und das dumpfe *Klong* von aufeinandertreffenden Billardkugeln. Das helle nervenaufreibende Gebimmel von Flipperautomaten erhöht noch den Geräuschpegel.

Unsicher gehe ich zur Treppe und werfe einen Blick auf die Menschenmenge.

Wow... Sind das wirklich alles Dead Riders?

Viele der Kerle haben halb nackte Tussis auf ihrem Schoß sitzen. Der Qualm der unzähligen Zigaretten brennt mir in den Augen. Vielleicht ist es ja draußen im Hof besser als hier drinnen?

Nicht auf die Stimme meiner Vernunft hörend, die mir zuflüstert, dass das hier ein Fehler ist, gehe ich nach unten und bahne mir einen Weg durch die verschwitzten, muskulösen und zum Teil Leder tragenden Typen.

Keines der Gesichter kommt mir bekannt vor. Von Shadow, Slide, Ace und all den anderen Riders, dich ich bereits kennengelernt habe, fehlt jede Spur.

Im Hof angekommen atme ich erleichtert durch. Hier ist es zwar auch ziemlich voll, aber nicht ganz so laut und die frische Luft ist eine Wohltat.

Ich beschließe, mich an eines der brennenden Ölfässer zu setzen und die Party erst mal auf mich wirken zu lassen. Automatisch wandert mein Blick zu dem Auto, mit dem ich hergefahren bin. Sofort erinnere ich mich an Tick, seinen herben Geruch und seine extrem geschickten Finger. Irgendwie kann ich immer noch nicht glauben, dass ich das echt zugelassen habe.

Die in der Dunkelheit flackernden Flammen wärmen mein Gesicht.

Ohne es zu wollen stelle ich mir die Frage, wie es wohl wäre, zu diesem wilden Haufen hier zu gehören? Wäre ich eine gute Old Lady? Wahrscheinlich nicht. Alleine die Vorstellung jemandes Eigentum zu sein, finde ich völlig daneben. Wir leben im einundzwanzigsten Jahrhundert, das bedeutet, dass eine Beziehung auf Gleichberechtigung beruht.

Seufzend stütze ich die Ellenbogen auf die Knie und lege meinen Kopf in die Hände. So wie ich das sehe, muss der Mann, der meinen Erwartungen entspricht, erst noch erfunden werden....

Scheiße! Ich bin zur ewigen Einsamkeit verdammt. Wahrscheinlich werde ich genauso einsam alt wie die alte Wilson. Aber im Gegensatz zu ihr würde ich mir selbst ein paar Katzen halten, statt auf Nachbars Miezen zu schießen.

Frustriert atme ich so tief ein, dass es sich anfühlt, als würde meine Lunge platzen.

Gerade als ich, mit der Hoffnung, dass sich Angels Rocker Ghost sexuell endlich verausgabt hat, beschließe, zurück in die Wohnung zu gehen, spüre ich, wie sich jemand direkt hinter mich stellt.

„Hey, schöne Frau. Ganz alleine?“

Da ich die Stimme nicht erkenne, werfe ich einen neugierigen Blick über meine Schulter.

Ich staune nicht schlecht, als ich ausgerechnet in die Augen des Rockers blicke, der wenige Stunden zuvor die Motorhaubenfrau gevögelt hat.

Misstrauisch lasse ich meinen Blick über seine Lederweste gleiten und stelle fest, dass er genau wie Ace ein Präsidenten-Patch auf der linken Brustseite trägt.

Doch bei Ace steht darunter *Dead Riders*, bei ihm hier steht *Crazy Devils*.

Als ich ihm nicht antworte, sondern ihm nur in seine schokoladenbraunen Augen sehe, bilden sich an seinen Augenwinkeln tiefe Lachfalten.

„Was dagegen, wenn ich mich zu dir setze?"

Perplex schüttle ich den Kopf.

„Ähm nein, natürlich nicht."

„Sag mir deinen Namen. Dich habe ich hier noch nie gesehen."

Anstatt ihm zu sagen, wie ich heiße, rutscht mir etwas anderes über die Lippen.

„Tja, ich dich schon."

Der Präsident der Devils sieht mich überrascht an.

„Ach ja, wann? Es ist lange her, dass ich zuletzt in Tacoma war."

„Heute, du warst etwas abgelenkt. Ich denke, du wolltest die Funktionalität der Stoßdämpfer eines Autos prüfen."

Erst sieht er mich eine Sekunde lang verständnislos an, ehe es in seinen Augen aufblitzt.

„Ahhhhh..."

Mehr sagt er nicht.

Für eine Weile starre ich einfach nur ins Feuer.

„Wenn ich gewusst hätte, dass du da bist, wärest du diejenige gewesen, in die ich meinen Schwanz gerammt hätte."

Oh! Was? Hat er das gerade *wirklich* gesagt?

Was erwidert man auf so eine Ansage?

„Wenn das deine Art ist zu flirten, ist sie nicht gerade besonders ausgefeilt."

Ohne seinen Blick von mir zu lösen zieht er aus der Innentasche seiner Kutte eine Schachtel Lucky Strike hervor. Er steckt sich eine Zigarette in den Mund und zündet sie an.

„Das war einfach nur eine Ansage. Ich flirte nicht."

„Gut zu wissen."

Er inhaliert den ersten Zug und stößt ihn geräuschvoll wieder aus.

„Also, wie schaut's aus? Komm mit und ich zeige dir, worin sich ein Devil von einem Rider unterscheidet."

Da ich nicht mal weiß, wie ein Rider im Bett ist, werde ich da wohl kaum einen Unterschied erkennen können. Aber das werde ich diesem arroganten Arsch ganz bestimmt nicht auf die Nase binden.

„Nein danke. Kein Interesse!"

„Du würdest garantiert auf deine Kosten kommen!"

Bevor ich ihm antworten kann, taucht plötzlich ein extrem wütender Tick neben dem Devil auf.

„Sie *ist* schon auf ihre Kosten *gekommen*! Verpiss dich Sam, ehe heute noch ein Mann sterben muss, weil er die Frau eines anderen anbaggert."

Das *ist* und das *gekommen* betont Tick so deutlich, dass der Präsident der Devils, der anscheinend Sam heißt, sofort kapiert, was los ist.

Da ich nicht weiß, was Tick damit meint, dass heute noch ein Mann sterben muss, breitet sich ein mulmiges Gefühl in meinem Magen aus.

„Gehört sie etwa zu dir, Tick?"

Sam wirft mir einen prüfenden Blick zu.

„Wenn ich gewusst hätte, dass sie dein Mädchen ist, hätte ich sie in Ruhe gelassen."

Mit diesen Worten steht er auf, zwinkert mir frech zu und verschwindet in der Menge.

Tick beugt sich mit grimmiger Miene zu mir herab, sein heißer Atem streift mein Gesicht.

„Was los, Madi? Bist du auf der Suche nach einem Rocker, der es dir besorgt? Ich denke, ich habe dir bei deiner Ankunft schon deutlich klar gemacht, dass ich diesen Posten für mich beanspruche."

Nicht in der Lage unseren Blickkontakt zu unterbrechen, lecke ich mir nervös über die Lippen. Es ist verrückt. Aber in der Nähe dieses Riders beginnen meine Hormone völlig verrücktzuspielen. Süchtig nach seinem Geruch beuge ich mich zu ihm vor und schnuppere an ihm.

„Du bist ja sehr von dir überzeugt."

„Du hast ja keine Ahnung!"

„Dumm nur, dass ich nicht interessiert bin."

Herausfordernd zieht er seine rechte Augenbraue in die Höhe.

„Sicher? Wenn ich jetzt meine Hand in dein Höschen schiebe, wetten dass deine Möse ganz nass und geschwollen ist, weil sie es kaum erwarten kann, von mir ausgefüllt zu werden?"

Seine Überheblichkeit scheint keine Grenzen zu kennen.

„Und woher willst du wissen, dass ich nicht für Sam feucht geworden bin? Vielleicht will ich ja ihn?"

Kaum dass ich die Worte ausgesprochen habe, bereue ich es auch schon.

Kalte Augen, geblähte Nasenlöcher und fest zusammengepresste Lippen – zum ersten Mal sieht er aus wie der eiskalte Mörder, der er ist.

Seine Hand schießt blitzschnell vor, er umfasst meine Kehle und drückt leicht zu, so dass ich kaum noch Luft bekomme.

Vor Angst bin ich wie erstarrt.

„Spiel nicht mit mir, Madison! Du bist kein würdiger Gegner für mich!"

Panisch umfasse ich sein Handgelenk und zerre daran.

Anstatt mich loszulassen, presst er seinen Mund grob auf den meinen. Sämtliche Luft weicht mir aus der Lunge. Grob, ja beinahe brutal schiebt er seine Zunge zwischen meine Lippen und wühlt sich durch meinen Mund. Unsere Zähne schlagen krachend aufeinander. Obwohl ich fest entschlossen bin, diesen Überfall nicht als Kuss zu betrachten und erst recht nicht zu erwidern, werde ich nach wenigen Sekunden schwach. Keuchend lasse ich mich auf sein raues Zungenspiel ein, lasse zu, dass er mich noch näher zu sich zieht und versinke im Hier und Jetzt.

Jegliche Zurückhaltung aufgebend lege ich beide Hände auf seine Schultern und vergrabe meine Finger in dem abgewetzten Leder seiner Rockerkutte.

Heilige Verdammnis.....

Tick lässt nicht locker, er steigert die Intensität unseres Zungenkusses. Hilflos spüre ich, wie sich meine Zehenspitzen einrollen, ich erschaudere so heftig, dass ich das Gleichgewicht verliere. Dieser Dead Rider hat dieselbe Wirkung auf mich wie eine Flasche Whisky. Ich verliere den Bezug zur Realität, verliere sämtliche Hemmungen und büße meinen Gleichgewichtssinn ein.

Alkohol ist tödlich....

Die Stimme meiner Vernunft meldet sich zaghaft zu Wort, sie weiß genau, dass ich nicht auf sie hören werde.

Dieser Rocker ist zu gut, oder sollte ich *zu böse* sagen, als dass ich ihm widerstehen könnte.

Wie heißt es so schön?

Bad Boys do it better...

Dumm nur, dass es auch noch einen anderen ziemlich passenden Spruch gibt.

Good girls fall harder...

Als Tick sich endlich von mir löst und den Griff, mit dem er meinen Hals umfasst hat, etwas lockert, schnappe ich japsend nach Luft.

Ach du lieber Gott. Hätte dieser Kuss auch nur etwas länger gedauert, hätte er ausgereicht, um mich kommen zu lassen...

„Wenn deine Pussy feucht ist, dann wegen mir. Du willst mich, Madison. Hör auf es zu leugnen."

Ich schlucke schwer.

„Ich will auch eine große Schokotorte, ein Pferd, ein Schloss, einen Prinzen und literweise Rotwein und dennoch nehme ich mir das alles nicht, sondern verzichte aus Gründen der Vernunft. Du bist nicht gut für mich, Tick. Du bringst meine innere Balance völlig aus dem Gleichgewicht. Und darum werde ich meine Beine nicht für dich breit machen. Nimm dir eine der vielen Nutten, die hier rumlaufen, bei mir verschwendest du nur deine Zeit."

Mit dem bisschen Würde, das mir seit meiner Ankunft hier geblieben ist, stehe ich auf, wende mich von Tick ab und bahne mir einen Weg durch die feiernden Rocker und deren Gäste.

Erst an der offen stehenden Clubtüre bemerke ich, dass Tick mir folgt.

Stoisch ignoriere ich ihn, schubse und dränge mich durch die Menge und visiere die Treppe an. Sein Blick brennt sich in meinen Rücken, das Prickeln in meinem Bauch erreicht ein neues Level.

Schnellen Schrittes eile ich die Treppe hoch und stoppe erst vor der Wohnungstüre.

Zu meinem Entsetzen muss ich feststellen, dass ich an so etwas Banales wie einen Schlüssel nicht gedacht habe. Verflixt!

„Und jetzt, Püppchen?"

Am liebsten würde ich mir die Zunge abbeißen. Es kostet mich eine Menge Überwindung, Tick zu gestehen, dass ich mich ausgesperrt habe.

„Nichts *und jetzt*. Ich warte nur darauf, dass du endlich verschwindest."

„Sobald du in Sicherheit bist, belästige ich dich nicht weiter."

Dieser Mann und sein Ehrgefühl treiben mich noch in den Wahnsinn.

„Warum? Geh einfach!"

„Was *warum*? Fragst du mich ernsthaft, warum ich mich um deine Sicherheit kümmere?"

Seine Hand legt sich schwer und kraftvoll auf meine linke Schulter. Mit einem Ruck dreht er mich zu sich um. Unsere Blicke ziehen sich wie magisch an.

„Siehst du das?"

Er tippt sich mit dem Zeigefinger gegen das viereckige Patch auf seiner Brust.

Wie so oft seit unserer ersten Begegnung lese ich die Buchstaben.

„Ja, da steht, dass du der Sergeant-at-Arms des Motorcycle-Clubs bist."

„Genau, und weißt du auch, was das bedeutet?"

„Nein."

Ich blende den Lärm, der uns umgibt, aus und konzentriere mich ganz auf den schwer einzuschätzenden Rocker vor mir.

„Das bedeutet, dass ich für die Sicherheit dieses MCs verantwortlich bin. Du bist Angels Freundin und somit für die Dauer deines Aufenthalts ein Teil unserer Familie. Also gehörst du nun zu meinem Zuständigkeitsbereich. Solange dich auch nur ein Hauch von Gefahr umgibt, werde ich bei dir sein und dafür sorgen, dass dir nichts passiert."

Die Ernsthaftigkeit, mit der er spricht, erschüttert mich.

Wir starren uns für eine gefühlte Ewigkeit an, ergeben senke ich den Blick. Zum ersten Mal seit Jahren bin ich sprachlos – zum ersten Mal gibt es einen Mann, der sich um mich sorgt und sich um mich kümmert. Ein wirklich seltsames, jedoch schönes Gefühl.

Tick scheint Mitleid mit mir zu haben. Er fasst sich in die Hosentasche und zieht ein Schlüsselbund hervor. Zielsicher greift er sich einen der

Schlüssel, steckt ihn in das Schloss von Angels Wohnungstüre und sperrt sie auf.

Ich zögere kurz, ehe ich sie betrete.

Gerade als ich denke, dass wir für heute fertig miteinander sind, stößt er geräuschvoll den Atem aus.

„Schlaf gut, Madison."

Drei eigentlich total harmlose Worte, die mich in ein totales Emotionschaos stürzen. Langsam, fast schon widerwillig, drehe ich mich zu Tick um.

„Du hast gesagt, dass du mich schützen willst. Bist du schon auf den Gedanken gekommen, dass du die größte Gefahr für mich darstellst?"

Er sagt nichts, greift einfach nur nach der Türe und zieht sie zu. Fassungslos stehe ich da, nicht in der Lage, mich auch nur einen Zentimeter zu bewegen.

Während mein Verstand damit beschäftigt ist, das Erlebte zu analysieren, fühlt sich mein Herz an, als würde es in Flammen aufgehen.

29. Kapitel

Tick

... Bist du schon auf den Gedanken gekommen, dass du die größte Gefahr für mich darstellst?

Seit zwei Tagen gehen mir Madisons Worte nicht mehr aus dem Kopf. Sie schwirren wie ein nie endendes Echo durch meinen Verstand und sorgen dafür, dass ich unkonzentriert und leicht reizbar bin.

Ghost, der mich längst durchschaut hat, hat mir den besonders schlauen Rat gegeben, dass ich mir Angels Freundin einfach packen und sie so lange ficken soll, bis sie endlich aus meinem Kopf verschwunden ist. Ein verlockender Gedanke, der jedoch zum Scheitern verurteilt ist. So wie ich die Sache einschätze, wird Sex diese Scheiße nur noch verschlimmern. Keine Ahnung wieso, aber Madison hat mich voll an den Eiern.

Der Drang auf irgendetwas einzuprügeln wird immer stärker, nimmt beinahe überhand.

Fluchend schleudere ich den Schraubenschlüssel, den ich in der rechten Hand halte, durch die Werkstatt und beobachte, wie er gegen die Wand knallt und samt einer gehörigen Portion Putz scheppernd auf den dreckigen Betonboden fällt.

„Hey Bro, alles klar bei dir?“

Slide steht vor dem weit offen stehenden Tor und sieht mich belustigt an.

„Nein!“

„Du hast seit Tagen echt beschissene Laune. Was los bei dir, Tick?“

„Nichts. Gar nichts!“

Sein blödes Lachen geht mir auf den Sack.

„Kaum haben wir mal keine wütenden Mexikaner, blutrünstige Chinesen oder schießwütige Russen am Hals, weißt du nichts mehr mit dir anzufangen. Such dir ein Mädchen, Tick. Dann wird dir nicht so schnell langweilig.“

„Holy Fuck. Genau darin besteht ja das Problem. Ich habe nicht gesucht und dennoch eins gefunden.“

Mit gerunzelter Stirn kommt Slide ein paar Schritte auf mich zu. Er zündet sich eine Kippe an und lässt sein goldenes Zippo ein paar Mal auf und zuschnappen, ehe er es wieder einsteckt.

„Madison?“

Schweigend lehne ich mich an die Werkbank und zünde mir ebenfalls eine Zigarette an.

„Sie ist eine Zivilistin. Sie gehört nicht in diesen Club und nicht in meine

Welt."
„Bis auf Ellen kam keine unserer Ladys aus einem MC und dennoch machen sie sich alle bestens. Gib ihr eine Chance, Tickilein."

Anstatt ihm zu antworten, konzentriere ich mich ganz auf die Marlboro zwischen meinen Fingern.

„Hast du es je bereut, Bro?"
Ich muss die Frage nicht genauer formulieren, Slide weiß genau, was ich wissen will.

„Nein. Noch keinen einzigen Tag. Ich bereue nur, dass ich so viel meiner Zeit mit austauschbaren Muschis verschwendet habe."

Seine Antwort ist wie ein Dolchstoß ins Herz.

Der Vizepräsident unserer Clubs ist bedeutend jünger als ich. Also, wenn er der Meinung ist, Zeit verschwendet zu haben, was soll ich dann erst sagen?

„Es ist sinnlos darüber zu reden. Eine Lady ist das Letzte, was ich will!"
Slide gibt ein Grunzen von sich, spuckt neben seinen Stiefeln auf den Boden und zuckt mit den Schultern.

„Na, wenn du das sagst. Warum unterhalten wir uns dann darüber?"
Schlecht gelaunt schnipse ich den Kippenstummel auf den Hof, hebe den Schraubenschlüssel auf und mache mich wieder an die Arbeit.

Verdammt sollen sie alle sein....

Nach der Party vorletzte Nacht hat Sam endlich den Grund seines Besuchs verraten. Sein Sergeant-at-Arms hat sich vor kurzem mit King, Ellens Vater, der zugleich der Präsident der Black Devils ist, eine wilde Schießerei geliefert. Er wurde dabei getötet.

Jetzt ist Sam auf Rache aus. Da er aber weiß, dass Slides Old Lady die Tochter von King ist, wollte er sich erst versichern, dass ein Vergeltungsschlag gegen die Black Devils nichts an dem Bündnis zwischen den Crazy Devils und den Dead Riders ändert.

Kurz gesagt, Sam will von Ace die Erlaubnis, Ellens Vater töten zu dürfen.

Ace hat natürlich sofort Slide über die Situation informiert und sich 36 Stunden Bedenkzeit erbeten.

Das Verhältnis zwischen Ellen und ihrem Vater ist seit Jahren angespannt, King hat sich jede Menge Scheiße geleistet. Ellen ist eine sehr entschlossene Frau und meidet seit langer Zeit den Kontakt zu ihrem Vater. Obwohl er uns Riders in den letzten Jahren immer wieder geholfen hat, hat er uns auch jede Menge Ärger bereitet. Die Sache mit Nickis Ex, der sich als Undercover-Bulle in den Black-Devils-MC eingeschlichen hat, ist nur ein Beispiel für all den Ärger, den uns die Devils schon bereitet haben.

Nichtsdestotrotz ist King Ellens Vater - sein Tod würde sie hart treffen.

Slide steckt jetzt in einer heiklen Situation: Erzählt er seiner Frau, was Sache ist und bezieht sie in diese Entscheidung mit ein, oder hält er sie aus der Sache heraus und entscheidet über ihren Kopf hinweg?

So oder so ist Sams Anliegen ein echtes Problem.

Keine Ahnung, wie die Entscheidung ausgehen wird - es spielt für mich persönlich keine große Rolle. King ist ein machtgieriges Arschloch, das seinen Club und seine Männer nicht im Griff hat. Seine Leute sind unzuverlässige Idioten, denen es nicht um die Gemeinschaft geht, die in einem MC eigentlich das Wichtigste sein sollte, sondern die sich nur fürs schnelle Geld interessieren.

In meinen Augen wäre es ein Segen, wenn Sam Kings Club dem Erdboden gleichmacht. Unter anderen Umständen wäre ich ihm auch gerne dabei behilflich gewesen, doch aus Rücksicht auf Ellen halte ich mich zurück und warte auf die Entscheidung, die Ace und Slide treffen.

Sollte Slide sich dafür entscheiden, Ellen nichts zu sagen und sie bekommt es später raus, will ich nicht in der Haut meines Vizepräsidenten stecken. Ellen mag vieles sein, aber ganz bestimmt nicht sanftmütig und harmlos. Diese Old Lady ist eine Killerbarbie, die kein Problem damit hat, den Abzug zu drücken.

Seit ich sie kenne hat sie nicht nur einen Mann ins Grab befördert. Ellen imponiert mir, ich habe den größten Respekt vor ihr und werde nichts tun, was sie verletzen oder traurig stimmen könnte.

Sam mag ein guter Freund und ein Verbündeter sein. Aber Ellen gehört zur Familie...

Ghost und Skorpion sind seit zwei Stunden unterwegs. In einem unserer Laufhäuser hat es Ärger gegeben. Auch wenn es nicht oft passiert, aber so manche Freier kapieren einfach nicht, dass unsere Nutten nicht geschlagen werden. Amanda, eines unserer Mädels, wurde von ihrem Kunden aufs Übelste zugerichtet. Ghost und Skorpion kümmern sich jetzt darum, dass dieser Mann nie wieder seine Hand gegen eine Frau erhebt.

Vielleicht hätte ich mit den beiden mitfahren sollen. Ein Haus voller junger, enger Muschis wäre genau das Richtige gewesen, um auf andere Gedanken zu kommen.

Die Zeit vergeht und die Arbeit an dem alten Honda lenkt mich von Madison ab.

Erst als mein Rücken schmerzt und meine Schultern vor Anspannung ganz steif sind, beschließe ich, für heute Schluss zu machen.

Es ist bereits dunkel, Shadow hat seinen Posten am Tor eingenommen, grelles Flutlicht erhellt den Hof.

Gerade fahren Spider und Abigail mit ihren Bikes auf den Hof. Der Anblick von Spiders Old Lady, wie sie selbstsicher und glücklich auf ihrer Deuce sitzt, lässt mich schmunzeln. Dieses Mädchen hat ein Herz aus Gold und einen eisernen Willen. Obwohl ihr in der Vergangenheit wirklich schlimme Dinge zugestoßen sind, hat sie nie die Hoffnung verloren und besucht jetzt sogar wieder die Schule, um ihren Abschluss nachzuholen.

Sie und all die anderen Old Ladys sind der verdammte Klebstoff, der den Club zusammenhält und stark macht.

Auch wenn ich mir nie eine Lady genommen habe, bedeutet das nicht, dass ich die Frauen meiner Brüder nicht liebe. Jede von ihnen ist einzigartig.

Ohne dass ich es verhindern kann, drängt sich Madison zurück in meine Gedanken. Automatisch frage ich mich, ob sie in unsere Gemeinschaft passen würde.

Alleine die Erinnerung, an ihre nasse Pussy, die sich zuckend um meine Finger zusammengezogen hat, lässt mich hart werden.

Natürlich könnte ich jetzt wieder losziehen und mir eine der Bitches gönnen, die sich im Hauptraum des Clubs aufhalten, aber darauf habe ich keinen Bock.

Ich will nicht einfach nur abspritzen, ich will Madison in Besitz nehmen.

Abi und Spider steigen von ihren Motorrädern, Abigail winkt mir kurz zu, ehe sie im Club verschwindet.

Ich schätze mal, dass sie hier ist, um mit Madison und Angel den Abend zu verbringen.

„Gibt es einen Grund für deine miese Stimmung?"

„Sorg für eine Schießerei oder von mir aus auch nur eine Prügelei. Aber wenn ich nicht bald etwas Druck abbauen kann, drehe ich durch."

„Du brauchst ein Mädchen, mein Freund."

„Halts Maul, Bro. Was ich brauche, ist Aktion. Dieses Rumgesitze tut mir nicht gut."

Je gereizter ich werde, umso lustiger findet Spider es.

„Dann fick rum."

Da mir diese Unterhaltung nur noch mehr die Laune vermiest, lasse ich Spider einfach stehen und mache mich auf die Suche nach Ace.

Irgendetwas wird es ja wohl verdammt noch mal zu tun geben.

Ich finde unseren Präsidenten an seinem Schreibtisch sitzend. In seinem rechten Arm liegt Sophie, in der linken hält er ein Fläschchen.

Er braucht nur einen Blick auf mich zu werfen, um zu wissen, dass etwas nicht stimmt.

„Was los, Bruder?"

Tief durchatmend lasse ich mich auf einen der Stühle sinken und beobachte, wie der gefürchtete Rocker Dämon seine Tochter füttert.

„Keine Ahnung, Alter. Mir fällt die Decke auf den Kopf. Ich muss hier raus."

Es dauert ein paar Sekunden bis er mir antwortet.

„Du bist rastlos, Tick."

„Klasse Ace, das ist mir auch schon aufgefallen."

Wir schweigen.

„Wo ist Amy?"

Ace sieht mich amüsiert an.

„Mädelsabend."

Also ist es genauso, wie ich es mir dachte. Abigail ist gekommen, um sich mit den Ladys einen schönen Abend zu machen.

Es juckt mich in den Fingern aufzustehen, nach oben zu gehen und mir Madison einfach zu schnappen.

Mittlerweile bin ich an einem Punkt angekommen, an dem es mir egal ist, ob sie freiwillig mit mir mitkommt oder ob ich sie mir über die Schulter werfen und verschleppen muss.

Die Vorstellung, dass sie sich erst gegen mich wehrt, ehe sie nachgibt und sich willig von mir ficken lässt, reicht beinahe aus, mich in die Hose spritzen zu lassen.

„Fuck, ich bin so was von im Arsch!"

Ohne seine Augen von Sophie abzuwenden gibt Ace ein leises Lachen von sich.

„Hör zu, Tick. Ich muss dir nichts vormachen. Du weißt, wie es zwischen Amy und mir am Anfang war. Manchmal muss man tun, was nötig ist, um glücklich zu werden. Nimm dir Angels Freundin. Zwing sie – überzeug sie, aber bekomm deinen Kopf wieder frei. Du bist mein Sergeant, du bist für die Sicherheit des Clubs zuständig und kannst es dir nicht leisten, wegen einer Pussy abgelenkt zu sein."

Scheiße! Ace hat Recht! *Schluss mit den Spielchen!*

Entschlossen stehe ich auf, die Stuhlbeine kratzen über den Boden, Sophie zuckt erschrocken zusammen und beginnt zu weinen.

„Sorry, Präs."

Kaum dass er seiner Kleinen einen sanften Kuss auf die Stirn gedrückt hat beruhigt sie sich wieder.

„Tu, was du tun musst und bekomm dich wieder auf die Reihe, Tick." Ohne auf meine Umgebung zu achten marschiere ich zur Treppe, eile hinauf und bleibe erst vor Angels und Ghosts Wohnung stehen.

Lautes Lachen dringt durch die Türe bis zu mir heraus. Ich höre, wie Amy etwas ruft und Angel etwas erwidert.

Gerade als ich den Generalsschlüssel aus der Hosentasche holen will, geht die Tür auf und plötzlich stehe ich Ellen gegenüber.

Wir sehen uns tief in die Augen.

„Das wurde aber auch Zeit, Tick."

Sie zwinkert mir zu, dreht sich um und ruft Madison zu sich.

„Versau es nicht."

Typisch Ellen nimmt sie kein Blatt vor den Mund.

„Das habe ich nicht vor."

„Gut! Sie würde echt super zu uns passen!"

Madison taucht hinter Ellen auf.

„Für dich ist die Party vorbei, Süße."

Madison sieht Ellen erstaunt an, erst als sie sie an der Hand packt und auf den Flur rauszieht, bemerkt Madison meine Anwesenheit.

Ihr Lächeln friert ihr auf dem Gesicht regelrecht ein.

„Was wird das hier?"

Obwohl sie mir in die Augen sieht, weiß ich, dass ihre Frage Ellen gilt.

Die beugt sich vor, boxt mir gegen die Schulter, drückt Madison kurz und verschwindet ohne ein weiteres Wort wieder in der Wohnung. Keine Ahnung, warum Ellen überhaupt die Türe aufgemacht hat. Wahrscheinlich wollte sie etwas aus der Küche holen und hat es sich jetzt anders überlegt, weil sie Angel erst mal erklären muss, wo ihre Freundin hin ist.

„Tick?"

„Aye, Kleines."

Sie trägt eine eng anliegende Jeans und ein tief ausgeschnittenes Top. Die schwarzen Träger ihres BHs, die über ihre schmalen Schultern verlaufen, fesseln meinen Blick. Ihre Haare hat sie offen gelassen, so dass sie ihr in leichten Wellen auf den Rücken fallen. Nervös leckt sie sich über die Lippen, die Muskeln in meinen Armen beginnen vor Ungeduld zu zucken.

„Was willst du von mir?"

Eine gute Frage, auf dich ihr keine Antwort geben kann.

Ich will alles - ich will diese Frau mit den katzenhaften grünen Augen mehr als den nächsten Atemzug. Und obwohl ich die Hoffnung hege, dass meine Besessenheit nach dem ersten Fick etwas nachlässt, weiß ich intuitiv, dass sie dadurch nur noch stärker werden wird.

„Es wird Zeit, dass wir zu Ende führen, was wir bei deiner Ankunft begonnen haben."

In dem Moment, in dem sie versteht, wovon ich rede, weiten sich ihre Pupillen. Madison weicht einen Schritt zurück, schafft etwas Abstand zwischen uns und versucht, mir zu entkommen. Das lasse ich nicht zu.

„Das will ich aber nicht, Tick."

„Ich frage dich nicht, was du willst."

Bei Gott, ich werde Madison nicht vergewaltigen, aber ich werde auch nicht kampflos aufgeben. Auch wenn sie mich danach wahrscheinlich hassen wird, aber wenn es sein muss, werde ich Madison zu ihrem Glück zwingen.

Als ich einen Schritt auf sie zugehe, weicht sie noch einen weiteren zurück.

Dieses Katz-und-Maus-Spiel ist das Letzte, wofür ich jetzt Nerven habe.

„Lass mich in Ruhe!"

Madisons Stimme zittert, ihr Blick huscht schnell hin und her, sie sucht nach einer Möglichkeit, um mir zu entkommen.

Ohne zu zögern mache ich einen Ausfallschritt, packe sie am Arm und werfe sie mir über die Schulter. Zappelnd, schreiend und alles andere als kooperationsbereit versucht sie sich aus meinem Griff zu lösen - vergeblich.

Völlig egal, ob sie mich kratzt oder beißt, ich werde Madison erst wieder frei geben, wenn ich bekommen habe, was ich so dringend brauche: ihren Körper, ihre Hingabe und eine verdammte ganze Nacht, in der ich mich so oft und so tief in sie rammen kann, wie ich es für richtig halte.

„Lass mich sofort runter, du blödes Arschloch!"

„Spar dir deine Kräfte, die wirst du in den nächsten Stunden brauchen."

Gerade als ich in mein 2-Zimmer-Apartment, das sich am Ende des Ganges befindet, abbiegen will, kommt Sam uns entgegen.

Als er die kreischende und um sich schlagende Frau auf meiner Schulter sieht, zieht er fragend die Augenbrauen zusammen.

Ich bedenke ihn mit einem warnenden Blick. Sollte er sich einmischen, werde ich kurzen Prozess mit ihm machen.

„Falls es dir noch nicht aufgefallen ist, Tick. Aber die Kleine scheint nicht interessiert zu sein."

„Das ist nicht dein Problem, Sam! Halt dich da raus."

Madison beißt mir in die Schulter. Trotz des Leders und des Stoffs meines Shirts zuckt ein heftiger Schmerz durch meinen Arm.

„Scheiße, Weib, bist du irre?"

„Lass mich runter! Sofort!"

Anstatt ihrem Befehl nachzukommen, sperre ich die Apartmenttüre auf und betrete mit meiner laut vor sich hin schimpfenden Beute den dunklen Flur.

Ohne zu zögern oder kostbare Zeit zu verlieren, trage ich sie direkt in das Schlafzimmer und werfe sie unsanft auf die Mitte des Bettes.

Der Lattenrost knarzt protestierend, das Edelstahlgestell knallt krachend gegen die Wand.

„Was wird das? Willst du mich zum Sex zwingen? Dann bist du kein Stück besser als Taylor. Das ist dir doch klar."

Der Vergleich mit Angels gewalttätigem Ehemann schmerzt.

„Wenn du wissen willst, ob ich vorhabe, dich zu vergewaltigen, kann ich dich beruhigen. Ich werde dir nicht weh tun, Madi, schreien wirst du trotzdem."

Ihre grünen Augen funkeln mich kämpferisch an.

„Wenn du denkst, dass ich es dir leicht machen werde, hast du dich geirrt. Ich werde gegen dich kämpfen, Rider."

Falls sie mich mit dieser Drohung abschrecken wollte, ist es ihr nicht gelungen. Im Gegenteil. Alleine die Aussicht, wie sie ihren perfekten kleinen Körper an dem meinen reibt, während sie versucht, mir zu entwischen, lässt mich hart werden.

Der Ausdruck von Angst huscht über ihre feinen Gesichtszüge.

Ganz offensichtlich stehen mir meine Gedankengänge ins Gesicht geschrieben.

„Wenn es dich anturnt, mich zu zwingen, bist du krank, Tick."

Ohne auf ihr Gezeter einzugehen, schließe ich die Türe hinter uns, sperre sie ab und lege den Schlüssel oben auf den Schrank. Anschließend ziehe ich mir die Kutte und das Shirt aus.

Madison rutscht bis an das Kopfende des Bettes und drückt sich mit dem Rücken gegen das Gestell.

Auch wenn sie zu stolz ist, um sich einzugestehen, dass sie mich ganz genauso will, wie ich sie, kann sie meinem Anblick nicht widerstehen.

Ich spüre ihren Blick wie eine sanfte Liebkosung.

Die Spitze ihrer rosafarbenen Zunge kommt zum Vorschein, ihre Atmung beschleunigt sich.

Nachdem ich mir die Schuhe von den Füßen gezogen habe, öffne ich meine Jeans. Doch ich behalte sie noch an.

In meinem derzeitigen Zustand ist es besser, etwas langsam vorzugehen.

Das Letzte, was ich will, ist Madison zu verletzen, und jetzt im Moment kann ich einfach nicht rücksichtsvoll oder gar zärtlich sein.

„Komm her, Kleines. Du weißt, dass es zwischen uns so sein muss. Seit zwei verfickten Tagen gehst du mir aus dem Weg. Hast du wirklich gedacht, dass du mir entkommen kannst?"

Ich knie mich auf das Bett, umfasse ihre Knöchel und ziehe sie zu mir her.

Quietschend versucht sie, sich am Bett festzuhalten, erwischt jedoch nur das Kissen.

Ihre Taille umfassend nagle ich sie unter mir auf die Matratze und presse sie mit meinem Gewicht tief ins Bett.

„Tu das nicht, Tick."

Unsere Blicke treffen sich.

„Warum nicht, Madison. Ich erkenne in deinen Augen, dass du es auch willst."

Eine leichte Röte überzieht ihre Wangen.

„Wenn du mich nimmst, dann bin ich verloren. Das würde einfach alles ändern. Du lebst hier und ich in Richland. Für uns gibt es keine gemeinsame Zukunft. Wir stammen nicht nur aus zwei verschiedenen Städten, sondern auch aus zwei verschiedenen Welten. Es kann nie funktionieren, und ich bin nicht bereit, mir das Herz aus der Brust reißen zu lassen. Wenn du in mir bist..."

Sie spricht nicht weiter, ihre Stimme verstummt.

„Was ist, wenn ich in dir bin?"

Madison weicht meinem Blick aus.

Bestimmend umfasse ich ihr Kinn und halte ihren Kopf so, dass sie mich ansehen muss.

„Was ist dann?"

„Das weißt du ganz genau. Darum hast du mich ja auch hierhergebracht. Dann gibt es kein Zurück mehr für uns."

Ihre Worte sind die Wahrheit. Obwohl wir uns kaum kennen, will ich sie.

Was für eine komplizierte, verfickte Scheiße!

„Ich will kein Zurück."

Sie schluckt, in ihren Augen erkenne ich, dass diese Situation sie verängstigt.

„Aber ich, Tick. Ich will nicht, dass sich alles ändert."

Zwischen Richtig und Falsch hin- und hergerissen starre ich sie an. Auch wenn es mich zu einem Arschloch macht, bin ich nicht bereit, das hier zu stoppen.

„Dafür ist es zu spät, Kleines."

Sie öffnet ihren Mund, ihren perfekten, weichen roten Mund und meinem Verstand brennen die Sicherungen durch.

Aus meiner Kehle löst sich ein dunkles Knurren, während ich mich zu ihr hinunterbeuge und ihre Lippen in Besitz nehme.

Wild und gnadenlos wühle ich mich mit meiner Zunge durch die weiche, süß schmeckende Höhle. Ein paar Herzschläge lang gelingt es

Madison, unbeteiligt unter mir zu liegen, bis sie ein zutiefst weibliches Seufzen von sich gibt, ihre Arme um meinen Nacken schlingt und den Kuss mit so viel Leidenschaft erwidert, dass sich schwarze Punkte vor meinen Augen ausbreiten.

Holy Fuck!

In all den Jahren habe ich unendlich viele Frauen gevögelt, aber nur wenige davon habe ich geküsst. Das hier, dieses wilde Zungenspiel, ihre kratzenden Fingernägel und ihre Zähne, die sich an mir festbeißen, ist mehr, als ich ertragen kann.

Seit Stunden kann ich an nichts anderes denken, als endlich in sie einzudringen und jetzt reicht ein Zungenkuss aus, um mich in die Knie zu zwingen. Der Wunsch, Madison glücklich zu machen, durchströmt mich wie ein Tsunami.

Ich will sie beschützen, für sie sorgen und sie auf ewig an meiner Seite haben. Ich mache mir weiß Gott keine falschen Hoffnungen. Madison wird mich in regelmäßigen Abständen in den Wahnsinn treiben und mir den letzten Nerv rauben, aber das ist okay. So soll es doch sein. Frauen und Männer wurden zwar füreinander geschaffen, aber sie passen nicht unbedingt gut zusammen.

Unfähig mich zu beherrschen schicke ich meine Hände auf Reisen, erkunde jedes Tal und jede Rundung, streiche sanft über ihren Bauchnabel und nähere mich ihren vollen Titten. Weich, fest und prall pressen sich ihre Brüste in meine Handflächen. Sie passen perfekt.

Ein letztes Mal duellieren sich unsere Zungen, ehe ich den Kuss unterbreche und frischen Sauerstoff in meine Lunge sauge.

Klein, hart und geschwollen recken sich mir ihre Nippel entgegen. Hungrig senke ich den Kopf und sauge sie samt dem Stoff ihres Tops tief in den Mund.

Madison seufzt leise. Ihr gewispertes „nicht“ überhöre ich gewissenhaft, während ich mich am Verschluss ihrer Hose zu schaffen mache.

Erst als ich eine Hand in ihre Hose schieben kann, fällt eine tonnenschwere Last von meinen Schultern. Geschickt schiebe ich den dünnen spitzenbesetzten Schritt ihres Slips beiseite und massiere ihre Pussy.

Aus Madisons Seufzen wird ein Stöhnen, lustvoll biegt sie ihre Wirbelsäule durch und presst sich an meine Hand.

Mehr als bereit ihr alles, was sie sich ersehnt, zu geben, schiebe ich meinen Mittelfinger in ihr enges Loch und winkle ihn tief in ihrer nassen Hitze an.

Gekonnt stimuliere ich den schwammigen Punkt, an dem sich ihr G-Punkt befindet und entlocke ihr so einen lauten Schrei.

„Yeah Kleines, das ist es.“
„Tick...“
An meinen Schultern festgekrallt treibt sie mir ihre Fingernägel in die Haut.
„Ja, Madison?“
Wieder seufzt sie, eine dünne Schweißschicht überzieht ihre Stirn.
„Das hier hat nichts zu bedeuten! Verstanden?“
Bei jedem anderen Mädchen wäre ich froh gewesen, dass sie kapiert hat, dass es nur ein bedeutungsloser Fick ist. Doch bei ihr ist das anders, bei ihr will ich, dass sie versteht, dass das hier alles erst der Anfang ist.
„Doch, das hat es. Was auch immer das zwischen dir und mir ist, wir werden uns die nötige Zeit nehmen, um es herauszufinden.“
Mit dem Handballen über ihre Klit reibend bringe ich ihre enge Möse zum Zucken.
„Es ist nichts.“
Ihre Worte machen mich wütend.
„Ist das nichts?“
Ich entziehe ihr meine Finger, nur um erneut kraftvoll in sie zu stoßen.
„Fühlt sich so *nichts* an?“
Der Orgasmus, der über sie hinwegrollt, ist mir Antwort genug.
Dieses Mal reicht es mir nicht aus, sie einfach nur zu fingern.
In Windeseile steige ich von ihr runter, ziehe mir die Hose runter an die Knie und nehme mir eines der Kondome aus der offen stehenden Schublade des Nachtkästchens.
So schnell ich kann rolle ich es über meine pulsierende Erektion und bringe mich vor ihr in Position.
Noch bevor sie weiß, wie ihr geschieht, habe ich ihr die Hose ausgezogen und stecke bis zur Wurzel in ihrer glitschigen Muschi.
Ihr lauter Schrei hallt in mir wieder. Unter halb gesenkten Lidern beobachte ich Madison dabei, wie die Anspannung aus ihrem Inneren weicht. Der Ausdruck purer Lust legt sich über ihre Gesichtszüge.
Jetzt endlich ergibt sie sich mir. Ich spüre die scharfen Kanten ihrer Nägel, die über meinen Rücken kratzen.
„Ich wusste von vornherein, dass du eine Wildkatze bist.“
Für die Dauer eines Herzschlags verharre ich in ihr, genieße den Moment, ehe ich in einen schnellen, tiefen Rhythmus verfalle.
Wieder und wieder, immer wieder lasse ich sie jeden harten Zentimeter meines Schwanzes spüren. Die Muskeln in meinen Beinen brennen, Schweiß rinnt mir über den Rücken. Doch ich kann nicht aufhören. Wie ein Besessener falle ich über sie her. Noch immer hege ich die Hoffnung, dass ein wilder Fick ausreicht, um sie aus dem Kopf zu bekommen.

Puckernd ziehen sich meine Hoden zusammen, keuchend, stöhnend und mit geblähten Nasenlöchern nehme ich mir alles, was ich brauche.

Madisons verschwitzter, zitternder Körper beginnt erneut zu zucken.

Es ist das zweite Mal, dass sie zum Höhepunkt kommt und ich bin noch lange nicht mit ihr fertig. Wenn es nach mir geht, bumse ich sie die ganze Nacht. Wieder und wieder bis ich so ausgelaugt und erschöpft bin, dass sich das Chaos in meinem Kopf endlich in Luft auflöst.

Madison – Madison – Madison...

Ihr Name ist alles, woran ich denken kann. Von den primitivsten Urinstinkten geleitet beuge ich mich zu ihr nach unten, lecke über den Knochen ihres Schlüsselbeins und beißt ihr in den Hals.

Salzig und zugleich unfassbar süß flutet ihr göttlicher Geschmack meine Sinne.

„Tick..."

Meinen Namen aus ihren geschwollenen Lippen zu hören, ist die Hölle. Denn obwohl ich sie eh schon bis an ihre Grenzen bringe und so tief in ihr stecke, dass meine Eier gegen ihren Po klatschen, sehne ich mich nach mehr.

Wut breitet sich in mir aus. Das war nicht das, was ich wollte. Ich war zufrieden mit meinem Leben. Eine Old Lady war das Letzte, was ich mir gewünscht habe.

Ich stütze mich mit den Händen neben Madisons Kopf auf der Matratze ab und intensiviere mein Tun. Mittlerweile ramme ich mich so kraftvoll in sie, dass sie bei jedem Vorstoß nach oben geschoben wird.

Wieder zieht sich ihre Pussy kraftvoll zusammen. Orgasmus Nummer drei.

„Bitte... Ich kann nicht mehr..."

Zwischen zusammengebissenen Zähnen zische ich ihr zu, was ich von ihrem Flehen halte.

„Du musst. Die Nacht ist noch lang und ich bin noch nicht fertig."

Madison presst mir ihre Handflächen gegen den Brustkorb, sie versucht, mich von sich zu stoßen, ein wirklich süßer, jedoch aussichtsloser Versuch.

Dank der vielen Orgasmen ist sie so erschöpft und kraftlos, dass sie keine Chance gegen mich hat.

„Wenn ich noch ein Mal komme, sterbe ich."

„Das werden wir ja gleich sehen."

Ihre Pupillen weiten sich, sie beißt sich auf die Unterlippe und lässt zu, dass ich mit meinem Daumen federleicht über ihre geschwollene Klitoris reibe.

„Du bist der Teufel, Dead Rider."

Kaum dass ihre Worte verhallt sind, verdreht sie ihre Augen, ihr Mund öffnet sich zu einem stummen Schrei, während sie so stark zittert, dass sie mich beinahe mit sich in die Erlösung reißt.

„Fuck! Baby! Fuck!“

Meine brennenden Muskeln ignorierend gebe ich noch mal alles, ehe ein heißer Schauer, der meine Wirbelsäule hinabrinnt, das Ende dieses Ficks ankündigt.

Schmerzhaft ziehen sich meine Hoden zusammen, ich kann regelrecht spüren, wie sich mein Sperma auf den Weg macht. Schub für Schub spritzt es aus mir heraus. Als ich alles bis auf den letzten Tropfen losgeworden bin, breche ich kraftlos auf Madison zusammen.

„Luft.“

Ihr Röcheln erinnert mich daran, dass ich viel zu schwer für sie bin.

Ich rolle von ihr runter und bleibe so dicht neben Madison liegen, dass sich unsere Beine berühren. Glitschig vom Schweiß kleben wir aneinander fest.

Die ganzen Bitches wollte ich loswerden, sobald ich mit ihnen fertig war, bei Madison ist das anders. Wie von selbst schlingt sich mein Arm um ihre Schultern. Besitzergreifend halte ich sie fest, vergrabe meine Nase in ihren Haaren und inhaliere ihren Duft. Sie riecht nach grünem Apfel, Sex und nach mir.

Ich bin so was von geliefert....

Obwohl ich gerade alles gegeben und sie bis zur absoluten Erschöpfung gebumst habe, ist mein Hunger nach dieser Frau noch lange nicht gestillt.

30. Kapitel

Ghost

„Wenn wir zulassen, dass Sam und seine Männer King töten, stellen wir uns zu einem gewissen Teil gegen die Familie. Wie soll ich meinem Sohn mit dem Wissen, dass ich das Okay für den Tod seines Großvaters gegeben habe, in die Augen sehen? King mag ein Arschloch und ein schlechter Vater sein, dennoch ist er ein Teil von Ellens Leben."

Ace stößt einen derben Fluch aus. Ich nicke zustimmend. Jeder der First Nine des Motorcycle-Clubs der Dead Riders weiß, dass Slide recht hat.

Wir können nicht erlauben, dass Sam King abknallt. Es wäre falsch und verwerflich.

Skorpion klemmt sich die Zigarette, die er in der rechten Hand hält, zwischen die Finger der linken und tippt die Asche in den Becher, der auf dem alten Holztisch steht. Genüsslich gönnt er sich einen letzten Zug, ehe er sie ausdrückt.

„King ist ein Arschloch. Ellen hat schon genug wegen ihrem Erzeuger gelitten. Sie hat es verdient glücklich zu sein. Lasst uns Sam sagen, dass wir gegen einen Vergeltungsschlag sind. Wenn er unbedingt Rache will, soll er einen anderen Black Devil töten, aber nicht King."

Der Deckel von Slides Zippo klappt geräuschvoll auf und zu.

„Aye, das sehe ich auch so."

Slide und Skorpion tauschen einen kurzen Blick.

Ace setzt sich aufrechter hin.

„Gut, ich denke wir sind uns einig. Lasst uns abstimmen."

Er steht auf und sieht jedem von uns kurz in die Augen.

„Jeder, der der Meinung ist, dass die Crazy Devils nicht den Präsidenten der Black Devils töten dürfen, hebt jetzt die Hand."

Auch ohne mich umzusehen weiß ich, dass keiner für Kings Tod gestimmt hat.

„Alles klar. Die Sache ist entschieden. Gibt es noch etwas, was wir besprechen müssen?"

Razzor wirft Tick einen amüsierten Blick zu.

„Na ja vielleicht sollten wir schon mal die nächste Ladykutte bestellen. Tick scheint endlich gefunden zu haben, was er all die Jahre gesucht hat."

Der Sergeant-at-Arms unseres MCs hebt die Hand und streckt Razzor den Mittelfinger entgegen.

„Fick dich, Arschloch."

Razzor bleibt völlig unbeeindruckt.

„Willst du leugnen, dass du es der kleinen Freundin von Angel besorgt hast? Scheiße, ich habe ihre Schreie durch den ganzen Flur hallen hören.“

Prüfend sehe ich zu Ace. Er sieht zwar genervt, jedoch entspannt aus.

Spider holt seinen Tabak heraus und dreht sich eine Kippe.

Alles, was er zu dem aufkeimenden Streit zu sagen hat, verpackt er in einen Satz.

„Your brother ain't always right, but he's always your brother.“

Ich für meinen Teil kann nicht sagen, dass ich die Entwicklung gut finde. Es wäre mir lieber gewesen, wenn Tick seine Finger von Madison gelassen hätte.

Unzufrieden starre ich aus dem Fenster.

Es steht mir nicht zu, Tick vorzuschreiben, welches Mädchen er sich in sein Bett holt. Dennoch hoffe ich, dass er Madison mit Respekt behandelt. Sie mag keine Old Lady sein, aber sie ist auch keine billige Bitch.

„Noch ein Wort und ich breche dir sämtliche Knochen.“

Bebend vor Zorn geht Tick auf Razzor zu. Der bleibt ganz entspannt sitzen.

Kurz bevor sich die zwei eine wilde Schlägerei liefern, mischt Ace sich ein.

„Ruhe!“

Er hat nicht laut gesprochen, doch das muss er auch nicht.

„Wenn Tick sich eine Lady nimmt, wird er das Leder für sie rechtzeitig bestellen. Bis dahin will ich nichts davon hören. Madison ist unser Gast ich erwarte, dass ihr sie mit dem nötigen Respekt behandelt. Sie hat uns unterstützt und Angel beigestanden. Vergesst das nicht, Brüder.“

Zustimmendes Gemurmel wird laut. Razzor ist der Erste, der aus dem Büro verschwindet.

Auch wenn ich Tick am liebsten erneut ins Gewissen reden würde, werde ich es lassen. Er wird schon wissen, wie weit er bei Angels Freundin gehen kann.

Ace fährt sich genervt durch seine schulterlangen schwarzen Haare.

„Na, dann werde ich Sam mal über das Ergebnis unserer Abstimmung unterrichten.“

In solchen Momenten beneide ich ihn nicht um das Amt des Präsidenten.

„Es wird ihm nicht gefallen.“

Ace sieht mich resigniert an.

„Gewiss nicht. Keine Ahnung, ob er King am Leben lassen wird. Wichtig ist, dass wir nichts damit zu tun haben. Ich will Ellen nicht hintergehen. Das wäre nicht richtig.“

Und wieder beweist Ace mit Leichtigkeit, dass er meine Treue und Loyalität mehr verdient als alles andere.

Angel hat heute Morgen den übermäßigen Alkoholkonsum von letzter Nacht bitter bereut.

Entschlossen, nach ihr zu sehen, bahne ich mir meinen Weg durch den Club und nicke Mimi, die gerade dabei ist die Bar aufzufüllen, kurz zu.

Mad und Poker sind nach Sonnenaufgang Richtung Kanada aufgebrochen, um den Transport der Waffen und der Munition zu überwachen.

Wenn alles reibungslos über die Bühne geht, sollten sie in zwei Tagen wieder hier sein.

Alexej wird wohl kaum so dumm sein und Evans Fehler wiederholen.

Nächste Woche werden wir den Chinesen ihre neueste Bestellung ausliefern können.

Weil ich den Schlitzaugen nicht über den Weg traue, kann ich es kaum erwarten, dass wir diese Übergabe hinter uns zu bringen.

Sobald das erledigt ist, werde ich Ace fragen, ob er mich für eine Woche entbehren kann. Wenn er ja sagt, werde ich mir mein Mädchen schnappen und für ein paar Tage von hier verschwinden. Angel und ich brauchen Zeit für uns.

Die letzten Wochen und Monate waren heftig. Angel hat so viel durchstehen müssen. Erst die Sache mit Fire und dann ihre Fahrt nach Richland. Mein Engel ist eine sehr willensstarke Frau, jetzt, wo Taylor tot ist und sie mein Leder trägt, können wir endlich in die Zukunft schauen.

Vor kurzem, als wir befriedigt händchenhaltend im Bett gelegen sind und uns unterhalten haben, hat sie mir in der Dunkelheit zugeflüstert, dass sie unbedingt ans Meer will. Als ihr Mann ist es meine Aufgabe, ihr diesen Wunsch zu erfüllen...

Es wird uns beiden guttun, einfach mal abzuschalten.

In unserem Apartment angekommen folge ich den Stimmen bis in die Küche.

Zusammen mit Madison sitzt sie an unserem kleinen Holztisch und hält eine Tasse dampfenden Kaffee in der Hand.

„Hi, Mädels?“

Unsere Blicke treffen sich.

„Hey Rider, na, alles klar bei dir?“

„Jetzt ja.“

Und das ist nicht gelogen. Ich muss Angel nur sehen und schon zieht sich die Schwärze, die ich eigentlich immer in mir spüre, etwas zurück.

Nicht zum ersten Mal frage ich mich, womit ein Mörder wie ich, eine so perfekte Frau verdient hat.

Sie streckt ihre Hand nach mir aus, unsere Finger verschlingen sich.

Ohne groß darüber nachzudenken hebe ich meine Lady aus dem Stuhl, setze mich und platziere sie auf meinem Schoß.

Madison beobachtet uns lächelnd. In ihren Augen erkenne ich, dass sie froh darüber ist, dass Angel glücklich ist.

„Wie war eure Besprechung?“

Wie gebannt starre ich auf unsere miteinander verflochtenen Hände.

„Kompliziert.“

Instinktiv spürt sie, wie dringend ich ihre Nähe brauche und lehnt sich noch etwas fester an mich. Mit ihren Lippen über meine Haut streichend haucht sie mir einen liebevollen Kuss aufs Kinn.

Ein warmes Prickeln breitet sich in meinem Brustkorb aus. Nur mein Angel hat die Macht, mich etwas fühlen zu lassen.

Tief einatmend hebe ich den Kopf und sehe zu Madison.

„Mir ist klar, dass wir uns kaum kennen und dass es mich nichts angeht. Aber das, was da zwischen dir und Tick läuft, sorgt für Aufsehen. Ich hoffe, du weißt, was du tust, Madison.“

Sofort hebt sie ihre Hand und streicht über den Bissabdruck an ihrem Hals.

Wissend ziehe ich die rechte Augenbraue nach oben, Angels Freundin nippt an ihrem Kaffee und errötet.

„Um ehrlich zu sein, habe ich keine Ahnung, was das ist oder was er von mir will. Tick ist wie eine tickende Zeitbombe.“

Angels Brustkorb bebt vor unterdrücktem Lachen.

„Sehr passend. Vor allem, wenn man bedenkt, dass er unser Sprengstoffexperte ist.“

Madison sieht mich erstaunt an.

„Sprengstoff? Wofür braucht ihr denn so was?“

„Darauf kann ich dir keine Antwort geben. Das sind Clubangelegenheiten.“

Madison stellt die Tasse ab und verlagert ihr Gewicht.

„Keine Sorge, Ghost. Ich kann es mir denken.“

Dieses Mal gelingt es Angel nicht, ihr Lachen zu unterdrücken, sie gibt ein lautes Prusten von sich.

„Glaub mir, Liebes, du hast keine Ahnung und das ist auch gut so.“

Madison sieht meine Lady unsicher an.

So langsam scheint sie zu kapieren, mit wem sie es zu tun hat....

31. Kapitel

Madison

Fünf lange, abenteuerliche Tage war ich jetzt bei den Tacoma Dead Riders. Fünf Tage, die mein bisher so beschauliches Leben völlig auf den Kopf gestellt haben.

Trotz des Helms und der dicken Jacke, die ich trage, spüre ich den Fahrtwind wie eine kalte Liebkosung auf meinem Körper. Seufzend festige ich den Griff um Ticks Taille und schließe für eine Sekunde die Augen.

Dafür, dass ich noch nie Motorrad gefahren bin und diese Position und den harten Sitz nicht gewohnt bin, mache ich mich, glaube ich, ziemlich gut. Bis jetzt hat Tick sich nicht beschwert, dass ich zu viel herumhampele. Ich bemühe mich, ruhig zu sitzen, obwohl ich fürchterlich wund bin.

Mein Dead Rider hat einen ausgeprägten Sexualtrieb und ein extrem bewundernswertes Stehvermögen.

Noch vor kurzem habe ich Angel um die vielen Orgasmen, die Ghost ihr beschert, beneidet. Jetzt bin ich an einem Punkt angekommen, an dem ich einfach nur eine Pause brauche. Noch ein Höhepunkt und ich glaube, mein Körper atomarisiert sich. Dumm nur, dass allein der Gedanke an die sinnlichen Stunden der letzten Tage ausreicht, um mich erneut feucht werden zu lassen.

Die Fahrt von Tacoma nach Richland dauert dreieinhalb Stunden. Zwei davon haben wir bereits hinter uns gebracht. Mir bleiben also noch 90 Minuten, um mich emotional auf den Abschied von Tick vorzubereiten.

Aber ich bin noch nicht bereit, zu diesem Rocker Lebewohl zu sagen. Auch wenn ich es nicht laut ausgesprochen habe, weiß Angel, dass ich mich in den Sergeant-at-Arms des Dead-Riders-Motorcycle-Clubs verliebt habe. Mein dummes Herz hat nicht gezögert, sondern sich für den gefährlichsten Mann, der mir jemals begegnet ist, entschieden.

Bis jetzt habe ich mir nicht erlaubt, an die kommenden Tage und Wochen zu denken – es ist einfach zu schmerzhaft, zu wissen, dass es für ihn und mich keine Zukunft geben kann. Fernbeziehungen sind zu 99% zum Scheitern verurteilt.

Natürlich könnten wir es uns auch schönreden, aber das nützt nichts. Ich will nicht nach Tacoma ziehen, um in einem 2-Zimmer-Apartment in einem Motorradclub zu leben und Tick wird seinen MC mit Sicherheit nicht verlassen. Ich liebe mein kleines Häuschen und das beschauliche Leben- das ich führe, so einfach ist das.

Natürlich ist der Gedanke- nachts an Tick gekuschelt einzuschlafen verlockend, aber er reicht nicht aus um meinen Entschluss ins Wanken zu bringen.

Gott, ich bin so eine blöde Kuh...

Ich sitze hier, die Arme fest um Ticks Brustkorb gelegt und erlaube mir Gedankengänge, die gar nicht zur Debatte stehen.

Tick hat mir nichts angeboten, nichts versprochen und mich auch nicht gefragt, ob ich bleiben will. Wahrscheinlich fällt ihm der Abschied längst nicht so schwer wie mir.

Unweigerlich stelle ich mir die Frage, ob schon jemand Taylor als vermisst gemeldet hat, oder ob seine Leiche bereits gefunden wurde.

Ein unangenehmer Schauder rieselt über meine Arme. Tick spürt es, löst seine linke Hand vom Lenker und streicht mir mit seiner lederbehandschuhten Hand, über den Oberschenkel.

Am Anfang dachte ich, dass Männer wie Tick grob, emotionslos und unaufmerksam seien. Jetzt weiß ich, dass das absolute Gegenteil der Fall ist.

Das Chaos in meinem Kopf hat mich so fest im Griff, dass ich weder auf die Landschaft noch auf die Ortsschilder der Städte geachtet habe, durch die wir gefahren sind.

Als ich jetzt bemerke, dass wir bereits in Richland sind und in die Straße abbiegen, in der sich mein Zuhause befindet, steigt Beklemmung in mir auf.

Tick gibt ein letztes Mal Gas, das dunkle Bollern wird lauter, das Vibrieren zwischen meinen Schenkeln nimmt zu.

Wenig später parkt er seine Harley auf meiner Einfahrt und das kraftvolle Knurren der Maschine verstummt.

Ende....

Es klingt so blöd, aber ich bin noch nicht bereit, das tollste, befriedigendste und wildeste Abenteuer meines Lebens enden zu lassen.

Ich zögere einen Moment. Bleibe noch kurz sitzen und genieße seine Nähe.

Vor diesem Trip war mir nicht klar, wie intim Motorradfahren ist.

Aber es hat etwas sehr Persönliches, sich mit weit gespreizten Beinen an die Rückseite eines Mannes zu schmiegen und sich an ihm festzuhalten.

Das Wissen, dass zukünftig andere Frauen dieses Privileg für sich beanspruchen dürfen, schickt einen schmerzhaften Blitz der Eifersucht durch meinen Brustkorb.

Ein dicker Kloß bildet sich in meiner Kehle... Scheiße!

Mit Tränen in den Augen stütze ich mich auf seinen Schultern ab, erhebe mich und schwinge mich von seinem Bike. Auf wackeligen

Beinen stehe ich hier und starre den Kerl an, der mich auf ewig für andere Männer versaut hat.

Da ich keine Anstalten mache, den Helm zu öffnen, steigt Tick ebenfalls ab, stellt sich direkt vor mich und öffnet den Klickverschluss.

Anschließend zieht er ihn mir vom Kopf und grinst mich schief an.

Als Nächstes kümmert er sich um seinen Helm. Beide stellt er neben seinem Motorrad auf die Pflastersteine der Einfahrt.

Da ich ahne, wie meine Haare aussehen, fahre ich mir mit beiden Händen durch die langen Strähnen und atme tief durch.

Stark bleiben, Madison...

Es wäre mir echt zu peinlich, wenn Tick mir anmerken würde, wie es gerade tief in meinem Inneren aussieht. Eine leichte Brise streift mir über die Stirn, bringt die Blätter der großen Eiche, die sich direkt neben uns befindet, zum Rascheln.

Während die vergangenen Tage dafür gesorgt haben, dass sich in mir viel verändert hat, ist hier alles beim Alten geblieben. Weder steht vor Taylors Haus ein Streifenwagen noch wirkt überhaupt etwas verdächtig.

Die typische Kleinstadtidylle, die ich bisher so geliebt habe, verhöhnt mich regelrecht.

Es kostet mich extrem viel Kraft, einfach nur stehen zu bleiben und nicht auf Tick zuzugehen und ihm meine Arme um den Hals zu schlingen.

Ich will mich an ihn lehnen, seinen unverkennbaren Geruch von Leder, Motoröl, Rauch und Schießpulver inhalieren und mich einfach nur sicher fühlen.

Und obwohl sich mein Herz so anfühlt, als würde es gleich in zwei Stücke zerspringen, bereue ich nichts. Ich will keine Sekunde missen.

Dieser Rocker und ich, wir haben uns gestritten und gelacht, uns geküsst und den wildesten Sex aller Zeiten miteinander gehabt und es hat sich gut angefühlt.

Rau – ehrlich – gut....

Unsere Blicke treffen sich, ich vergesse zu atmen.

„Es wird Zeit, Lebewohl zu sagen."

Meine Worte hängen wie dichter Nebel zwischen uns. Das Letzte, was ich sehe, ehe ich urplötzlich von den Füßen gerissen werde, ist, wie sich Ticks Nasenlöcher blähen und Wut in seinen schönen Augen aufblitzt. In der einen Sekunde stehen wir uns noch gegenüber, in der nächsten liege ich in seinen Armen, seine Zunge schlängelt sich durch meinen Mund und meine Finger krallen sich in dem weichen Leder seiner Kutte fest.

Unsere Zähne schlagen aufeinander, seine Hände halten mich bestimmend fest.

Züngelnd und wild erobert er meinen Mund.

Ein heißes Prickeln lässt mich erschaudern, ich vergesse zu atmen, vergesse zu denken und kann mich nur noch auf das dekadente Spiel unserer Lippen konzentrieren.

Saugend und knabbernd nehme ich mir alles, was er mir zu bieten hat und seufze frustriert auf, als er unseren Zungenkuss beendet.

Tick hebt seinen Kopf nur wenige Zentimeter, ich spüre seinen warmen Atem auf meiner Haut.

„Hast du denn immer noch nicht genug von mir?“

Seine Frage amüsiert mich.

„Nein, von dir werde ich nie genug haben.“

Fasziniert beobachte ich, wie sich seine Pupillen weiten. Aus Ticks Kehle löst sich ein wildes Grollen, ehe er unseren Blickkontakt unterbricht und die Augen schließt.

Nicht in der Lage der Versuchung, die dieser Rocker für mich darstellt, zu widerstehen, presse ich meine Lippen erneut auf die seinen.

„Was ist, wenn ich dich nicht frei geben will?“

Seine zwischen zwei Küssen geflüsterten Worte bringen meinen Herzschlag ins Stolpern.

„Dann tu es nicht. Behalte mich.“

Was wir hier tun ist völlig unvernünftig jedoch schrecklich romantisch.

Dieser Dead Rider und ich sind wie Feuer und Wasser, wie Salz und Zucker, wie Tag und Nacht.

Selbst wenn sich die Sonne und der Mond ineinander verlieben würden, hätten sie keine Chance auf eine gemeinsame Zukunft. Nicht ohne den Rhythmus der Welt und der Zeit durcheinanderzubringen.

Es mag sein, dass wir etwas füreinander empfinden, doch es wird nicht ausreichen, um die Kluft, die unser beider Leben trennt, zu überbrücken.

„Ich werde dir nicht *Lebewohl*, sondern *auf Wiedersehen* sagen.“

Unsere Münder sind sich noch immer so nah, dass ich spüre, wie sich seine Lippen zu den Worten formen, die mich vor Erleichterung beinahe ohnmächtig werden lassen.

„Hältst du das für schlau?“

Tick gibt ein freudloses Lachen von sich.

„Nein, aber für notwendig. Ich bin noch nicht bereit, dich ziehen zu lassen, Madison. Du und ich, wir sind noch nicht miteinander fertig!“

Erneut küssen wir uns. Das Spiel unserer Zungen ist bittersüß und lässt mich hoffen.

Schwer atmend stellt Tick mir wieder auf die Füße und löst seine Arme von mir. Kaum dass wir uns nicht mehr berühren, überfällt mich eine unangenehme Kälte.

„Warte auf mich, Kleines. Ich werde schneller als du denkst vor deiner Türe stehen und dich wieder für mich beanspruchen."

Mit diesen Worten wendet er sich von mir ab, holt die zwei Bündel, zu denen er meine Sachen verschnürt hat, aus seinen Satteltaschen und reicht sie mir. Tick sieht mir ein letztes Mal tief in die Augen, steigt auf sein Bike und setzt sich seinen Helm auf.

Der Moment des Abschieds ...

Meine Sachen fallen lassend gehe ich auf ihn zu, streiche mit meinen Fingerspitzen über das große Patch auf seinem Rücken und genieße das warme Gefühl, das mich durchströmt.

... Ich bin noch nicht bereit dich ziehen zu lassen.... Du und ich, wir sind noch nicht miteinander fertig...

Der Klang seiner Stimme hallt in meinem Inneren nach, eine Welle der Hoffnung brandet gegen mein Herz.

„Mach's gut, Rider."

„Ich werde es schon bald wieder mit dir machen."

Tick zwinkert mir zu, erweckt mit einem kraftvollen Tritt den Motor seiner wunderschönen schwarzen Harley zum Leben und fährt los.

Sprachlos und bis über beide Ohren verliebt sehe ich ihm nach. Die Sonnenstrahlen brechen sich auf dem schwarzen Lack seines Motorrads, blenden mich in den Augen.

Selbst als er um die Kurve und aus meinem Blickfeld verschwunden ist, bleibe ich noch stehen. Lecke mir über die Lippen und genieße seinen herben Geschmack, der noch immer meine Sinne erfüllt.

Unweigerlich stelle ich mir die Frage, ob das das Ende unserer Liebesgeschichte oder der Anfang ist.

Als ich eine kleine Ewigkeit später immer noch keine Antwort auf diese Frage gefunden habe, bücke ich mich, um meine Sachen und den Helm aufzuheben, gehe zur Haustüre und betrete mein altes Leben.

Die Zeit in Tacoma gleicht einem wilden Traum. Und auch wenn ich Ticks Worte gerne glauben würde, wissen wir doch alle, dass Träume nicht die Angewohnheit haben, wahr zu werden....

32. Kapitel

Angel

Nachdem Madison in aller Frühe nachhause aufgebrochen ist, und sich Ghost und seine Brüder bereits gestern auf den Weg zu den Black Devils gemacht haben, weil es da wohl irgendein Problem gibt, um das sie sich kümmern müssen, habe ich beschlossen, mich zu Amy und Ellen raus in die Sonne zu setzen.

Seit die Crazy Devils von zwei Tagen abgereist sind, war keiner der Riders wirklich entspannt. Irgendetwas geht da vor sich, die Frage ist nur was?

Da Ghost die verquere Vorstellung hat, dass es besser für mich ist, in seliger Unwissenheit zu sein, habe ich mir angewöhnt, einfach Ellen und Amy zu fragen, was los ist.

Doch das, was ich gerade höre, ist echt unglaublich.

„Du meinst also, dass Sam und seine Männer von Slide und Ace die Erlaubnis einholen wollten, deinen Vater umzubringen? Sind die bescheuert?“

Ellen küsst ihren kleinen Sohn auf die Stirn und sieht mich resigniert an.

„King ist ein Arschloch. Ich sage es nicht gerne, aber so ist es. Es wundert mich, dass er nicht längst von irgendjemandem über den Haufen geschossen wurde.“

Amy schiebt sich ein Stück Schokolade in den Mund und nickt zustimmend.

„Ja, das, was er damals alles abgezogen hat, war unter aller Sau. Aber er hat sich in den letzten Jahren wirklich Mühe gegeben, um das wiedergutzumachen.“

Ich weiß, dass Ellens Vater wegen Steuerhinterziehung für mehrere Jahre im Knast war und dass er Ellen an seinen Vize versprochen hatte, wenn der im Gegenzug für King den Präsidenten-Patch frei hält.

King hat sein Glück über das seiner Tochter gestellt, er hat gelogen und betrogen. Ich kann verstehen, dass Ellen nicht viel mit ihm zu tun haben will.

Ellen seufzt leise.

„Ich mag meinen Vater nicht mehr in meinem Leben haben, aber ich will auch nicht, dass er stirbt. Ergibt das einen Sinn?“

Um ihr meine Unterstützung zu signalisieren, ergreife ich ihre Hand und drücke sie sanft.

„Gefühle müssen keinen Sinn ergeben. Wichtig ist nur, dass sie dich nicht um den Schlaf bringen.“

„Stimmt, Angel. Damit hast du absolut recht.“

Abi setzt sich zu uns, wie meistens hat sie ein Schulbuch in der Hand.

Mein Mobiltelefon beginnt zu vibrieren. Mit der Hoffnung, dass es Ghost ist, gehe ich, ohne auf das Display zu schauen, ran.

Als sich die männliche Stimme am anderen Ende der Leitung als Polizist zu erkennen gibt, zucke ich erschrocken zusammen.

Nachdem er sich erkundigt hat, ob die Informationen, die er zu meiner Person vorliegen hat, richtig sind, wird mir innerhalb weniger Sekunden schlecht.

„Könnten sie bitte zum Polizeirevier kommen?“

Oh verdammt! Offensichtlich scheinen sie Taylors Überreste gefunden zu haben.

Ob die Cops herausgefunden haben, dass er erschossen wurde und dass der Verkehrsunfall nur fingiert war?

Ermitteln sie bereits? Bin ich verdächtig?

Unsicher, was ich jetzt sagen soll, beschließe ich, so weit wie möglich bei der Wahrheit zu bleiben.

„Ähm nein, das geht leider nicht, ich bin gerade in Tacoma und habe keine Möglichkeit nach Richland zu kommen. Worum geht es denn?“

Der Polizist scheint zu überlegen, was er mir sagen soll.

„Es geht um Ihren Ehemann.“

„Was hat er denn angestellt? Wissen Sie, ich habe mich vor über einem Jahr von ihm getrennt!“

Diese Information scheint dem Cop neu zu sein.

„Ihr Mann hatte einen tödlichen Verkehrsunfall.“

Obwohl ich längst weiß, dass Taylor tot ist, muss ich natürlich so tun, als wäre diese Information neu für mich.

„Oh Gott...“, es gelingt mir meine Stimme entsetzt klingen zu lassen, „wie ist das passiert?“

„Er ist von einer nur wenig befahrenen Straße abgekommen. Aufgrund der Indizienlage gehen wir davon aus, dass das vor sechs Tagen war. Wegen des dichten Buschwerks wurde er erst heute gefunden.“

Bis jetzt klingt es für mich so, als hätte der Trick mit dem Unfall funktioniert. Keine Ahnung, wie Ghost und seine Brüder es geschafft haben, die Kugel zu entfernen und alle Hinweise auf eine Schussverletzung zu beseitigen, aber es scheint ihnen gelungen zu sein.

Danke, lieber Gott....

„Können Sie mir sagen, wie es jetzt weitergeht? Was kommt da auf mich zu?“

Der Polizist erklärt mir, dass der Wagen nach dem Unfall Feuer gefangen hatte und dass der Körper meines Mannes stark verbrannt ist.

„... Sie können seinen Leichnam von einem Bestattungsinstitut abholen lassen.“

Mist! Wenn es dumm läuft, muss ich mich tatsächlich um die Beerdigung des Mannes kümmern, der mich jahrelang misshandelt und geschlagen hat.

„Hören sie, Officer. Ich war sozusagen im Begriff, meine Scheidung einzureichen. Halten sie mich bitte nicht für kaltherzig, aber es wäre mir lieber, wenn sich Taylors Familie um seine Beerdigung und die anderen Dinge kümmert, die jetzt notwendig sind."

Er erklärt mir, dass meine Unterschrift auf verschiedenen Dokumenten benötigt wird, aber dass wir das auch per Post regeln können. Falls er sich über mein Desinteresse an Taylors Schicksal wundert, so lässt er es sich nicht anmerken. Taylors Eltern haben mich nie gemocht, sie werden froh sein, wenn sie sich um die Beerdigung ihres geliebten Sohnes kümmern dürfen.

Bevor er sich von mir verabschiedet, spricht er mir noch sein Beileid aus, dann ist die Leitung tot.

Amy, Ellen und Abi sehen mich neugierig an.

„Taylors Leiche wurde gefunden. Die Polizei geht von einem Autounfall aus. Unseren Männern ist es gelungen, die Gesetzeshüter auszutricksen."

Ellens „Na, Gott sei Dank", spiegelt sich in Amys Gesicht wieder.

Abi sieht mich eindringlich an.

„Du hast es geschafft, Angel. Jetzt bist du endgültig frei."

Es dauert ein paar Minuten, bis ich den Schrecken dieses Telefonats überwunden habe.

„Sie haben es geschafft – Ghost hat es geschafft."

Amy streichelt mir sanft über den Arm.

„*Du* hast es geschafft, Süße."

Tief in meinem Inneren herrscht ein emotionales Chaos aus Angst, Erleichterung, Freude, Trauer und Hoffnung.

Erst jetzt merke ich, wie groß meine Angst war, dass der MC wegen des Mordes an meinem Mann zur Rechenschaft gezogen wird.

Tief einatmend schlucke ich den Kloß, der sich in meinem Hals gebildet hat, herunter, hebe meinen Kopf und starre so lange in die Sonne, bis sich weiße Punkte vor meinem Sichtfeld ausbreiten.

Das laute Bollern von Motorrädern nähert sich uns. Das Tor wird geöffnet und unsere Männer fahren auf den Hof.

Ghost und die anderen steigen ab und kommen auf uns zu.

Als mein Rider meinen Gesichtsausdruck sieht, zieht er fragend eine Augenbraue nach oben.

„Alles klar bei dir, Baby?"

Ich erkläre ihm und den anderen, was gerade passiert ist. Zu meinem Erstaunen wirken sie nicht im Mindesten überrascht. Im Gegensatz zu mir waren sich Ghost und alle anderen anscheinend ziemlich sicher, dass sie damit davonkommen.

Ace sieht mich eindringlich an.

„Deine Vergangenheit wird dir keinen Ärger mehr bereiten. Und deine Zukunft liegt hier im Club."

„Danke, Ace, ich danke euch allen von ganzem Herzen."

Ghost beugt sich zu mir herunter und drückt mir einen Kuss auf den Mund. Anschließend dreht er sich zu seinem Präsidenten um.

„Vergiss, was ich dir über nächste Woche gesagt habe, Präs. Wir brechen schon heute auf."

Ace nickt nur, ehe er sich um seine Old Lady und seine Tochter kümmert.

Ohne sich besonders anstrengen zu müssen, hebt Ghost mich in seine Arme und trägt mich in den Club.

„Wohin musst du? Warum heute? Du bist doch gerade erst zurückgekommen."

Mein Rider schmunzelt nur und sieht mich zufrieden an.

„Keine Sorge, Baby. Ich werde dich nicht schon wieder alleine lassen."

So langsam verstehe ich gar nichts mehr.

„Ach nein?"

„Nein! Du packst jetzt ein paar Sachen ein, nur das Nötigste und dann fahren wir."

Vor der Treppe stellt er mich ab und zieht mich in seine Arme.

„Und wohin?"

„Ans Meer, Baby. Nur du und ich und sonst absolut nichts."

Pures Glück rauscht durch meine Adern.

Von meiner Liebe zu ihm überwältigt stelle ich mich auf die erste Stufe, so dass der Größenunterschied zwischen uns nicht mehr allzu groß ist und küsse meinen Geist stürmisch.

Unsere Zungen umschlingen sich. Seine großen Hände legen sich auf meinen Hintern.

Erst als sich meine Lunge krampfend zusammenzieht und ich dringend frische Luft brauche, löse ich mich von ihm.

Keuchend lehne ich meine Stirn an die seine.

„Ich liebe dich, Dead Rider. Ich liebe dich mehr als alles andere auf dieser Welt."

Brummend festigt sich sein Griff. Seine Finger graben sich schmerzhaft in meinen Po.

„Und ich liebe dich, mein Engel."

Für eine Weile bleiben wir so stehen – ganz in uns versunken.

„Lass uns losfahren. Ich will dich endlich ganz für mich alleine haben."

Breit grinsend lasse ich zu, dass er mich nach oben führt.

Keine Stunde später fahren wir los.

Ich habe keine Ahnung, wohin er mich genau bringt oder wie lange wir unterwegs sein werden, doch das spielt auch keine Rolle. Denn wir habe es nicht eilig, uns bleibt der Rest unseres Lebens.

Ghost und Angel – für immer....

Bonusmaterial

Angel

Ein Jahr ist es jetzt her, dass ich mich dazu entschieden habe, die Kutte, die mich als Ghosts Eigentum markiert, zu tragen. Seit zwölf Monaten bin ich ein offizielles Familienmitglied der Tacoma Dead Riders.

Auch wenn Ghost mir unzählige Male erklärt hat, dass dieses Leder alles verändern wird, konnte ich es nicht glauben. Doch es ist wirklich so...

Ich bin die Old Lady des Rockers mit den unheimlich schönen Geisteraugen.

Genau wie Amy, Ellen und all die anderen Frauen habe ich lernen müssen, dass es viele unumstößliche Regeln gibt, an die ich mich zu halten habe. Das Leben in einem Motorcycle-Club ist spannend, nervenaufreibend und gefährlich, und dennoch kann ich mir nichts Schöneres vorstellen.

Das fröhliche Lachen der Kinder, die knurrenden Laute der Harley-Motoren und die derben Flüche, die durch die Luft hallen – so hört sich Glück an.

Das Grillfest ist in vollem Gange. Die Biertische biegen sich unter all den Salaten, Beilagen und Grillsoßen regelrecht durch. Ein leichter, vom Hafen her wehender Wind lässt die Blätter der alten Bäume, die wie stumme Wächter auf dem Gelände der Dead Riders stehen, leicht rascheln.

Es ist, als würden sie ihre ganz eigene Geschichte erzählen.

Aus den Lautsprechern tönt ein Rocksong, während mir der köstliche Geruch von gegrilltem Fleisch in die Nase steigt.

Ich lasse meinen Blick über den Hof gleiten, beobachte die Männer, die sich am Grill versammelt haben, und stelle zufrieden fest, dass Tick seinen Blick nicht von meiner Freundin Madison nehmen kann. Es mag sein, dass er sich immer mal wieder kurz an dem Männergespräch, das offensichtlich gerade stattfindet, beteiligt. Aber seine Aufmerksamkeit gehört Madison.

Seit der Nacht, in der Taylor gestorben ist, haben sich die beiden immer wieder getroffen. Tick denkt, dass wir ihn noch nicht durchschaut haben, aber da täuscht er sich. Der ganze Club weiß längst, wo er steckt, wenn er sich mal wieder für ein paar Tage verabschiedet.

Letzte Nacht kam er dann mit Madison auf dem Sozius zurück.

Seit ich sie das letzte Mal zusammen gesehen habe, hat sich eine gewisse Vertrautheit zwischen den beiden eingespielt. Sie wirken nicht einfach nur wie ein Mann und eine Frau, die in unregelmäßigen Abständen wilden, unverbindlichen Sex haben, sondern jeder, der einen Blick auf die beiden wirft, weiß, dass sie ein Paar sind.

Ob Tick jemals genug Mut haben wird, Madison seine Kutte anzuziehen, weiß ich nicht. Und im Grunde genommen spielt es auch keine Rolle. Dass dieser Tag kommen wird ist so sicher wie das Amen in der Kirche.

Amy, Nora und Ellen, die es sich mit ihren Kindern auf der Rückseite der alten Fabrikhalle, die als Clubhaus dient, gemütlich gemacht haben, haben mir eines Nachts, ganz am Anfang, als ich zu den Riders gekommen bin, erzählt, dass es bisher noch keinem der Rocker gelungen ist, sich dem Schicksal zu entziehen. Zu jedem Rider gehört eine Lady. So ist das nun mal. Tick kann sich gerne noch etwas länger an seiner Freiheit festkrallen, in Wirklichkeit hat er sich jedoch längst für Madison entschieden.

Skorpions Old Lady hat vor etwas über vier Monaten ihre wunderschöne kleine Tochter Nele auf die Welt gebracht. Sie hat große, feenhafte blaue Augen, feine Gesichtszüge und kleine süße Speckbeinchen.

Skorpion ist ganz vernarrt in seine kleine Prinzessin, ganz der harte Rocker hat er sich jetzt schon geschworen, sie niemals aus den Augen zu lassen. Und wenn ich mir Neles wilde Brüder so ansehe, bin ich mir ziemlich sicher, dass sie ihren Vater dabei unterstützen werden, ihre kleine Schwester vor all den Gefahren dieser Welt zu bewahren.

Das Gefühl von reinem Glück flutet meine Venen und breitet sich prickelnd in mir aus.

Eines habe ich in den letzten Monaten gelernt, auch wenn unser Leben manchmal schwarz und ausweglos erscheinen mag, das Schicksal hat für uns alle einen Plan, jeder bekommt was er verdient und das Karma lässt niemanden ungestraft entkommen.

Mein verstorbener Ehemann ist das beste Beispiel dafür. Während ich umgeben von Freunden auf einer Party sitze, schmort er hoffentlich in der Hölle...

Ich habe verstanden, dass man manchmal erst durch die Dunkelheit gehen muss, ehe man in der Lage ist, direkt ins Licht zu sehen.

Zwei große Hände legen sich von hinten auf meine Schultern. Noch bevor ich mich zu ihm umdrehen kann, presst Ghost mir einen liebevollen Kuss auf die empfindliche Stelle unter meinem Ohrläppchen.

„Hey, Rider."

„Hey, mein Engel."

Ich bedecke mit meinen Händen die seinen, wende meinen Kopf, so dass sich unser Atem vermischt und küsse meinen Geist mit all der Liebe, die ich für ihn empfinde.

Erst als neben uns ein lauter Pfiff ertönt und Slide uns zuruft, dass wir uns gefälligst ein Schlafzimmer suchen sollen, löst Ghost sich wieder von mir.

„Alles okay bei dir, Baby? Bist du glücklich?"

Seine Frage ist leicht zu beantworten.

„Ja, ich bin glücklich. So glücklich wie noch nie in meinem Leben."

Das Graublau seiner Iris wird intensiver, ich versinke in den Tiefen seiner Augen.

„Ich liebe dich, Ghost."

Seine Lippen verziehen sich zu einem breiten Grinsen.

„Und ich werde mein restliches Leben dafür sorgen, dass es auch so bleibt!"

Er bahnt sich mit mir in seinen Armen einen Weg durch die Menschenmenge. Offensichtlich hat sich mein Rider Slides Vorschlag zu Herzen genommen, denn er bringt mich direkt ins unser Apartment und ins Schlafzimmer.

„Nimm mich, Ghost!"

Er gibt ein wildes Knurren von sich, ehe er mich aufs Bett legt und mich mit seinem Körpergewicht tief in die Matratze drückt.

Von diesem Dead Rider werde ich niemals genug bekommen ...

Buchempfehlung
Erotische Romane von Bärbel Muschiol

Kennen Sie schon alle Rocker Romane von Bärbel Muschiol?

Die Rocker Serie besteht aus:

1. Rocker Dämon – Ace und Amy
2. Rocker Devil – Slide und Ellen
3. Rocker Bastard – Razzor und Nicki
4. Rocker Heart – Spider und Abigail
5. Rocker Ghost – Ghost und Angel

Die Rocker Romane gibt es als Taschenbücher und eBooks!

„Rocker Dämon – Ace und Amy"

Klappentext:
Es ist ein Deal, um ihren Vater zu retten. Amy liefert sich Ace, dem dämonischen Präsidenten der Dead Riders aus. Doch schon bald genießt sie diese neue und gefährliche Welt des gefürchteten Rockerclubs. Das vollkommene Ausgeliefertsein, Aces Gier und der harte, bedingungslose Sex führen sie in immer neue Höhen. Aber die Schatten der Vergangenheit drohen das neue Glück zu zerstören. Gewalt bricht über die Familie der Riders herein und führt in ein tödliches Blutbad. Prickelnde Erotik, gnadenlose Härte und Dominanz und wahre Freundschaft zeichnen diese spannende Geschichte aus, die mehr als eine Lovestory ist: furchteinflößend, dabei sexy, verdammt heiß und voller Gefühl!

Taschenbuch ISBN: 978-3-95573-549-4
eBook ISBN: 978-3-95573-550-0

Klarant Verlag

Lernen Sie die Titel des Klarant Verlages kennen und besuchen Sie uns im Internet unter:

www.klarant.de

Sie können dort Näheres über unsere Autoren erfahren, viele weitere interessante Bücher und eBooks finden und Leseproben herunterladen.

Mit dem kostenlosen Newsletter unter

www.liebe-lesen.de

erhalten Sie aktuelle Informationen rund um das Verlagsprogramm, wie beispielsweise spannende Neuerscheinungen und Gewinnspiele.